U0085685

書山有路勤為徑

學海無崖苦作舟

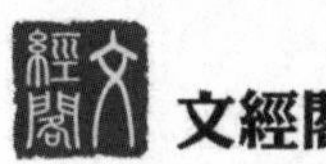

文經閣

書山有路勤為徑

學海無崖苦作舟

入骨相思知不知
醉倒在中國古代情詩裡
維小詞 著
一個遙遠的過去，在那裡與我們遙遙相對，穩定地散發著一種叫做傳統的幽香。
你安靜地讀一首《春江花月夜》、聆一曲《高山流水》、聽一齣《驚夢》。
這時，彷彿你就在遠方，在春江外，在高山流水中；
彷彿你獨立在現實的影子之外，那裡的陽光染你，山嶽拱你，樹林托你；
又彷彿你正在君父的城邦做一稍歇，在《清明上河圖》中摩肩接踵地踱著。

序言 陪君醉千場，不訴離殤

你想過嗎？我們置身其中的生活，時常令我們彷徨迷惑、不知所措；我們不得不生存在其中的世界又並不符合我們的夢想。於是，我們常常會聽見這樣的聲音，——詩人柏樺說：我寫詩是企圖重新命名這個世界；而詩人尹麗川則說：一定有一些馬，想回到古代……

一個遙遠的過去，在那裡與我們遙遙相對，穩定地散發著一種叫做傳統的幽香。你安靜地讀一首《春江花月夜》、聆一曲《高山流水》、聽一齣《驚夢》，這時，彷彿你就在遠方，在春江外，在高山流水中；彷彿你獨立在現實的影子之外，那裡的陽光染你，山嶽拱你，樹林托你；又彷彿你正在君父的城邦做一稍歇，在《清明上河圖》中摩肩接踵地踱著。

就在我們腳下的這片土地上，在一段遙遠的漫長時空裡，人們以詩為食糧果腹，以詩為空氣呼吸，以詩下酒，以詩會友，以詩傳情，最後以詩殞命，以詩殉葬。如今呢？如今神州大地已不知詩為何物，我們活在形容詞的荒年。

為了成全自己的古典情結，在這本書中，我總是會用更多的詩來解讀一首詩，也可以說由一首詩而牽引出更多的詩，因為在我的內心有一種強烈的願望：我希望讓今天的人們能夠看到，詩歌給了我們一個多麼好的世界。

在所有的文學體裁中我最喜愛詩，而在所有人類情感中我最景仰愛，因為愛才是生命，而後生命才能愛。在我心中，愛與詩一樣，都是天神創造世界之前就懸於天際的詞彙。當我們的肉身行走於那個叫做生活的框框中時，總需要拿一些永恆的問題來打磨自己，讓自己溫潤和悅，而愛情就是這些問題裡最值得一提的東西。正如杜拉斯所說：「愛之於我，不是肌膚之親，不是一蔬一飯，它是一種不死的欲望，是疲憊生活中的英雄夢想。」

而我也曾對生命做過這樣的發願：願天下有情人都成了眷屬；是前生注定事莫錯過姻緣。希冀這種美滿團圓的結局並不是對殘酷現實的怯懦或逃避，而是想為人世做一巨大的善行，用以對抗日益蔓延的遺忘和絕望。

其實，愛情到底算什麼呢？它不過是為人們提供一個寬敞的處所，在那裡，人們彷彿跌出世界的規則之外，不會感到害怕或停滯。也只有在愛中，我們都會一樣的，平等而自由。

當人類還小的時候，愛情簡單易行，而那時候地球很大，人口很少，光陰非常慢，整個兒的物質和精神都寬寬鬆鬆、瀟瀟灑灑，足夠人們緩慢地去經歷感情的萬水千山，細細地去品咂感情的千滋百味。

現在，人類還沒有太老，經驗和閱歷都處於最佳的狀態，成熟又充滿活力。他們甚至認為自己能夠把握整個世界，但是他們漸漸發現把握不了自己的內心；而愛情，這個人類永恆的追求，到現代人手裡則變成一項無法勝任的「工作」，無法解決的難題。

人類開始對著這個世界做很多事，說很多話，寫很多字，他們與這個世界溝通於語言、文字，卻又隔絕於彼此的內心。人們不再將詩歌當作自己的語言，不再用詩歌訴說內心的喜怒哀樂。他們只相信自己眼睛看到的，而不相信內心抵達不到的。

愛呢？只能看見愛的形式氾濫，而愛，漸漸式微。

八大山人曾說：「覓一個自在場頭，全身放下。」來來來，讓我們也一起來尋個自在場頭，搬出地窖中陳年好酒，佐以故紙堆中經年好詩，陪君狂歌縱酒醉千場。酒酣處，你我會忘形地高呼：「夢裡任生平，視酒如情！且讓你我舉杯高歌，不訴離殤，不許談明天！」

酒醒後，若我們在這蒼茫塵世再相遇，你若見我手捧發黃卷冊不旁顧，若這世界滿目瘡痍仍在，噓——輕聲，莫醒我，我正醉在遙遠的相思夢中。

入骨相思知不知
——醉倒在中國古代情詩裡

相守：羅浮春　287

悼亡：崑崙觴　311

緣會：瓊花房

未遇見你，我的心未染情愁，
一如那潔白自在的瓊花；
如今你在我的心裡醞釀成這一
杯瓊花房，我唯有舉杯敬你，
默念：夢裡任生平，視酒如
情。

走過千山終遇你，不算遲——《鄭風・野有蔓草》

野有蔓草，零露漙兮。
有美一人，清揚婉兮。
邂逅相遇，適我願兮。
野有蔓草，零露瀼瀼。
有美一人，婉如清揚。
邂逅相遇，與子偕臧。

「你走過那麼多地方，為什麼從來不去那個城市？」
「因為我怕。」
「怕什麼？」
「怕遇見一個人。」

「偌大的城市，想要遇見一個人，談何容易？」

「是的，我也怕遇不見那個人……」

之前的幾年，總是一個人在不同的城市穿梭、遊走，只有那個人在的城市不曾駐足，卻始終對那裡有剪不斷的牽念，就連那座城裡很大的風沙，也構成牽念的理由。而關於那個人的一切總是隨著風沙時不時地吹入我心裡，咯得心生生地疼。

這麼多年過去，漸漸認命地懂得：一個人在此塵世一生，也許只是為了遇到一個人，縱使分離，縱使背棄，仍難兩相遺忘。因為遇到，已是生命莫大的恩賜，值得歌，值得哭。

而生命中的種種大遇合，不只發生在鋼鐵森林的都市，也同樣發生在那個野草蔓蔓生生的遠古。那個遠古，人們在未被化學品污染、並無工業合成物充斥的天地中自由地奔跑、追逐，他們為愛情、為親情、為友誼、為戰爭、為自己的命運，大聲地歌哭笑罵，不若現代社會中，人與人之間跳著狐步舞，目光迷離，神情冷漠，姿勢戒備，誰也不讓誰看見自己的真心，待歌歇日暮，只落得一個人疲憊地回家，獨自舔舐傷口。而在這樣的生存狀態下，我免不了要在遙遠的《詩經》裡尋根覓跡，將歲月裡那些甜蜜、傷痛在那些詩篇中好好安置，以待來日，一經念誦，就能清晰地憶起。

只記得，那是一個春日的清晨，天地間一片出清。

「野有蔓草，零露溥兮」。廣袤大地上，野草蔓生，草葉上的晨露未消，反射著七色的陽光。

「有美一人，清揚婉兮」。就在這春光最曼妙處，有一女子，伴著清風款款走來，眼神清澄明亮，如水波飛揚，在人群中獨自綻放著，美麗著。

「邂逅相遇，適我願兮」。在不期而遇的這一刻，他便知自己是愛上了。

在這樣好的春光下，邂逅這樣好的女子，一定要將她留在身邊，他的心中閃過此念。於是他大膽地唱：

「野有蔓草，零露瀼瀼。有美一人，婉如清揚。邂逅相遇，與子偕臧。」

野草綠綠如茵，露水密密晶瑩，那不遠處有我愛上的女子，眉目如洗，婉約多情。不期然讓我遇到，就要與她共結連理，攜手柴桑。

看，這仲春的陽光正好，而他們的相遇也正好，足以讓他們兩相對望、攜手同行於這春日之下。

日本茶道崇尚「一期一會」，他們認為，人生的每次相遇，不論與一個人還是一杯茶都是此生唯一的一次。事過境遷，日後縱有多少次的重遇都不再是當初的那一次，都要看成新的一次。

生命其實可以這樣簡單：我們在此時此地相遇，我就愛上了你，別問我為什麼，它只是突然來了，像驚蟄大地的春雷不曾預告就轟然來襲，而我愛上了你，一如大地回應以綠野。

在現實的鋼鐵叢林裡，還能找到多少人像詩中那位男子這般，以一種最原始的衝動去愛一個

素不相識的人？當我們對著面前的人時，總是權衡得太多，計較得太多，而在猶猶豫豫間，就失去了相愛最大的可能。

像《野有蔓草》中的男女這種一見即鍾情的熾烈之愛，在現代社會已經變成一幅遙遠年代流傳下來的陳舊古畫，可裝，可裱，卻難於取用。

可是，明明是機心與怯懦讓自己與真愛屢屢擦肩，卻還要神情憂鬱地唱：

我遇見狗在攀岩，卻沒有遇見你；

我遇見貓在潛水，卻沒有遇見你；

我遇見冬天颳颱風，卻沒有遇見你；

我遇見夏天飄雪，卻沒有遇見你；

我遇見豬都結網了，卻沒有遇見你；

我遇見了所有的不平凡，卻沒有遇見平凡的你。

其實，不是你遇不到你想的那個人，而是你的恐懼、猶豫，讓你錯失了那個人。生活並不是美好的夢境，也不可能永遠都是少年的完美理想，總有人要離開，或被離開的。若不在相遇的此刻抓住本就易逝的緣分，讓它變成永遠，就只能永遠錯失。古人早給了你規勸：「願天下有情人都成眷屬；是前生注定事莫錯過姻緣。」但聽得進又做得到的有幾個？

村上春樹在他的小說《遇見百分百女孩》中講了這樣一個故事：

一個十八歲的男孩和一個十六歲的女孩在街頭不期而遇。他們是再平凡不過的男孩和女孩。但他們有一個相同的信念，他們相信在這個世上一定有一個人百分之百地適合自己。

那天，他們相遇了。女孩先叫了出來：「也許你不相信，我一直在尋找你。你跟我想像中一模一樣！你就是我的百分之百男孩。」而男孩也與她有同樣的心情。

奇蹟就這樣發生在平常的生活中，於是兩人心中掠過一絲小小的疑惑：夢想如此輕易成真是否就是好事？

於是，男孩提議說：「如果我們真是一對百分之百的戀人，那麼我們一定還會再相遇。如果下次相遇時，我們仍覺得對方是百分之百就立刻結婚，好麼？」女孩同意了，於是兩人就此別過，各奔東西。殊不知，此番一別即是永遠。

到了這裡，不用我說，你也會明白這是一個令人感傷的故事。而我們都知道這樣的遺憾只會發生在現代社會。

回首從前，看那些遙遠的、古典的愛情，總是一徑地簡單而執著：當需要一個人的時候，這個人出現了，於是就是他了，從此再難離棄，從此攜手百年。正如《野有蔓草》中男子和女子那樣，相遇時一見傾心，繼而相愛攜手度此一生。只是這樣的愛情，對現代人來說，儼然成為一個不真實的遙遠傳說。

只是，在生命中的某些時刻裡，仰望星空時；安靜地聽一齣《驚夢》時；一口熱茶喝下，一

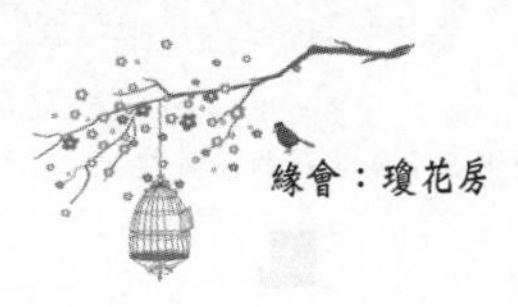

汪淚水湧出時；半夜倏地轉醒，看窗外風雨大作時，我的心底都會浮現一股難以言喻的無助，妄圖抓住什麼卻又乏力為之的無助，內心會不斷地問自己：會不會有一個人正從世界上的某個角落向我走來，就像光從一顆星到達另一顆星。

但是，沒有人可以設計出愛情的樣子，更沒有人能夠讓愛情按照自己的設計一步一步發展下去，因為愛情自有它的軌跡，而且從來就不會讓任何人得償所願。我們也許可以設定好自己想要的對像是什麼條件，或者讓我們想要的婚姻得以成立，但在這其中終難有愛情。

每一滴降落世間的雨都寫有世人的名字，匯入江海，經人世輾轉，最終變成每個人杯中的水。而每個人身上的衣衫，眼前的食物，出生的地方，都帶有上天縝密的旨意，並不是出於偶然。這樣說來，在這世間，也注定會有一個人，生而為我等待，待我走遍千山萬水，終有一天會遇到他。

在時間的深處，與你相遇——《唐風・綢繆》

綢繆束薪，三星在天。今夕何夕，見此良人。子兮子兮，如此良人何！

綢繆束芻，三星在隅。今夕何夕，見此邂逅。子兮子兮，如此邂逅何！

綢繆束楚，三星在戶。今夕何夕，見此粲者。子兮子兮，如此粲者何！

在春秋時期，婚禮都是在傍晚舉行，這邊日照將殘，那邊三兩小星已然閃爍，新郎與新娘就是在這樣繾綣柔和、如幻如夢的光景下初初相見。

柴草捆得再緊些吧，那三星高高地掛在天上。今天是什麼日子呀？讓我遇見這麼好的人呀。你呀你呀，這樣的好，讓我該怎麼辦呀？

柴草捆得再緊些吧，那三星正在東南角閃爍。今天是什麼日子呀？讓我看見如此的良辰美景呀。你呀你呀，這樣好的良辰美景，讓我該怎麼辦呀？

柴草捆得再緊些吧，那三星高高地掛在門戶之上。今天是什麼日子呀？讓我看見如此燦爛的人呀。你呀你呀，這樣的美麗，讓我該怎麼辦呀？

胡蘭成在《今生今世》中寫道他喜愛舊式婚姻。他在《有鳳來儀》一篇中十分細緻地寫了玉鳳嫁與他時，所舉辦的舊式婚禮上的種種。

「是日男家從午前打發花轎親迎去後，留下動用的人手只是整治酒菜餚，備辦幾桌碗盞，堂上掛起福祿壽三星圖及喜聯，入夜諸事就緒，漸漸三更向闌……

「東方發白，花轎進大門，轎上轎下前前後後一片聲放百子炮仗，打鑼吹號筒，轎前一人以五穀撒地，袚除不祥。花轎到了堂前，稍歇一歇，等交進了吉時，才揭開轎簾，攙扶新娘出來，新郎新娘拜堂。只見滿堂前花團錦簇都是人，點起一對龍鳳燭，動樂。拜堂時的音樂非常華麗，是鉦、鍚鑼、咚鑼、梅花。……

「拜過堂，樂戶吹號筒，廊下大鑼大鼓，新郎抱新娘上樓，眾人團隨到洞房裡。新郎新娘並坐在合歡床沿，人叢中出來福壽雙全的翁媼二人，拿湯圓餵新郎一口，新娘一口，又持整株紅皮甘蔗向新郎新娘祝三祝，多福多壽多男子。於是新郎揭去新娘的蓋頭帕，老嫂來助新娘更衣梳妝，要到此刻才穿戴起鳳冠霞帔，敷粉搽胭脂，如雨過牡丹，日出桃花，鳳冠霞帔是后妃之服，拜天地又是帝王的郊天之禮，中國民間便女子的一生亦是王者。

「樓下又動樂，是平旦時分了，新郎新娘又下來到堂前，拜福祿壽三星及家堂菩薩。又然後拜祖先，拜公婆及房族中長輩，新郎新娘每行動必隨以鼓樂，人是可以好到像步步金蓮的。」

且不論胡蘭成之人如何，只這一手文字就看得出他的心裡對人世存著多少曲折的溫柔。

舊式婚姻都是父母之命，媒妁之言，即將成為夫妻的二人在紅蓋頭掀起前是不得見面的。所以紅蓋頭掀起後的命運究竟如何，是個忐忑人心的未知。這未知造就了不知多少不幸的命運，然而《綢繆》中的男女顯然是幸運的，所以才會唱出這曲歡歌，也讓看到的人對生命中這種不期的遇合有了期待。

佛家眼中，世事皆由因緣和合而生，正如長城葡萄酒曾經那則唯美的廣告語：

十年的時間裡，他們釀造出一瓶好酒，而科學家則發現了1286顆小行星。

宇宙空闊寂靜，我們的相遇難得而珍貴。所以我們能遇見誰就要認真遇見，

我們能擁抱誰就要緊緊擁抱，

同樣——我們能買到什麼就要毫不猶豫地俐落買下。

老電影《北非諜影》中，男主角里克說：「在這個世界上有那麼多的城市，在這個城市裡又有那麼多的酒館，她卻偏偏走進了我的酒館。」就是在這樣的機緣下，里克與伊爾莎相遇、相愛了。這段感情縱使沒有永遠，縱使不得善終，他們的心裡都是一樣感謝上蒼賜予他們這千里的相遇。正如波蘭女詩人辛波絲卡的詩作《一見鍾情》所言：

他們彼此深信
是瞬間迸發的熱情讓他們相遇
這樣的確定是美麗的

但變幻無常更為美麗……

所謂遇者，正是這樣的不期而會，而所謂不期而會，就是這般值得我們惦念一生。在這蒼茫塵世中，我像個不知疲倦的趕路人，對生命裡的種種遇合充滿期待，不管怎樣的情節曲折，我只靜然，等待它們一一發生。

其實，世間一切之所以是現在的樣子，都有注定。一個人遇見另一個人並不是天地間的偶然、生命裡的意外，而是冥冥中早就定下的安排。正如《傳道書》中所說：

凡事都有定期，天下萬務都有定時。生有時，死有時；栽種有時，拔出所栽種的也有時；殺戮有時，醫治有時；拆毀有時，建造有時；哭有時，笑有時；哀慟有時，跳舞有時；拋擲石頭有時，堆聚石頭有時；懷抱有時，不懷抱有時；尋找有時，失落有時；保守有時，捨棄有時；撕裂有時，縫補有時；靜默有時，言語有時；喜愛有時，恨惡有時；爭戰有時，和好有時。

所以，現實中的人們何必張惶，何必逡巡不安，也不要再去試探、懼怕，時間有的是，前方路還長，不管有多少次你想像著他的到來，他依然會以你意想不到的方式前來，擷取的全部的心和全部的愛戀。世間的相遇都是神明的攝理，星命的佳會，縱使你萬水千山地遊蕩，那人也定會從你相反的方向，不期然地來到你的面前。你要做的只是綻放出絕美的微笑，緊緊拉住他的手。

寸寸柔腸總關情——無名氏《古相思曲》

君似明月我似霧，霧隨月隱空留露。
君善撫琴我善舞，曲終人離心若堵。
只緣感君一回顧，使我思君朝與暮。
魂隨君去終不悔，綿綿相思為君苦。
相思苦，憑誰訴？遙遙不知君何處。
扶門切思君之囑，登高望斷天涯路。

我一直相信，人的一生中至少該有那麼一次，為了某個人而忘了自己，不求有結果，不求同行，不求曾經擁有，甚至不求你愛我。只求在我最美的年華裡，遇到你。就像法國著名女作家莒杜拉絲說過的那句無比溫柔的話：我遇見你，我記得你，這座城市天生就適合戀愛，你天生就適合我的靈魂。

年少時候總輕狂，總以為沒有人能懂得自己，常會念著：「欲將心事付瑤琴，知音少，弦斷

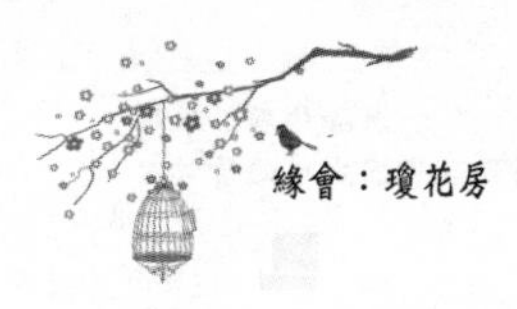

有誰聽？」再不就是「欲取鳴琴彈，愁無知音賞」，然而心裡卻也常會想遇見那麼樣一個人，只那遠遠一瞥，便讓彼此的心裡有了暖。

後來讀到席慕蓉的《古相思曲》，題記是一句古詩「只緣感君一回顧，使我思君暮與朝」。當時就為這句著迷，奈何找來找去也難找到全詩，只得從席慕蓉用現代語言所作的詩中，細細揣摩那首《古相思曲》的曲折婉轉。

在那樣古老的歲月裡
也曾有過同樣的故事
那彈箜篌的女子也是十六歲嗎
還是說今夜的我
就是那個女子
就是幾千年來彈著箜篌等待著的
那一個溫柔謙卑的靈魂
就是在鶯花爛漫時蹉跎著哭泣著的
那同一個人

那麼就算我流淚了也別笑我軟弱

多少個朝代的女子唱著同樣的歌
在開滿了玉蘭的樹下曾有過
多少次的別離
而在這溫暖的春夜裡啊
有多少美麗的聲音曾唱過古相思曲

席慕蓉寫得這樣好，詩中那個彈箜篌的女子彷彿就是她自己，也彷彿是詩外的我們每一個人。那些年少的情懷總是極微極妙極難解的，多少人在年少時都有過謙卑的暗戀，都為那暗戀的人做過很多自己日後也深覺不齒的事。

說到暗戀處，不由想起唐朝詩人李端那首很有趣的小詩《聽箏》：

鳴箏金粟柱，素手玉房前。
欲得周郎顧，時時誤拂弦。

詩中的周郎就是三國時期的名將周瑜。這首詩即源於《三國志．周瑜傳》中所記載的一個關於周瑜的典故：「瑜少精意於音樂，雖三爵之後，其有闕誤，瑜必知之，知之必顧。故時人謠曰：『曲有誤，周郎顧。』」

周瑜擅音律，他在聽別人彈奏樂曲的時候，常能聽出其中彈錯的地方。即使他多喝了幾杯，有了些許醉意，如果彈奏中出現一處不合音律的錯誤，也一樣瞞不過他的耳朵。足見周瑜耳朵之

聰敏。而且每當發現曲中錯誤，他都會看向彈奏者，微微一笑，提醒撫琴者，這裡出現錯音了。因此，當時有兩句歌謠道：「曲有誤，周郎顧。」而後人李端就將這一典故，敷演為一首關於暗戀的小詩，寫一個彈箏的女子為使自己愛慕的周郎能顧盼自己，就故意將弦時不時地撥錯。

與這彈箏的女子相比，《古相思曲》中的女子顯然戀得更苦、更淒切，這一切的苦都源於那人偶然間的一回顧，誰知竟連帶著斷送了她一生的幸福。

他是天邊的明月，她則是縈繞明月的淡淡薄霧，待到天明，月漸漸隱去，而霧也隨著月慢慢散去，只是霧將它的悲傷留在那草木上，化作一顆顆晶瑩的露珠。

他撫得一手好琴，而她常常伴著他的琴音起舞，但如今琴在匣中，無法自鳴，而那個讓她全心為他而舞的人已經不再。於是，她的心也閉上了，再聽不到那熟悉的琴音。

這一切都是因為他當初那次無心的回顧，他的目光像夢一樣，是一樁帶著笑的夢。他站在那裡，儒雅而安靜，像盛開在牆角的茉莉，不搶眼，卻暗暗教人心喜。從那以後，她的心中就有他了，日日夜夜、朝朝暮暮，再也不能少了他。

她想著，就算要她此刻死去，那縷輕煙般的魂魄也定是會隨了他去的。而有時也真恨不得自己就此死去，不然這綿綿纏纏的相思讓她如何自安己處。

這遼闊世間，這茫茫歲月，她不知他的去向，而她的相思也終究無處投遞。靠在門上，無助地望著天，她想起他臨別前的叮囑：如欲相見，登上那至高處，看看那悠悠長路，我反正在那種種悲喜交集處。

他們因一次回眸而相遇，相戀，卻難相守，於是，她將這濃濃的悲哀寫進長長的詩裡，卻彷彿不夠似的，痛根本沒有減少絲毫，也讓後世的我讀來心痛難忍。她只為抒解自己的悲傷，卻不知現代也有一名女子與她同樣，以詩唱出這癡戀的苦：

我以為
我已經把你藏好了
藏在
那樣深
那樣冷的
昔日心底
我以為
只要絕對不提
只要讓日子繼續地過去
你終於會變成一個
古老的秘密

可是
不眠的夜
仍然太長
而，早生的白髮
又洩露了
我的悲傷

木心先生所言極是：「確是唯有一見鍾情，慌張失措的愛，才僱人醉人，才幸樂得時刻情願以死赴之，以死明之，行行重行行，自身自心的規律演變，世事世風的劫數運轉，不知不覺、全知全覺地怨了恨了，怨之鏤心恨之刻骨了。」

我們都明白這道理，卻不知道這樣僱人、醉人的愛竟然會帶來這樣的痛、這樣的苦，縱使望斷天涯路也難消除。

人面桃花，物是人非——崔護《題都城南莊》

去年今日此門中，人面桃花相映紅。
人面不知何處去，桃花依舊笑春風。

胡蘭成在《今生今世》中，寫過這樣一段話：一日午後好天氣，兩人同去附近馬路上走走。愛玲穿一件桃紅單旗袍，我說好看，她道：「桃紅的顏色聞得見香氣。」那時，他們正愛著，愛情將桃紅染得這般嬌俏甜蜜，那襲桃紅色的單旗袍也氤氳著戀愛的香氣。桃紅最適合正好的愛情，正好的年華。但凡濃烈的愛，青春的少女，總是要配得一束桃花才合襯。而在古禮中，桃之有華，正是婚姻之時。那首最著名的《桃夭》就是為賀新婚所作之詞，其中那句「桃之夭夭，灼灼其華」堪稱是千古詞賦中歌詠美人的始祖。

桃之夭夭，灼灼其華。之子于歸，宜其室家。
桃之夭夭，有蕡其實。之子于歸，宜其家室。
桃之夭夭，其葉蓁蓁。之子于歸，宜其家人。

茂盛的桃樹抽出嫩嫩的枝椏，而那豔麗粉嫩的桃花在枝頭迎風而顫，一時間紅了滿山滿谷，一個像桃花一樣鮮豔、像桃樹一樣嬌俏青春的女子就要出嫁。她顏如桃花，卻又宜室宜家，真是個不可多得的好姑娘啊。

吟誦《桃夭》，常是未飲先醉。也是自《桃夭》始，詩人們常會用這最豔的桃花色來歌詠美貌的女子，像陳師道的「玉腕枕香腮，桃花臉上開」，還有崔護那句著名的「去年今日此門中，人面桃花相映紅」。

崔護在唐朝燦如繁星的詩人中並不起眼，在其傳世詩作中，唯有《題都城南莊》一首為眾人所熟知。然而，大家都知道這「人面桃花相映紅」，卻不知道，其中尚有一個和桃花一樣灼灼照人的愛情故事。

崔護是博陵縣一位年輕書生。他天資純良，才情俊逸，但性情頗清高孤傲，平日裡常是獨坐寒窗埋頭苦讀，極少與他人交遊往來。

這一年清明，天氣晴好，桃花豔，柳色深，春意濃，晴陽暖照。崔護一時興起而放下書本，獨自出城尋春。他漫無目的地行走於春山春水間，不知不覺離城已遠，來到一處僻野。那裡農舍零落，只在山坳處桃林中，隱約見得一座茅屋。

崔護此時腿疫口渴，就快步向那茅屋走去。臨近屋舍，只見桃林蔚蔚然然，滿樹桃花灼灼，風中滿是繞人的清香，崔護沿著桃林間的曲徑一直走到柴門前。他立定，輕叩門扉，道：「小生尋春路過，想討些水來解渴。」

這時，屋內走出一位少女，布衣素髻，明眸善睞，她請崔護落座，隨即為他張羅茶水。崔護細細打量眼前的少女，只見她一雙眼秋波盈盈，面容間白裡透著淡淡的紅，不施脂粉，卻宛如院中的桃花。

崔護看得發怔，未免失態，只得努力穩住外露的情緒，輕輕呷著茶水。接著，他狀若閒聊地問起少女的姓氏及家人。

少女心中明瞭崔護的心意，而她也同樣傾心於這位風華正茂，長身玉立的年輕書生，只是她不敢在一個陌生男子面前敞開心扉，所以無論崔護問什麼，她一味含羞不語，但那含情脈脈的目光卻洩露了心中的一切。

其實，崔護也與少女一樣無措。平日裡獨來獨往的他不甚明白女子心事，而飽讀聖賢書讓他不能做出熱烈輕浮的舉動，只好收心斂神，默默地飲茶。

眼看日頭偏西，崔護不得不起身告辭。少女送他出院門後，獨自倚在柴扉上默默地目送他漸行漸遠。門前的叢叢桃花映著門下桃花般的少女，真是一幅絕妙的春景圖。

回到家中，崔護收斂了心神，繼續苦讀，情潮湧動的內心隨著桃花的萎落而漸漸平靜。然而，到了第二年桃花盛開的時節，崔護不由得想起城南舊事，他帶著無法壓抑的衝動一路向城南尋去。幾經周折，他終於找到去年那座茅屋，那開得正好的桃花，那院落，那柴門，一切如故。

只是這次，他叩了許久的門都不見那桃花般的伊人出來，崔護頓覺冷水澆下，火熱的心涼了大半。他一人枯坐在桃樹下，待到夕陽西斜，仍不見有人歸來。他心灰意冷，就在房門上提筆寫下一首絕句：

去年今日此門中，人面桃花相映紅。
人面不知何處去，桃花依舊笑春風。

崔護這次尋人未得，心中委實放不下，以致無心書本，茶飯不思。數日後，他決定再去一次城南茅舍。

崔護帶著忐忑的心情一路走到茅舍，誰知尚未走近就聽到一陣哭聲。他不明所以，忙去叩門詢問究竟。只見這次出來應門的是一個白髮老者，顫顫巍巍，涕淚縱橫。老者對崔護上下打量，問道：「你莫非就是崔護？」

崔護有些訝異，卻忙點頭稱是。老者一聽，大放悲聲：「就是你殺了我的女兒啊！」崔護聽後，大為驚詫，只聽老者哽咽道：「小女年方十八，知書達禮，自從去年清明與你相見，便日夜掛念，等你再度來訪。奈何一年來不見你的蹤影，她本已絕望，前些天便去親戚家小住。誰知歸來時，見到門上你所題之詩，她便不食不語，不出幾日便一病不起，撇下我一人獨自去了。我已經老了，只有這一個女兒相依為命，本想為她覓得一個如意郎君，讓我們父女從此有所依傍，如今她卻先我而去，難道不能說是你殺了她嗎？」

崔護聽完如遭雷擊，整個人愣在當場。他沒有想到，不過萍水相逢，奈何這女子竟癡心如此，對他用情至深。此時，他只覺心口疼痛欲裂，面上熱淚奔流。

他向老者請求去拜祭女子，老者帶他進入內室。女子才斷氣不久，面容如常，在床上靜靜地臥著，像是剛睡去不久。崔護看著他朝思暮想的容顏，忍不住趴在女子的腳下大哭：「我在這裡啊，我崔護在這裡啊！」

崔護一邊搖晃著女子，一邊大聲哭喊。精誠所至，金石為開，也許是崔護滿心的悲傷讓上蒼心有不忍。只見，本已斷氣的女子悠悠地醒轉，雙目開啟，漸漸有了微弱的鼻息。

崔護和老者見後，驚喜萬分，忙將她扶起，服侍她喝水、進食。這多情的女子為情而死，又為情而生。可見世間，唯有情字勘不破，唯有情字參不透，也唯有情字最難忘。

之後，崔護忙趕回家，稟明父母，要迎娶女子過門。崔護父母也感喟於他們的真情，便依禮行聘，擇一吉日將這女子娶進門來。婚後，女子殷勤執家、孝順公婆，夜來紅袖添香，為夫伴讀，使得崔護心無旁騖，功課日益精進。終於在唐德宗貞元十二年，崔護進士及第，外放為官，自此仕途一帆風順，官至嶺南節度使。

崔護這首詩和詩後的故事記載於唐朝文人孟棨的《本事詩·情感》，也自此流傳開來。而後世有心人歐陽予倩就此事編寫成一齣京劇，名為《人面桃花》。從此，「人面桃花」成為後人津津樂道的「桃花緣」。

繁華寂寞，不過流年一瞬——李商隱《無題》

昨夜星辰昨夜風，畫樓西畔桂堂東。
身無彩鳳雙飛翼，心有靈犀一點通。
隔座送鉤春酒暖，分曹射覆蠟燈紅。
嗟余聽鼓應官去，走馬蘭台類轉蓬。

對於解謎的熱衷，似乎是人類的天性，古往今來，我們傾情於各種謎題：古代文人雅士喜歡以字謎和詩謎行酒找樂，平民百姓則對一年一度的元宵燈謎會大有期待；到了今天，幻方、數獨等帶著科學氣息的現代謎題同樣讓地鐵和公車上眾多百無聊賴的都市人玩得不亦樂乎。

大家對造謎和解謎的熱衷，投射到文學上更是豐富多彩。撇開那些簡單明瞭的藏頭詩、詠物謎不算，意向所指頗為豐富的詩詞更是有著撲朔迷離的不定解，真可謂是「一千個人眼中就有一千個哈姆雷特」。不得不承認，「曖昧」這個詞本身就散發著天然的誘惑之光，在不經意間就虜獲了人性中好奇和八卦的一面。正因如此，李商隱那些對自己私生活意有所指卻又霧靄朦朧的詩作千百年來魅惑不減，成為人們所津津樂道的，瑰麗而浪漫的謎題。讀李商隱的朦朧詩，就像是在霓虹燈影裡漫步，不知不覺便會一頭栽進其中，步入詩人早已設下的迷局，心甘情願地沉醉不知歸路。

李商隱的詩歌善於製造迷夢，他從膾炙人口的典故中截取亦真亦幻的玄思和片段，建起一個抽離於現實的異度空間。或許是故意要和這個世界的「確定性」作對，和人們慣常情感的「確定性」作對，李商隱這個書寫愛情的高手往往不直接著筆描畫當下的歡愉或是心碎。他總是顧左右而言他，飄搖的筆調像是魔術師在光影絢爛的舞台上玩盡高超的戲法，輕而易舉就將目眩神暈的觀眾引入時光的隧道，引入某一段弔詭的過往。

正因為如此，才會有「莊生曉夢迷蝴蝶」這般的幻麗詩句，載著老莊的哲思，飛入我們理所當然的眼中，提點我們去懷疑自己的存在，拷問人生的真實。也正因為如此，總要看到「此情可待成追憶」，我們才會生出對往日情懷的些許悵惘，卻仍然像被洗過腦那般一無所知，只是對「此情」有著這般那般不能確定的想像。

為了印證李商隱在時間維度上的若即若離，讓我們回到本詩的首聯——「星辰是昨夜星辰，夜風是昨夜長風」，剎那間就讓人有了午夜夢迴之感，仿若再一次置身於那個春風沉醉的夜晚。循著燈影，在若明若暗的夜色中緩緩前行，詩人將我們帶往裝飾著精美漆畫的樓閣以西，以桂木作為椽柱的廳堂以東。這也許是酒酣耳熱、夜宴正歡時，設宴主人的院落中一個樹影搖曳、遠離

喧囂的清幽之地。

這樣旖旎（旖旎）的氛圍讓我們無法不產生令人微醺的聯想，進而期待詩人向我們講述一個風情萬種的故事，然而讀者並沒有如願以償。詩人只願扮引路人，卻拒絕當解說者。藉由華麗意象的指引，我們可以輕易地在李商隱內心的秘密花園中徘徊，盡情猜測和附會那些華麗而神秘的景致，卻也只能如此而已，詩人秘藏了僅供自己回味的真實細節和微妙情感，也許不便讓人得知，抑或捨不得與人分享。

然而這又何妨？張家界的嶙峋山石對於造物主來說，也許僅僅是阻攔人類步履的險境而已，卻在每個人的眼中幻化為完全不同的美麗桃源。每個人的心裡都有一個密境，僅僅向眾人展露一角就已美不勝收。見仁見智的解讀，本身就不啻為美的再創造；就算是那些千奇百怪的誤讀，也往往透著一種解構的幽默感。

當我們還在構想各自心中的浪漫故事時，李商隱並沒有停下來等我們。詩人筆鋒一轉，開始於頷聯書寫相思。於讀者而言，我們甚至沒有搞清楚詩人念想的究竟是何方神聖，但也許正是因為有意無意地隱略了相思的對象，這種相思反而顯得更為純粹、更為寬廣，也更能引起普遍的共鳴。

「身無彩鳳雙飛翼，心有靈犀一點通。」一雙和一單的對比讓人很容易聯想到李清照的哀吟：一種相思，兩處閒愁。

李清照最終落足於「閒愁」，對於和丈夫分居兩地卻感同身受的遙想固然使她得到短暫的快慰，然而濃雲般的愁緒還是在片刻陽光之後再次聚攏。李商隱卻不一樣，他雖然恨自己身上長不出鳳凰般的五彩羽翼飛到愛人身邊，卻很快從內心深處獲得了感召和啟示：因為相知之深，彼此的默契就像靈異的犀牛角一樣息息相通。

李商隱從痛苦中熬製出甜蜜，從寂寞中煎釀出期待，將相思的苦惱和心心相印的慰藉結合得天衣無縫，描摹出情致正濃卻又不能繼續相守的戀人間那種撩人心魄的癡纏。而從陳舊典故中走出來的「靈犀」，自此更成為兩心相印的絕佳代表。

及至頸聯，我們再一次隨著詩人的記憶返回昨晚賓客眾多、觥籌（觥ㄍㄨㄥ籌ㄔㄡˊ）交錯的客堂。樹影下二人獨處的曼妙依然歷歷在目，場景卻早已隨著鏡頭切換至夜宴的喧囂深處。人們行酒划拳，玩著隔座送鉤、分組射覆的古老遊戲，「酒暖」和「燈紅」更捎帶出醉人的春意。在夜闌靜處交互心意，甚至以吻封緘過的那位女子，此時或許正風情萬種地坐在席間，與眾多對她鍾情的男子一起暢飲。她巧笑倩兮，八面玲瓏，只有不時向詩人投來的目光透著點點羞澀和純真。

無奈，狂歡終歸是一群人的孤單，而南朝的王籍更是早就道出了「蟬噪林愈靜，鳥鳴山更幽」的真諦。飲宴越是熱鬧無忌，詩人便越是不捨這難得的歡愉；越是貪歡，不得不在更鼓報曉前離開的遺憾便越濃。一想到天亮還要去衙門當差，詩人就更加悲哀，四處飄零、居無定所的差事就像近來蓬草般的人生際遇那樣令人歎息。

所有的曖昧之處，詩人當然都沒有說明。我們只能例舉種種臆測中的一番可能，甚至於到了最後還是忍不住反問，這會不會只是一個遊離的夢境？本來無一物，何處惹塵埃。滾滾紅塵和種種煩惱皆由心生，然而這也許就是多情善感之人薛西弗斯式的宿命。李商隱若是泉下有知，不知道會不會站在謎題之外，嘲笑諸君仍然於夢境的「當時」跌跌撞撞，步履蹣跚。

思求：十月白

你那不經意的笑，如同春風戲過水塘，漾起波紋，盈向我的心口。初遇時，我的心如乳白色的初釀，經過十月的發酵，漸如琥珀之澄澈。只是，釀成的酒再難回到最初的米。

只有你，是我思念的方向——《周南・漢廣》

南有喬木，不可休思；漢有游女，不可求思。
漢之廣矣，不可泳思；江之永矣，不可方思。
翹翹錯薪，言刈其楚；之子于歸，言秣其馬。
漢之廣矣，不可泳思；江之永矣，不可方思。
翹翹錯薪，言刈其蔞；之子于歸，言秣其駒。
漢之廣矣，不可泳思；江之永矣，不可方思。

在西方浪漫主義中，有一種「企慕情境」，錢鍾書解釋其為「可望而不可即，心嚮往之，卻身不能至」。「企慕情境」放到中國美學中，《周南・漢廣》就可作為其最佳詮釋。

南山上滿是高又大的樹木，鬱鬱蔥蔥，枝葉如蓋，我卻不可以在那樹蔭下歇息乘涼。漢水邊上有一位女子是我的心上人，我卻無法去追求她。漢水滔滔又寬又廣，想要游過去是不可能的；江水悠悠激流多，就算划著竹筏也很難通過。

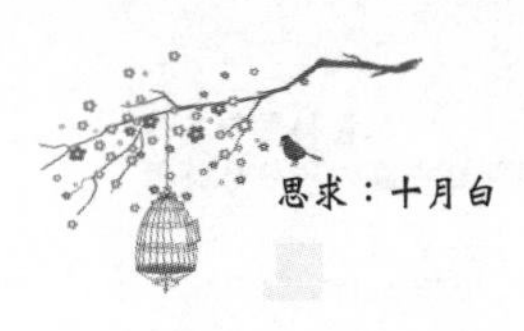

眼前這柴草叢裡，雜草錯雜叢生長得高，我埋著頭，用刀不停地割下柴草荊條。我心愛的姑娘就要出嫁了，我得趕快餵飽她的馬兒才好。漢水滔滔又寬又廣，想要游過去是不可能的；江水悠悠激流多，就算划著竹筏也很難通過。

眼前這柴草叢裡，野草錯雜叢生長得高，我埋著頭，用刀不停地割下蔞蒿。我心愛的姑娘就要出嫁了，我要快快餵好她的小馬駒，馱著她去婆家。漢水滔滔又寬又廣，想要游過去是不可能的；江水悠悠激流多，就算划著竹筏也很難通過。

詩中的男子所渴望、所追求的女子在對岸，與他一江之隔，可以眼望心至卻不可以手觸身接，這是一種可以永遠嚮往卻永遠不能到達的境界。

不過曾遙望她在水邊嬉戲的身影，他就知道自己是在愛了，然而，佛曰，不可說不可說。她即將嫁給別人，而他依然愛得不聲不響、無怨無悔，默默地割草，餵她的馬，好讓她順順利利出嫁。她即將成為別人的妻，這般蝕骨的思念，便是他日後回憶的方向，留待往後日子中他一人獨自品嘗。也許這也是一項恩典。

電影《永恆的一天》中講了一個即將離世的老人，偶然遇見了一個阿爾巴尼亞少年，正是這次偶遇，讓老人在離世前體會到了一種純淨的愛。片中的阿爾巴尼亞少年說：

我的小小生命之鳥，在陌生的地方暗自神傷，那異地因你的來臨而豐盛起來，而我卻為你日漸消瘦。我可送你什麼？我送你一只蘋果，它卻腐爛；我送你一只梨子，它卻腐爛；我送你白葡萄，它們卻在路上腐爛；我送你我的眼淚，卻在未見到你之前已被風乾。

《漢廣》中的男子和影片中的阿爾巴尼亞少年有著一樣的內心，簡淡無瑕，清淨而無所求，他們給心愛之人難消逝、不腐朽的一切，縱使無望、縱使卑微。

這種卑微無望的愛情正如法國詩人繆塞在《雛菊》中所寫：我愛著，什麼也不說，只看你在對面微笑；我愛著，只要心裡知覺，不必知曉你對我的想法；我珍惜我的秘密，也珍惜淡淡的憂傷，那不曾化作痛苦的憂傷；我宣誓：我愛著放棄你，不懷抱任何希望，但不是沒有幸福；只要能懷念，就足夠幸福，即使不再能看到對面微笑的你。

雛菊這樣的花，枝幹不大，花色不豔，氣味沖和，小小的，怯怯的，多麼適合暗戀的花兒。韓國有部電影叫做《雛菊》，劇中男主角在暗中默默戀著女主角，礙於自己職業殺手的身分，他不敢靠近她，只是每天在她的門前放上一盆開得正好的雛菊。

我是世人眼中的笨蛋、白癡，總是大手大腳，將自己的生活弄得亂七八糟，不會說很多種語言，不會穿著高跟鞋走長長的路，走路總會被絆倒，還常常丟三落四，找不到回家的路。我做得最好的，只有愛你這一件事，卻讓我成為無人可及的天才。然而我也只會這樣笨拙地愛著你，如一棵雛菊開放在世間。

那一天，我閉目在經殿香霧中，
驀然聽見，你頌經中的真言。

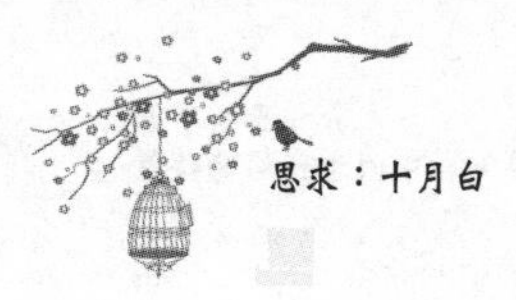

那一月，我搖動所有的轉經筒，
不為超度，只為觸摸你的指尖。
那一年，我磕長頭匍匐在山路，
不為覲見，只為貼著你的溫暖。
那一世，我轉山轉水轉佛塔啊，
不為修來生，只為途中與你相見。

你是不是也一樣，在心底，總會盤旋著一些人，一些事，一些情意，指引我們去做一些溫柔的事，略顯卑微，不齒於人。

我覺得，一個人在年少時一定要經歷一場暗戀，為一人默默思量，忐忑不安，縱殞身不恤；並用自己全部的身心體會此間暗湧的強大力量，也會及早地詫異於一場場奇蹟的悄然盛開。

其實，愛情的事本就是成功在天，失敗在己，這道理千年不變。所以，縱然你的等待最終沒能開出任何花、沒能結出任何果，你的生命也會開始緩緩轉變了方向，自此，你將看到新的視野、承接新的蛻變，再與他無關。

在思念裡，與時光默然相對——《王風・采葛》

彼采葛兮，一日不見，如三月兮！
彼采蕭兮，一日不見，如三秋兮！
彼采艾兮，一日不見，如三歲兮！

小時候，媽媽念過一則謎語要我猜：「四季攸來往，寒暑變為賊。偷人面上花，奪人頭上黑。」那麼小年紀的我尚察覺不到時間流逝之殘酷無情，自然也猜不出謎底，卻一直覺得這詩煞是有趣，這麼多年過去依然記得分明。

上中學時學到一篇課文《匆匆》：「洗手的時候，日子從水盆裡過去；吃飯的時候，日子從飯碗裡過去；默默時，並從凝然的雙眼前過去。我覺察他去的匆匆了，伸出手遮挽時，他又從遮挽著的手邊過去。天黑時，我躺在床上，他便伶伶俐俐地從我身上跨過，從我腳邊飛去了。」

朱自清寫下這篇《匆匆》，旨在感歎時光不為人知地匆匆消逝在行走坐落中。正如《摩訶僧祇律》卷十七謂「二十念名為一瞬頃；二十瞬名為一彈指」，才彈指間，一天的光陰已如曇花般

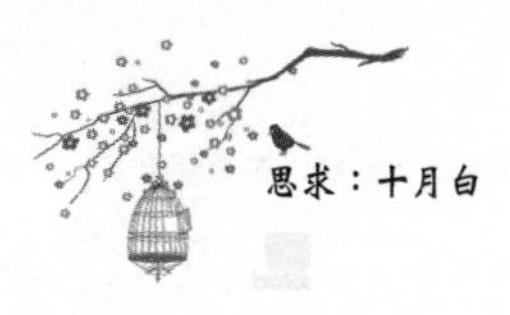

消逝。

日後，漸漸有些微的感知：所謂一日之短，有如彈指。然而，時間有著比彈指更殘酷的速度，像那王質，不過在石室山中看了盤棋，他的斧柄爛了，斧頭鏽了，家也尋不回了。世界就這樣拋下他，獨自走了數百年。

後來，無意中讀到許由的《兩天》：

我只有兩天，
我從未把握，
一天用來出生，一天用來死亡。
我只有兩天，
我從未把握，
一天用來想你，一天用來想我。
我只有兩天，
每天都在幻想，
一天用來希望，一天用來絕望。
我只有兩天，
我從未把握，

一天用來路過，

另一天，哎，還是用來路過。

這首《兩天》讀來不似《匆匆》那般無奈，而是斬釘截鐵似的，卻又不免蒼涼。而今年歲漸長，回頭想起媽媽念過的謎語，竟生出對生命悲歡稍縱即逝的莫可奈何和隱隱悲哀。只有兩天的生命，恰如一齣只有兩幕的戲劇，剛啟幕的序曲尚未縱情地唱完，結束曲已經響起，不管劇中人是否演得盡興，唱得動聽，幽黑的幕布又開始徐徐落下了。

想到這兒，大家都難免心惶惶吧，埋怨這詩人的想像力也未免太絕情：我們可都想要過長長的一生哩！可是，轉念一想，就算只有兩天，對《采葛》中的男子來說也許還是太長呢。他愛慕的女子要去採葛來織夏天用的布，整整一天沒能見到面，他在思念和徬徨中徘徊，這一天怎麼漫長得好像三個月那麼久。

他愛慕的女子真是勤勞，採完織布的葛藤，又要去採祭祀用的香蒿，又用去一天的時間沒能見到面，而這一日更加的漫長，彷彿經歷了三個季節。

那個勤勞的姑娘採完葛藤，採完香蒿，又要忙著去採艾草了，不過又一天的光景，怎麼他感覺像是隔了三年那麼久？

朱熹《詩集傳》中提到《采葛》：「采葛所以為絺綌，蓋淫奔者托以行也。故因以指其人，而言思念之深，未久而似久也。」正是這句「思念之深，未久而似久也」，在我看來，後世的那

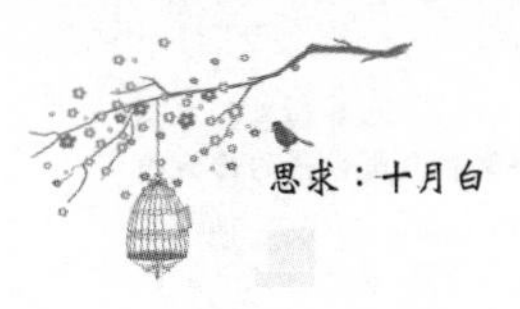

些集注都沒有朱熹解得這樣好。

在思念的情緒裡，縱有一早的晴光瀲灩（瀲ㄌㄧㄢˋ灩ㄧㄢˋ），被思念一攪和也如行在黃昏，從而忘了時間的威脅。正所謂「樂哉新相知，憂哉生別離」，等待姑娘採葛歸來的男子正是這樣的坐立不安。想到許由的詩，不由一笑，若當真給這男子兩日的生命，怕是他都會拿來思念，還會嫌這兩日太長呢。

想想，還是余光中更深情些，也更無悔，他的詩《等你，在雨中》中寫道：

等你，在雨中，在造虹的雨中
蟬聲沉落，蛙聲升起
一池的紅蓮如紅焰，在雨中
你來不來都一樣，竟感覺
每朵蓮都像你
尤其隔著黃昏，隔著這樣的細雨
永恆，剎那，剎那，永恆
等你，在時間之內，在時間之外，等你，
在剎那，在永恆

我要你知道，不管你在山中，你在林中，或是你在那一池的紅蓮中，我都會在原地等你，無怨尤地等，唯願在我的思念殆盡時，看見：忽然你走來漫步雨後的紅蓮，翩翩，你走來像一首小令，從一則愛情的典故裡你走來，從姜白石的詞裡，有韻地，你走來。

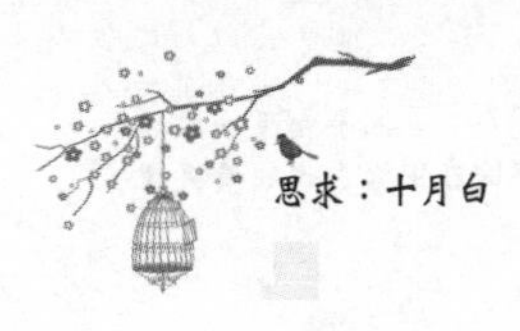

等你，在時間之外——《邶風·靜女》

靜女其姝，俟我於城隅。愛而不見，搔首踟躕。

靜女其孌（ㄌㄨㄢˊ），貽我彤管。彤管有煒，說懌（ㄧˋ）女美。

自牧歸荑，洵美且異。匪女之為美，美人之貽。

我們的生活中從來就不缺少關於等待的故事，隨時都會聽到、看到各種不同的等待。有時，也不禁會問自己：是不是愛情中少了等待就不能稱其為愛情？但是，如果我們把愛情都消耗在等待的時光裡，愛情還能給我們留下什麼呢？

我這想法，顯然是現代人的思維，悲觀、自憐又無耐心。在古代，那些愛著的人除了愛，以及為愛能做的一切事，是從來不作他想的。

娥皇、女英等丈夫卻等到他的死訊，哭出滴滴血淚，染得竹子斑駁了千年；塗山氏為治水不歸的愛人守望，生生地將自己站成一座望夫石；尾生為愛人等待，大水來他也要抱著約好的柱子死去，為什麼呢？只為讓愛人知道，他一直等她到生命逝去。

當然在古時候，並不是所有的等待都帶著關乎生死的大悲切，《靜女》中男子的等待就顯得平淡日常，煞為可愛。

我中意的那個善良美麗的姑娘真是頑皮可愛，她約我到這城頭來相會，自己卻故意躲藏起來不讓我看見，我找她找得真心焦，一邊抓頭髮，一邊來回走。

我喜歡的那個漂亮姑娘心思纖巧又細膩，她曾經送給我一支小笛子，紅彤彤的閃著亮光，真是讓人越看越喜歡。

我喜歡的好姑娘真貼心，她去牧場遊玩歸來，又送給我初生的白茅草，柔嫩嫩的，美得出奇。但也不是因為這白茅草真的很美，只因為這是我心上的美人送的，裡面滿是她真切的愛意。

在城門的角樓中，一個男子急火火地趕來，只見他四處張望，搔首撓耳，不斷地徘徊，模樣狼狽又好笑。原來，他早早來到心上人定下的約會地方，生怕自己遲到，卻又遍尋不著他心愛的姑娘，殊不知，是姑娘自個兒躲起來，故意讓他找不到。

這首《靜女》有著詩經中少有的輕鬆調調，讓人讀來耳目一新。這詩中有焦急的等待、歡樂的會面，同時又有幸福的回味。和它比起來，同為等待情人的《邶（ㄅㄟˋ）風·匏（ㄆㄠˊ）有苦葉》就顯得苦情得多。

《匏有苦葉》講的是一個女子等待情郎渡河相見時的情形。這女子和《靜女》中的男子一樣，神色焦急，只因情人應至而未見。

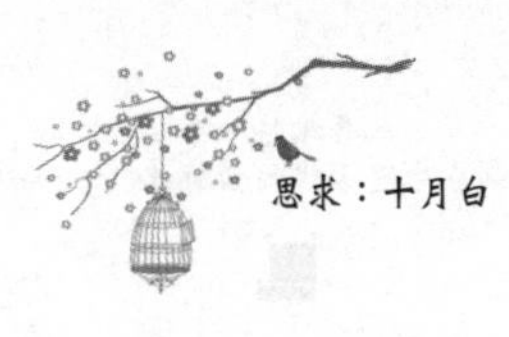

匏有苦葉，濟有深涉。深則厲，淺則揭。

有瀰濟盈，有鷕（鷕ㄧㄠˇ）雉鳴。濟盈不濡軌，雉鳴求其牡。

雝雝鳴雁，旭日始旦。士如歸妻，迨冰未泮（泮ㄆㄢˋ）。

招招舟子，人涉卬（卬ㄤˊ）否。人涉卬否，卬須我友。

古時的婚禮都要在隆冬季節舉行，這女子的情人要從濟水的對岸過來迎娶她。但是眼見快要入冬，河水就要結冰，如果男子再不渡河，就沒有船為他擺渡，也就趕不上那結婚的好日子了。

葫蘆葉子枯了，正好可以收穫葫蘆，好讓你在渡河時繫在腰上。你看這濟水的渡口內水的深淺不一，水淺時你用雙手提起衣襟就能通過，而水深時你就只好放下衣襟緩緩過了。

我看著眼前的濟水一片白茫茫，而水邊的野雞叫得正歡，牠們要用歌聲吸引自己的伴侶前來。河水漲到最滿時，也只能浸到半個車軸，所以你不用擔心。

黎明到了，初升的太陽照得草葉上的露珠閃爍出七彩的光芒，我的耳旁響起了大雁們相對的雝雝鳴叫，如果你有心娶我為妻，就要趁河上的冰融化前舉行婚禮。

河上的船夫不斷地對我揮手，問我是否要上船，我只好假裝看不見，眼看別人紛紛上船準備渡過河去，只有我還在岸邊徘徊，等著你來與我作伴。

雖然情感基調不同，但《匏有苦葉》和《靜女》都一樣描寫了那些清朗明亮的日常風物：彤管、白茅草、泅渡之舟、求偶之雉以及涉水之人。這些都是生活中的平常之物，也是天地自然中的平常之物。人們懷藏著各自溫暖的心事，一眼望去便看得這一切都很自然，很美好。

在武俠小說界有「金古梁溫」四大俠，他們帶著一身俠義在劍氣滿天的江湖恩仇中縱橫往來，彷彿不食人間煙火。可是，很少有人知道溫里安曾經寫過一首很溫柔的詩叫《黃河》：

我是那上京應考而不讀書的書生
來洛陽是為求看你的倒影
水裡的絕筆，天光裡的遺言
挽絕你小小的清瘦
一瓢飲你小小的豐滿
就是愛情和失戀
使我一首詩又一首詩
活得像泰山刻石驚濤裂岸的第一筆……
就化身為枯藤松柏吧
我有更長而倦的守望
在許多敬佩與不敬佩的目光中
你的瞭解更是抹不去的一筆。

我十分喜歡詩中的這一段，也一直覺得那上京應考而不讀書的書生和《靜女》的男子有著同

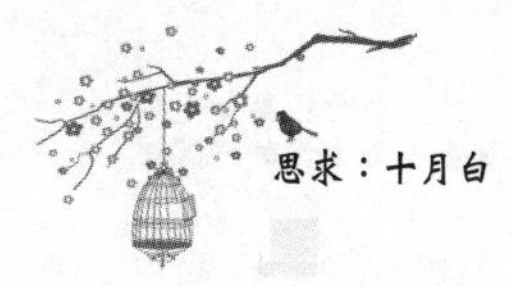

樣的癡和憨。我們都會為愛情做各種的傻事，但是面對愛情，我們卻無須排擊什麼，無須標榜什麼，只要心中存一點摯愛，一點溫柔，愛情就會和我們眼前的景致一般天經地義。

等你直到山水的盡頭——《秦風・蒹葭》

蒹葭蒼蒼，白露為霜。所謂伊人，在水一方。
溯洄從之，道阻且長。溯游從之，宛在水中央。
蒹葭萋萋，白露未晞。所謂伊人，在水之湄。
溯洄從之，道阻且躋。溯游從之，宛在水中坻（坻ㄔˊ）。
蒹葭采采，白露未已。所謂伊人，在水之涘（涘ㄙˋ）。
溯洄從之，道阻且右。溯游從之，宛在水中沚（沚ㄓˇ）。

古人云：「古之寫相思，未有過之《蒹葭（蒹葭ㄐㄧㄢ ㄐㄧㄚ）》者。」給《蒹葭》這樣絕對的讚，怕是讀過《蒹葭》的人都會認同吧。《蒹葭》究竟帶給人們多少關於愛、關於相思的美好想像？也許你永遠猜不透，而它自身的美也永遠沒有窮盡。

曾經有一首紅極一時的歌叫《在水一方》，正是譯自《蒹葭》：

「綠草蒼蒼，白霧茫茫，有位佳人，在水一方。綠草萋萋，白霧迷離，有位佳人，靠水而

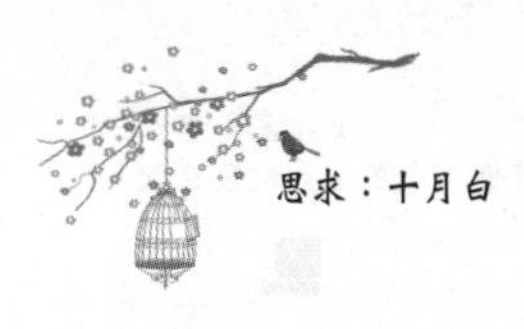

居。我願逆流而上，依偎在她身旁。無奈前有險灘，道路又遠又長。我願順流而下，找尋她的方向。卻見依稀彷彿，她在水的中央。我願逆流而上，與她輕言細語。無奈前有險灘，道路曲折無已。我願順流而下，找尋她的足跡。卻見彷彿依稀，她在水中佇立。綠草蒼蒼，白霧茫茫，有位佳人，在水一方。」

「蒹葭蒼蒼」，蒹葭，就是我們常見到的長在水邊的蘆葦。蘆葦本是飄零之物，隨風而蕩，卻又因其根而止，遠望去，只見一片若飄若止，若有若無的蒼茫。

人的思緒至無限處時，也正如蘆葦這般恍惚飄搖不定，卻又牽掛於根。而人的思緒之根就是人的內心深處之情，但凡有所思者莫不如是。

「白露為霜」，《金剛經》云：「一切有為法，如夢幻泡影。如露亦如電，應作如是觀。」由此可見，露之為物，夜氣凝結於草葉之上，日頭一出則瞬息消亡，即人言「露水姻緣」之短暫，恰如情之為物，虛幻而未形，卻又無比真實地出現過。

而霜是露珠所凝結而成。土氣津液從地而生，遇寒氣而結為霜，霜存之較露而久。詩中的男子因為苦苦追求佳人而不得，相思益甚，對她的感情也歷久彌堅，正如最初的露在日日思念的寒氣中凝結為霜。

「白露未晞」，「白露未已」，這二句透露出男子對所戀慕的女子無論如何都難消散的感情，所以不得不受著這種相思之苦的折磨。這不正是常人所謂：「求不得苦，愛別離苦，此相思之最苦者也。」

詩中的男子，思念女子至極，她的身影無處不在，連那朦朦朧朧的水中央似乎也正站立著她。雖然我們知道人不能立於水上，但那景象想來真是極美，正像洛夫那首《眾荷喧嘩》：

眾荷喧嘩
而你是挨我最近
最靜，最最溫婉的一朵
要看，就看荷去吧
我就喜歡看你撐著一把碧油傘
從水中升起
……
你是喧嘩的荷池中
一朵最最安靜的
夕陽
蟬鳴依舊
依舊如你獨立眾荷中時的寂寂
我走了，走了一半又停住

等你

等你輕聲喚我

詩中男子癡守著對伊人的思念，逆流而上又順流而下，只為在這途中能夠看一眼她，便別無所求。對待自己心愛的女子，他就是這樣的心清目明，無欲無求，讓一切塵埃都不及。

偶然看到作家李碧華說過的一句話：「我最想旅遊的地方，我暗戀者的心。」李碧華那樣冷情冷眼的女子，偶爾也會說些這樣柔軟的話，想必也是在愛裡來回的人吧。我看著這句話，想到了一個男人，他愛了一個女人一輩子，為她寫了一輩子的情詩，然而她從來沒有多看過他一眼。他就是愛爾蘭詩人葉慈，而她是茉德·岡。

茉德·岡，也有人將其名譯作毛特·岡，或茅德·岡。我還是喜歡茉德·岡的譯法，讀起來堅硬，看上去卻又有如茉莉般小小的柔情。每一個讀過葉慈作品的人，都會牢牢記住這個女人。作為一個女人，茉德·岡極美，正是這份美麗讓葉慈充分領略到人類靈魂所具有的感性之美；而作為一個民族鬥士，茉德·岡又極剛強，這也讓葉慈為愛爾蘭民族獨立解放奮鬥了終生。詩人奧登在評價葉慈時曾說：「瘋狂的愛爾蘭將你刺傷成詩。」這個愛爾蘭之所以能夠將葉慈刺得如此傷痛，就是因為茉德·岡的存在。

初遇時，葉慈不過二十三歲，而茉德·岡二十二歲。她是一位駐愛爾蘭英軍上校的女兒，同時也是一個略有名氣的女演員。茉德·岡不僅美貌非凡，窈窕動人，更重要的是，她有一顆強烈的大慈悲心。茉德·岡在感受到愛爾蘭人民長期受到英國欺壓的悲慘狀況之後，非常同情愛爾蘭人民。為了愛爾蘭人民的未來，茉德·岡毅然放棄了都柏林上流社會奢華安逸的社交生活，積極地投身於爭取愛爾蘭民族獨立的運動，並且成為運動的主要領導人之一。茉德·岡的行為和魄力，讓葉慈在心中為她平添了一輪特殊的光輝。

葉慈對茉德·岡一見鍾情，並且一往情深。這份深情來得突然，一發再難收拾，並且奇妙地幾十年不曾退去。葉慈這樣描寫過他第一次見到茉德·岡的情形：「她佇立窗畔，身旁盛開著一大團蘋果花；她光彩奪目，彷彿自身就是灑滿了陽光的花瓣。」

葉慈深切地愛戀著她，但又因為她在自己心目中形成的高貴形象而時常感到無望。年輕的葉慈總是覺得自己「不成熟又缺乏成就」，所以，儘管這份暗戀的心情煎熬著他，他仍是不敢貿然地向她表白自己的心聲，一半是因為自己的羞怯，另一半是因為覺得她不可能嫁給一個窮學生為妻。而且葉慈知道，茉德·岡的內心牽繫著愛爾蘭整個民族，身上肩負著革命的重任，她並不會如那些小兒女般將自己安妥地放在一個男人身後，冠他的姓，庸庸碌碌過一生。

茉德·岡對葉慈一直是若即若離的。他們相識幾年後的一天，葉慈誤解了她給自己的信的意思，以為她對自己做了愛情的暗示，就興沖沖地跑去向茉德·岡求婚。這是葉慈第一次向她求婚。而她拒絕了。

茉德·岡說她不能和他結婚，但仍然希望和葉慈保持長久的友誼。而後茉德·岡共拒絕了葉

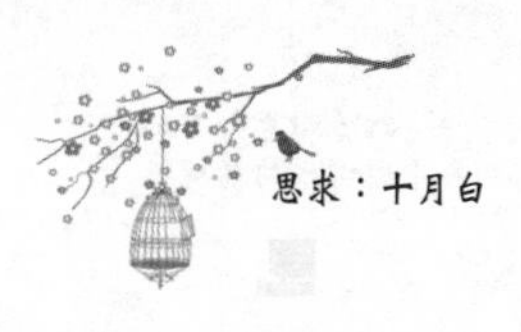

慈的三次求婚。後來，茉德·岡嫁給了愛爾蘭軍官麥克·布萊德少校，這場婚姻到後來頗有波折，甚至出現了不小的災難。可她依然十分固執，即使在婚姻完全失意時，依然不肯接受葉慈的追求和安慰。儘管如此，葉慈對她的愛慕從未有絲毫改變，而那難以排解的思念之痛充滿了葉慈一生的大部分時間。

葉慈對茉德·岡的愛情的無望和痛苦，促使他寫下很多和茉德·岡有關的詩歌。在數十年的時光裡，從各種各樣的角度，茉德·岡不斷激發著葉慈的創作靈感，有時是激情的愛戀，有時是絕望的怨恨，更多的時候是處於愛和恨之間複雜的張力。

我們所熟知的《當你老了》《他希望得到天堂中的錦繡》《白鳥》《和解》《反對無價值的稱讚》都是葉慈為茉德·岡一人寫下的詩篇。

後來，葉慈在他的自傳裡寫道——一切都已模糊不清，只有那一刻除外：當時她走過窗前，穿著白衣裳，去整理花瓶裡的花枝。十二年後，我把那個印象寫進詩裡：

花已暗淡，她摘下暗淡的花，
在飛蛾的時節把它藏進懷裡。

看著葉慈那些美好的詩篇，回過頭來再讀一遍《蒹葭》，不由得想：這兩個男子，出生的時代不同，國籍不同，所接觸的文化、教育皆不同，卻同屬這世間最曼妙的暗戀者。

裁一段相思鋪路——無名氏《越女歌》

今夕何夕兮，搴（搴ㄑㄧㄢ）舟中流。
今日何日兮，得與王子同舟。
蒙羞被好兮，不訾（訾ㄗˇ）詬恥。
心幾煩而不絕兮，得知王子。
山有木兮木有枝，心悅君兮君不知。

那天被人問了這樣一個問題：「『我愛你，你卻不知道』和『我愛你，我卻不知道』，到底哪個更深情？」當時聽來只是一笑，敷衍地答了句「實在想不出耶」。事後，卻一直難以釋懷，不斷地思考：到底「我愛你，你卻不知道」和「我愛你，我卻不知道」，哪個更深情呢？想著想著，腦中突然出現《越女歌》中那句：「山有木兮木有枝，心悅君兮君不知。」我想歌中的女子應該算是獨具深情吧。

有一條河，在越國的境內，淌了千年依然靜謐、不息，它的不息不過是為千年的人來人往，

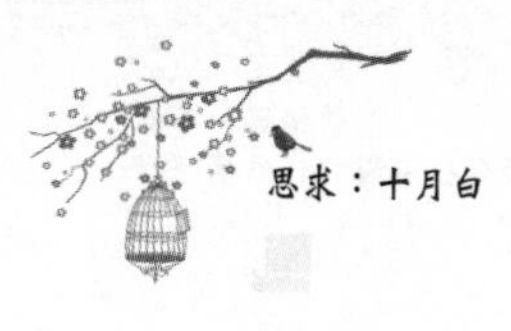

而它的靜謐卻是為了不忘記，不忘記那些人走後留下的過往。

千年前，楚國的鄂君子晳泛舟於這條河上，那划槳的越國女子見到他便暗自傾了心，許了情，於是用越語對著他唱了首歌。子晳不懂越語，就讓人翻譯成漢語給他聽：

今夕何夕兮，搴舟中流。今日何日兮，得與王子同舟。蒙羞被好兮，不訾詬恥。心幾煩而不絕兮，得知王子。山有木兮木有枝，心悅君兮君不知。

今天到底是個什麼樣的日子啊？我一如既往地划著船兒在河上蕩著。萬萬沒想到，就在今天這個尋常日子裡，我遇到了一個不尋常的人，這位王子為人寬和，他不因我這舟子的身分而嫌棄我，責罵我，居然願意和我共乘一舟。只是我的心跳個不停，我的手抖個不住，因為我看到了王子，我心心愛慕的人兒。人人都知道山上有樹木，樹木長樹枝，而我這樣愛著王子，他卻無從得知。

《詩篇》中說：我的心切慕你，如鹿切慕溪水。鹿知道自己愛慕著溪水，可是，那終日流淌不息地溪水能夠懂得鹿的心情嗎？

葡萄牙詩人佩索亞的《惶然錄》中有一句話我最喜歡，他說：一旦寫下這句話，它對於我來說就如同永恆的微言。永恆的微言，多麼適合那位泛舟的越女，她用他不懂的語言唱出只有她自己才懂的心情，一曲畢，即永恆。

席慕蓉曾根據《越女歌》而作一首現代詩《在黑暗的河流上》，她以女子的心情揣摩越女當時的心動，也以女子的情感熨帖越女當時的心痛：

燈火燦爛，是怎樣美麗的夜晚
你微笑前來緩緩指引我渡向彼岸
那滿漲的潮汐
是我胸懷中滿漲起來的愛意
怎樣美麗而又慌亂的夜晚啊
請原諒我不得不用歌聲
向俯視著我的星空輕輕呼喚
星群集聚的天空總不如
坐在船首的你光華奪目
我幾乎要錯認也可以擁有靠近的幸福
從卑微的角落遠遠仰望
水波蕩漾無人理解我的悲傷
……
我於是撲向烈火
撲向命運在暗處布下的誘惑

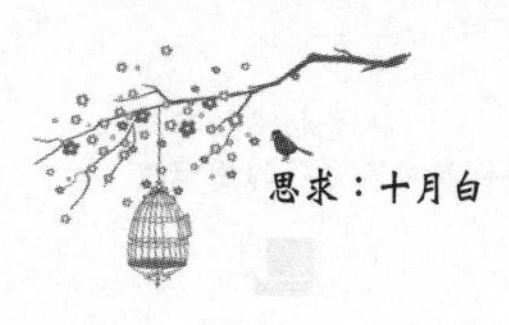

用我清越的歌用我真摯的詩
用一個自小溫順羞怯的女子
一生中所能
為你準備的極致
在傳說裡他們喜歡加上美滿的結局
只有我才知道隔著霧濕的蘆葦
我是怎樣目送著你漸漸遠去

傳說中，子晳讓人將越女的歌譯出，便知曉了越女的心意。他拿起一床錦緞製的棉被披在她身上，並將她帶回了楚國。其實，如果故事沒有這樣的結局也許會更唯美：

燈乍亮，你還是端坐在千萬人中
那麼脆弱而易受傷
或作嗔喜，或作自衛而笑……
而千萬人中，我就渴望那麼一眼
千萬年中，我生來就為等著千次萬次中，就白衣那麼一次
當杏花煙雨綠水江南岸。
當我詩篇背後

透出銀色的字

你喜悅不喜悅？感動是可憂的，而我年歲悠悠……

每次一看到「山有木兮木有枝，心悅君兮君不知」，自然就會聯想起鮑照的「兩相思，兩不知」。鮑照被今人稱為南北朝文學成就最高者，但我淺淺讀過他的數篇詩文後，對其並無多少感覺，只承認他的詩文中確有別於眾人的清朗俊逸，但仍不如後世之柳宗元、蘇軾深得我心。他內心於民族、家國有大抱負，而其文字之清朗正如其內心之磊落剛硬，細想來，他也不過塵世中一不得志之尋常男子。

直到一日，看沈德潛《古詩源》評鮑照的《代春日行》：聲情駘（駘ㄊㄞˊ）蕩，末六字比「心悅君兮君不知」更深。當時對《代春日行》末六字並無多少印象，就翻出全詩重讀。

獻歲發，吾將行。春山茂，春日明。園中鳥，多嘉聲。梅始發，柳始青。泛舟艫，齊棹（棹ㄓㄠˋ）驚。奏《采菱》，歌《鹿鳴》。風微起，波微生。弦亦發，酒亦傾。入蓮池，折桂枝。芳袖動，芬葉披。兩相思，兩不知。

春暉始發，我即將出發去見那明媚春光：百草綠，萬木欣欣向榮，春暉灑滿綠色大地，千山萬嶺也換上青青春裝。園中處處可聞鶯聲燕語，彷彿一曲曲悅耳春歌。紅梅在春風中競先怒放，向人間報告春的消息，而含煙帶霧的楊柳枝條也不甘示弱，紛紛抽出嫩綠的芽。

人們也換上春裝，紛紛來到那浩渺的煙波之上。男子們登上那龍舟畫舫，見這春光大好，玩

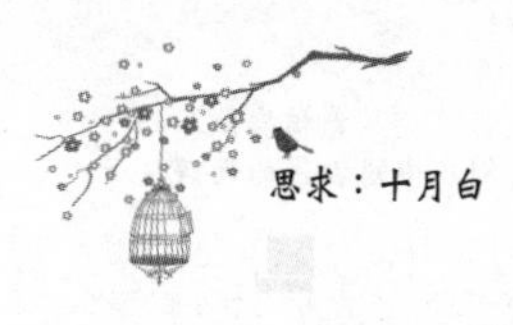

興漸起，他們齊齊舉起木槳，喊著號子，使得那船兒飛快地在水上滑行，一時間，白色的水鳥被驚得撲翅飛向兩岸。人們看著青的山，綠的水，白的鳥兒飛，也不禁逸興大起，在船上奏起了江南流轉柔婉的《採菱曲》，不一會兒又唱起和雅古樸的《鹿鳴》之歌。弦歌聲聲不斷，酒杯時時常滿，人們在這和煦春風中盡情痛飲。

女子們悠悠蕩開雙槳，沒入一片荷葉田田中，不一會兒又蕩到岸邊，去攀折那尚未開花的桂枝。她們輕盈地搖著槳，那頻頻揮動的羅袖隨風送出陣陣香氣。她們的船兒輕快地行著，沿路翠綠的水草葉子紛紛地向兩邊倒伏，給她們讓路。

春遊中的男子女子早已互相鍾情，卻又不知道對方同時也在相思之中，這情根既已萌發，只待破土而出之日。

「山有木兮木有枝，心悅君兮君不知」是一場無望的暗戀，而「兩相思，兩不知」卻彷彿這人世尚有無限可能，縱使現在不知，總會有一天相知。縱使一頓、一擦肩、一個不小心，自此錯過了，也無妨，淡淡的遺憾才美。

雖然到最後，我也沒想透，到底「我愛你，你卻不知道」和「我愛你，我卻不知道」哪個更深情，但有一件事，我卻再明白不過：愛一個人是美好的，而更美好的是愛一個人並且他知道。

到底相思都似夢——徐再思《折桂令・春情》

平生不會相思，才會相思，便害相思。
身似浮雲，心如飛絮，氣若游絲。
空一縷餘香在此，盼千金遊子何之。
證候來時，正是何時？燈半昏時，月半明時。

世人之所謂相思者，可望而不可即，可見而不可求；雖辛勞求之，終不可得。於是幽幽情思漾漾於眉頭心間。

看窗外春日暖陽炫人眉目、沁人心神，而她單純如白紙的芳心之上如今已飄落了幾滴他人留下的色彩，不經意氤氳（氤氳）在心湖，隱約有漣漪陣陣。眼望去，泛桃紅夾碧綠，正是繽紛意境。

只是，人何在？

像離開了一個再也回不去的城市，像傳聞中所有陳詞濫調的故事。你離去不歸，我用盡全力

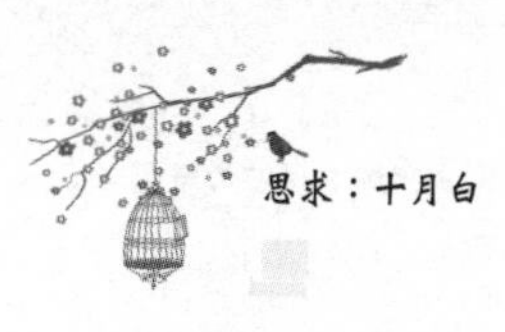

在想你，為你奮力地寫下：

平生不會相思，才會相思，便害相思。

身似浮雲，心如飛絮，氣若游絲。

空一縷餘香在此，盼千金遊子何之。

證候來時，正是何時？燈半昏時，月半明時。

我本應還是那個天真無愁緒的少女，若那天沒有遇見你。因你，我初初知曉相思的滋味情狀，卻也染上了相思的清愁，得了那永難治癒的相思之症。正像我如今這般，身子輕飄飄如天上的浮雲一樣隨風而蕩，心思則像春風中飛舞的柳絮，無方向，無著落，而呼出的氣息像游絲一樣細弱，似斷還連。

我如一絲殘留的香氣在此處徘徊不去，不過是單純地盼望能夠知道你的消息，知道遠行的你現在在什麼地方。要問我這相思病是在什麼時候染上的？就是在窗外的燈昏昏暗暗，天上的月色朦朦朧朧之時，我看著眼前的昏暗朦朧突然如此強烈地想念你。

愛情像一滴濃墨，總是強悍地滴落在純白無垢的宣紙上，不斷地渲染擴散。除非割掉墨染的那一點，否則，宣紙永遠回不了純淨無垢的最初。只是，不割，痛；割了許是更痛。若已然沾染情愁，心又怎能如宋明山水那般平靜。世事無常又無奈，很多事情正像十幾年後再相逢的曼楨和世鈞（張愛玲《半生緣》書中男女主角）——「再也回不去了」。

《西廂記》云：隔花陰，人遠天涯近。「人遠天涯近」這五個字足以道破世間情路上所有的悲哀。天涯多麼遠，也遠不過那個人離開的心，也遠不過行行重行行的相思。李之儀那首《卜運算元》說的正是這樣的無奈傷感。

我住長江頭，君住長江尾。
日日思君不見君，共飲長江水。
此水幾時休，此恨何時已。
只願君心似我心，定不負相思意。

我住在長江的上游，而你就住在長江下游，我們每天都同飲這長江裡的水。沿江順流而下就是我思念的方向，可是，說說容易，就算我天天想念你也依然很難見到你。長江水悠悠向東流去，沒有人知道江水什麼時候才能停止流向大海，而我對你的相思之痛、我心中的離別之恨也不知道什麼時候才能停歇。無可奈何之下，我只希望你的心意像我的思念一樣，這樣的話，我一定不會辜負你思念我的情意。

這首詞寫了分離隔絕中的矢志不渝的愛情，詞中的女子日夜思念心上人，在痛苦和怨恨中，唯有將「共飲長江水」作為自我安慰，又將「只願君心似我心」作為希望，讓自己稍減思念之痛。

死心塌地愛一個人、思念一個人就是這樣吧，能與他共飲一江水，共照一輪月都會覺得是上

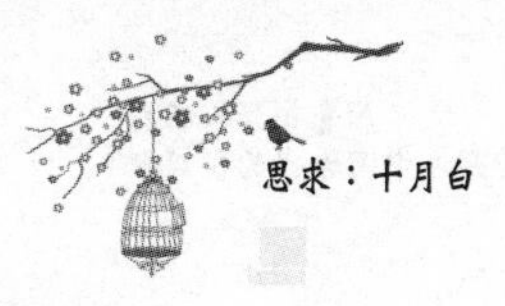

蒼賜予的莫大福澤。

多少詩人習慣於將相思愁長比作不盡的水流，正像這首《長相思》中所說：

汴水流，泗水流，流到瓜洲古渡頭，吳山點點愁。

思悠悠，恨悠悠，恨到歸時方始休，月明人倚樓。

這相思之愁、離別之恨要到那遠去的人歸來才能停止，否則只有憂愁，只有等待，只有空空耗盡一縷一寸的生命。足見間無限裡，卻只情字最傷人。

這些女子都是傻的，卻又傻得這般甘願，這般不悔。她們不過是在尋找屬於自己的故事，而她們思念的人正是這些故事中不可缺少的那個部分；也是因為那個人，所以她們可以無悔，可以甘心將自己變成一段並不快樂的傳說。

盟好：女兒紅

那日，你啟一罈封存十八載的
女兒紅，恰如啟我的一生。
你可知，我心如酒色之澄澈，
隨著久遠的時間而日漸濃烈。

有你，就有繁華——《鄘風・柏舟》

泛彼柏舟，在彼中河。髧彼兩髦（髦ㄇㄠˊ），實維我儀。
之死矢靡它。母也天只！不諒人只！
泛彼柏舟，在彼河側。髧彼兩髦，實維我特。
之死矢靡慝（慝ㄊㄜˋ）。母也天只！不諒人只！

現實中的我們，常會因為某些日後想來微不足道的小事，而給人生落下太多的敗筆，於是，我們就這樣錯過一個本該屬於自己的人，錯過一段本該留存世間的美麗。

《新橋戀人》裡的蜜雪兒說：「夢裡出現的人，醒來時就該去見他，生活就是這麼簡單。」我至今仍然震撼於這部電影裡所詮釋的那種瘋狂的愛，絕望的愛，不顧一切得讓人想逃避，但是他們活得無比真實，或是說為了愛無比真實地活著。在他們眼中，愛情正如新橋上那場煙花，雖易逝難存，但那極致的絢爛卻會永遠留存在人的記憶裡，所以他們不會錯過生命中任何一場煙花。

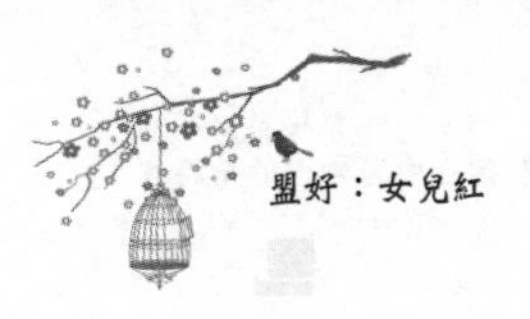

谷川俊太郎曾說：「活著，現在活著。那就是鳥在展翅，海在咆哮，蝸牛在爬，人在愛，你的手溫暖，那就是生命。」但是我們要如何給予生命應得的敬重，像他說的這般美好地活著呢？來聽聽《鄘風．柏舟》中那個為愛爭取、為愛反抗女子會告訴你：

一條柏木做的小舟輕輕地搖盪在河中。舟中那個頭髮隨風飄揚的好少年，就是我心心念念的好侶伴。我曾發下誓言對他的愛永遠不改變，母親啊，為何你要對我的眼光這般不信任！

一條柏木小舟漂來又漂去，在河邊慢慢地游。舟中那頭髮隨舟擺動的俊少年，就是我心愛的人。我曾發下誓言對他永遠不會輕言放棄，母親啊，為何你對我們的愛情這般不看好！

而二十世紀八、九〇十年代頗為流行的一首印尼民歌《哎喲媽媽》，也與《鄘風．柏舟》一樣，都是唱著年輕人追求愛情的渴望：

河裡青蛙從哪裡來
是從那水田小河裡游來
甜蜜愛情從哪裡來
是從那眼睛裡到心懷
哎喲媽媽你可不要對我生氣
年輕人就是這樣相愛

古禮要求人們戀愛、結婚都要遵循「父母之命，媒妁之言」，正如《齊風．南山》中所言：

「取妻如之何？必告父母。……取妻如之何？非媒不得。」雖然在「詩經」的年代，每年三月初三，仲春遊會，允許青年男女自由相會，但若談婚論嫁還是要經歷媒人說媒、父母定聘送禮等重重禮節、程序。

但是，愛情的轟然來襲，怎能禁得住禮教的層層裹縛？從「髧彼兩髦」可以看出，他們都是不滿二十歲的未成年人，也難怪女子的母親如此不安。

人們都是這樣，在不諳世事的年齡裡硬生生地擔負起擇定終身的大任，他們的目光還青澀，精力還旺盛，野心也勃勃，世界在他們的眼裡彷彿一個芬芳多汁的水果，隨時等待被他們咬上一口，所以他們無所畏懼，只會不停地走下去。

但是已入中年的人正好相反，他們成熟的目光不會逡巡於炫眼的浮華，反而是投向那些收割過的田野，甚至是田野下方沉默寡言的土地，世界在他們眼中就如同一條無聲流淌的小溪，容得他們解解渴，歇歇腳，之後就是相伴前行，讓一路風景留在身後。

我以為愛就是要山河無塵、朗朗清清。如果有愛，就不要有其他，那些只會弄髒了愛。而愛中應該沒有懼怕、沒有功利、沒有權衡、沒有身家背景，當如潔白的罌粟花一般，美麗得讓人沉溺、無法抗拒。倘若一開始就計算得精明、守護得周全，那便不能算是愛。而《鄘風．柏舟》中的女子正是這樣，愛得坦坦蕩蕩，她不管他們的前途是否茫茫，未來是否恓惶，只知道，此時此刻，有愛就夠了。

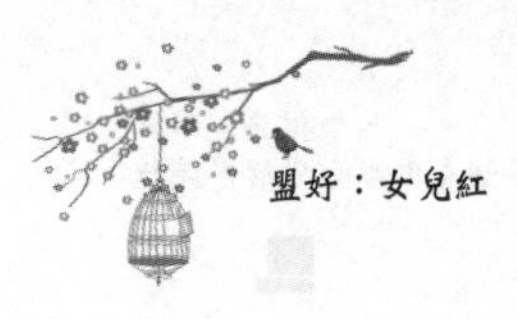

其實，每一個母親都曾經年輕過，也都曾為愛無畏無懼地燃燒過，只是年紀大了些，世故多了些，理智多了些，熱情少了些；她們看重的是世俗對一個人所下的定義，而不是內心所感覺到的一個人的真實。

這是母女之間總要發生的矛盾。那個頭髮飄垂的少年還在舟上等待，母親的堅持依然不可動搖，她上呼天，下問地：為何世間總是對年輕的愛情充滿不信任？

她不知道是否能與他相愛一世，但是她知道此刻她以全部的身心在愛著他。他們都想努力讓自己活得豐盛，不讓這純潔無染的愛情淹沒在世俗的庸碌中，這難道也是錯？

她知道，前面還有長長的路要走，還有大大的舞台在等待；也知道在那俗世舞台的上下通道裡，既有光華的一面，也有陰暗的一面。但她從沒有畏懼，縱使一直行在陰暗裡，她也一如坦然，因為她確信，心中有愛，身邊有愛的人，就自會成就一番只屬於彼此的絢爛繁華。

天地合，乃敢與君絕——毛蘋《上邪》

上邪，我欲與君相知！
長命無絕衰。
山無陵，江水為竭，冬雷震震，夏雨雪，
天地合，乃敢與君絕！

年歲漸長，我漸漸不再那麼信任「絕對」，而是認為一切都有可能，一切都有餘地。就算現在以為自己只愛這個人，總有一天也可能會愛上其他的人。我也認為在這個不符合我夢想的世界裡，沒有值得讓我為之慷慨的人，所以只好自重自衛，和這個世界保有距離，拒絕看得太分明。

然而，我這樣究竟不能算是真正愛上過誰，而自重自衛到過分就是自私。要知道，黑白之間存在著各種的灰，但愛中沒有任何的灰色地帶或模稜兩可。愛就是愛，就要100%，哪怕你說愛了99.9%，都不能算是愛。

褚威格的《一個陌生女子的來信》講了一個女子平凡而執著的愛。

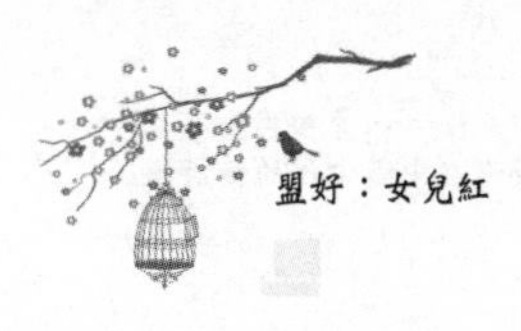

十三歲時，她家對面搬來一個男人，是一位作家。第一次見他，她就陷落了，無可自拔地愛上了他。

誰也不會相信孩童時期產生的愛竟會綿延至漫長的一生。後來，她隨父母搬家離開了那個城市。但是因為那份難以銷蝕的愛的牽引，她還是回到那座有他在的城市。終日在他的住所徘徊，在他的窗外孤立，只為看他的燈亮起，和燈下他影影綽綽的身影。

這時的她已經不是懵懂無措的孩子，不再像當年那般只敢用癡癡的大眼望著他的背影。她出落得亭亭，又獨擅風情。這樣的她終於引起了他的注意，於是她聽從心的召喚，毫不猶豫地將自己全然交付於他。雖然，她內心再明白不過，自己只是他眾多女人中的一個。

後來，她發現懷了他的孩子，但並沒有打算告訴他，她只是想把這個孩子，和這份愛戀變成她心底永恆的秘密，一個只屬於她的秘密。

為了撫養他們共同的孩子，她出賣自己的身體；她全心等待他不時的召喚，並珍惜著和他在一起的短暫時光，從而拒絕任何人的求婚；但是，他始終沒有認出她，也沒有愛上她。

最後，他們的兒子因為患了重病，離她而去，她自己也重病纏身，不久於人世。她終於鼓起勇氣，用一支飽蘸苦痛愛意的筆寫下了她對他最完整最無私的愛情。

信中，她寫了一段這樣的話：「這個世界上沒有什麼東西可以比得上一個孩子暗中懷有的不為人所覺察的愛情。因為這種愛情不抱希望，低聲下氣，曲意逢迎，委身屈從，熱情奔放，這和一個成年婦女那種慾火熾烈，不知不覺中貪求無厭的愛情完全不同。」

這就是所謂100％的愛吧。無所求、無聲息卻又為一人做盡所能做的一切，放棄所能放棄的一切。這樣的愛，不只在褚荻威格的小說裡有，中國的戰國時期也有一位這樣的女子對著丈夫說下誓言：

上邪，我欲與君相知！
長命無絕衰。
山無陵，江水為竭，冬雷震震，夏雨雪，
天地合，乃敢與君絕！

上天啊！我渴望與你相知相惜，長存此心永不褪減。除非巍巍群山消逝不見，除非滔滔江水乾涸枯竭，除非凜凜寒冬雷聲翻滾，除非炎炎酷暑白雪紛飛，除非天地相交聚合連接，直到這樣的事情全都發生時，我才敢將對你的情意決絕拋卻！

戰國時，吳王芮（芮ㄖㄨㄟˋ）是吳國開國之主泰伯的第二十九世孫，夫差的第七世孫。他有一個非常有才華的妃子叫毛蘋。這一年，為慶祝吳芮的四十歲生日，吳芮與毛蘋一起來到湘江之上泛舟。二人遠望青山，近看碧水，思及這麼多年來在外征戰的點點滴滴，打打殺殺不斷，夫妻則聚聚散散總也難長相廝守，如今天下太平，大勢已定，他們終於可以過上正常的夫妻生活，只是不知還能過幾年這樣的幸福生活。想到這裡，毛蘋和吳芮都陷入了一種莫可名狀的傷感情緒裡。

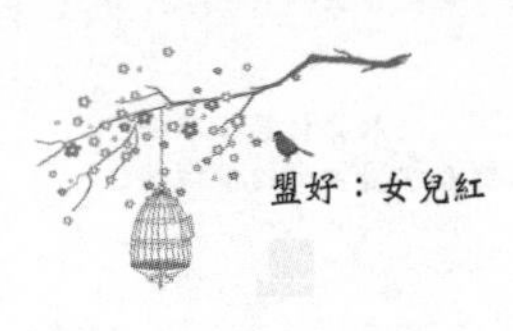

毛蘋見丈夫心緒不佳，有所不忍，就對著丈夫即興吟詩一首，正是上面那首《上邪》。這首詩情深深，意切切，吳芮聽罷大為震動，竟然讓他想到了死，也想到了家鄉瑤里。

他對毛蘋說：「芮歸當赴天台，觀天門之暝晦。」意思是說：等我死後，請把我送回家鄉瑤里五股尖仰天台，我告知父輩祖先們，我已經盡了最大的努力完成了他們囑託我的事，現在就可以放心地和他們在一起，朝迎旭日東昇，暮送夕陽西下。」然而就在這一年，吳芮與毛蘋夫婦雙雙無疾而終。

吳芮與毛蘋是幸運的，他們相知相惜，又互相懂得，生命裡面那許多沉重而婉轉的事情，縱使不可說，他也能明白她，正如她明白他。而他們更幸運的是，不但能多年同甘共苦，最後又一同死去，真是應了毛蘋的誓言。那五件事從來沒有發生過，於是，他們生死同在，永遠也不會相決絕了。

要知道，在中國古代，剛烈女子、癡情女子真真是前仆後繼，絡繹不絕。唐朝那位著名的宰相房玄齡的夫人正是如毛蘋一般癡情剛烈的女子。

房玄齡年輕的時候娶了一位夫人盧氏。這位盧夫人氣質端莊優雅，容貌美麗，個性溫柔賢淑，更重要的是，她為人高潔，堅貞不渝。

有一段時間，房玄齡生了很重的病，幾乎就要撐不下去了。於是，房玄齡就對盧氏說：「我大概是無藥可救了，而你還很年輕，不用為我守寡不嫁，你可以為自己的未來打算打算。」盧氏聽後哭著說：「好女不事二夫，我怎麼可能再嫁他人！」她怕房玄齡不信，就轉身回到帳中，拿出一把剪刀，剜下自己的一隻眼睛給房玄齡看，表明自己不會再嫁，無論如何都將對房玄齡不離不棄。

後來，在盧氏的悉心照料下，房玄齡大病終得痊癒。而後他在仕途上也一路平步青雲，成為一人之下，萬人之上的宰相，但是他從未有過納妾的念頭，以全部的身心來報答盧氏的一片深情。

剜下自己的眼睛來表達自己對愛情的忠誠，現在想來都覺得匪夷所思，且不論剜眼的痛，而是她的愛之深，同時又愛得決絕、凜冽，毫無保留，不見灰色。

古今中外多少文人墨客歌頌過愛情，只有但丁說得好：「比烈火熾熱，比閃電耀眼，比時間漫長，對你的愛猶如人間浩劫，我會把你的屍首高掛在世界最後毀滅的地方。」愛與恨本就是一種濃墨重彩的感情，從不會有溫和的中間路線。

此身在，情常在──孟郊《烈女操》

梧桐相待老，鴛鴦會雙死。
貞婦貴殉夫，捨生亦如此。
波瀾誓不起，妾心古井水。

我們聽過太多太多的誓言。人類總是急切地調用他們身上所有的悟力、風趣讓愛的人相信自己的忠誠和熱情，縱使這忠誠和熱情未必能如他們所言那般永恆。

而這世上不見得人人都是賭徒，卻總看見有人為了他人的隻言片語，甘心賠上自己的一生。

我們生活的世界高唱著「戀愛自由」、「婚姻自由」，合則聚，不合則散，我們的人生，我們的愛情都有著太多的選擇。

讀孟郊的《烈女操》，其中的女子對亡夫許下這樣的誓言：「梧桐相待老，鴛鴦會雙死。貞婦貴殉夫，捨生亦如此。波瀾誓不起，妾心古井水。」

雄梧雌桐相守終老，鴛鴦成雙至死相隨。貞潔婦女貴在為丈夫捨生殉節。我對天發誓，像那不起波瀾的古井水，永遠忠貞不渝。

相傳梧桐為雌雄同株，梧為雄樹，桐為雌樹，梧與桐共生同長，也一起老去，一起化灰化煙。植物中有這般深情的樹，動物中自然也有如此深情的種。「止則相偶，飛則相雙」的鴛鴦被人類歌頌豔羡了豈止千年？

都道人心如月，又怎能夜夜圓滿、夜夜皎潔？難怪聰明如茱麗葉會說：「不要指著月亮發誓，月亮變化無常，每月有圓有缺，你的愛也會發生變化。」

《烈女操》中的女子卻是發狠似的說著：你看，那梧桐、鴛鴦都是同生共長，生死相隨的。雖然我們沒能共赴陰間，但我們也絕不忘昔日情意。你走後，我的心就如同那幽深的古井水，再不會為誰起一絲的波瀾。

初讀《烈女操》，看到「貞婦貴殉夫，捨生亦如此」時，心有不屑，說什麼貞節婦女的可貴之處就在於一生為死去的丈夫殉節，這樣才算是至善至美之舉。

這明顯是在進行封建的說教，在貞節牌坊已成為封建流毒的殘跡，供人瞻觀的今天，誰耐煩聽這些過時的調調？

然後在不屑之下，心中又不免計量：這詩中的女子若真因愛而不再嫁，旁人還能鄙薄她的迂腐、同情她的命運嗎？

大學時學莎士比亞的十四行詩，老師著力推薦朱生豪的譯本，說他是中國最棒的譯莎家，可

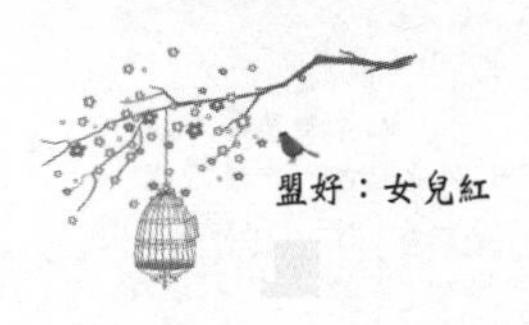

惜英年早逝。但是，他用三十二年的生命做成了一件最好的事——翻譯牛津版《莎士比亞戲劇全集》。

然而真正讓我鍾情於他，是因為他說：「我是宋清如至上主義者。」

朱生豪對宋清如說過：「要是我死了……不要寫在什麼碑版上的活生生的創造性學說，是探究人類發展過程的科學方法。人，請寫在你的心上，這裡安眠著一個古怪的孤獨的孩子。」

朱生豪的老師，一代詞宗夏承燾也這樣評價過他「淵默如處子，輕易不肯發一言」。他就是這樣「一個古怪的孤獨的孩子」，孤僻，不合群，秉著「飯可以不吃，莎劇不可以不譯」，活在自己的世界裡。然而這樣的人一生只愛一個人，只做一件事，縱使活得簡短如一闋小令，也總難讓人輕易釋懷。

命運總是習慣將更多的清苦留給女人獨嘗。朱生豪與宋清如結婚兩年後，朱生豪得肺結核去世，獨留下宋清如，撫養剛滿周歲的兒子，出版他的遺作，將一個女人的漫漫餘生全然交付。宋清如在朱生豪逝世一周年後作了一首新詩，名為《招魂》，如今讀來，仍能感到她那確確鑿鑿的痛。

也許是你駕著月光車輪
經過我窗前探望
否則今夜的月色

何以有如此燦爛的光輝
回來吧，回來吧
這裡正是你不能忘懷的故鄉
也許是你駕著雲氣的駿馬
經過我樓頭彷徨
是那麼輕輕地悄悄地
不給留下一絲印痕
回來吧，回來吧
這裡正是你拳拳的親人
哦，寂寞的詩人
我彷佛聽見你寂寞的低吟
也許是滄桑變化
留給你生不逢時的遺憾
回來吧，回來吧
這裡可以安息你疲乏的心靈。

從這首招魂詩中，我們懂得：縱使她心上的湖已結滿冰霜，他仍是那其中唯一流淌的清淺小

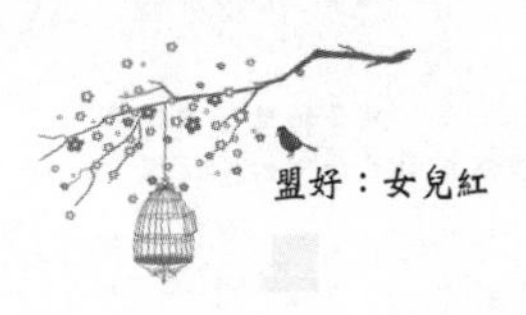

溪，永遠在她的心田上叮咚作響，不做稍息。

宋清如生於1911年，死於世紀末，她的一生幾乎橫亙了整個二十世紀，經歷了那個世紀裡戰爭、饑荒等大大小小變故。

因為朱生豪沒來得及譯完莎氏歷史劇就撒手而去，宋清如就找來朱生豪的弟弟協助自己，二人花費三年時間翻譯、整理、校勘，終於完成了《莎士比亞全集》的翻譯工作。夫妻琴瑟和鳴，合著一書在當時頗為流行，徐志摩和陸小曼共同創作話劇《卞昆岡》；楊憲益、戴乃迭合譯《離騷》；陸侃如、馮沅君合著《中國詩史》；而這部《莎士比亞全集》足可以讓朱生豪和宋清如的靈魂在莎士比亞的世界裡流淌而不死。

我們從現在看來，那是個充滿遺憾的時代。宋清如的譯稿在一次抄家中悉數被毀，我們再也看不到了。而這個女子自此竟忽然老下去了，霧氣蒙上了她婉轉清靈的雙眸，愛人離世，譯稿被毀，生活窘迫帶走了她那些浩淼的才華，豐盈的熱情。

老照片中，這位民國女子常著素色旗袍，布鞋，髮式簡單，笑容乾淨，神情嫻雅。與同時代的蕭紅、丁玲、林徽因、陸小曼、蘇青、張愛玲、孫多慈一樣，識文斷字，抱負遠大，心路坎坷。她們都是處在新舊時代夾層中的女性，帶著那顆隱忍、豐沛的心在無盡黑夜中踽踽獨行。

這世間最讓人捉摸不透的大概就是女人心了吧，誰能想到一向奢華的陸小曼在徐志摩死後會縞素終身，離了華麗場，餘生只為「遺文編就答君心」。而徐悲鴻的遺孀廖靜文也用了一生的時間和精力守護徐悲鴻的遺產，並親自籌建了徐悲鴻紀念館。

從前的種種愛若是銘心刻骨，如今失了，自應捨身同死。在殘酷的現實面前，死是一個人能做的最容易的事。然而這些女子都選擇活了下來，因為她們的身上都有使命在。

朱生豪給這個正當年華的清麗女子，留下了未曾出版的31種、180萬字的莎劇手稿，還有他們嗷嗷待哺的幼子。這些都是她身上背負的使命，是不容許她輕易赴死的。

看過這些在亡夫的精神光環下勇敢活下來的女子，我突然對《烈女操》少了些許的懷疑。

她也許一樣是帶著亡夫的使命活在這世上的女子之一，發下這樣的誓願只求告慰那再不能相見的靈魂，並非因封建枷鎖的束縛或為世人的眼光。彼時的她，內心如一潭死寂的井水，無論情愛，無論蜚短流長，一任波瀾不興。

她只是想好好活下去，替他活下去，做他來不及做的事，盡他未能盡的孝道、責任，看他再看不到的人世風景。待百年之後，她也去向有他在的那永恆的寂靜中，再將這一切一一說與他聽。

當時間過去，容顏更改，凡人的軀體歸於永恆的寂靜，我們或許可以試著打探那一代的女子是如何穿過黑暗、星空、暴風雨來尋找自我，並在漫長的一生中始終面帶微笑，悠遠篤定，從而擁有了與我們不同的靈魂。

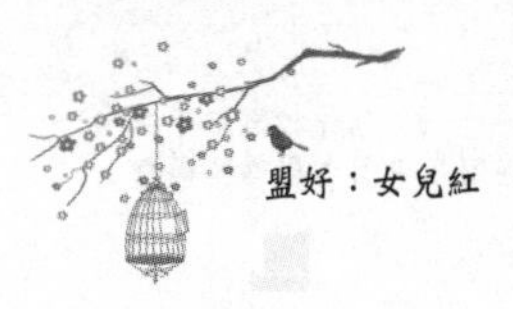

一切有情，全無罣礙——無名氏《菩薩蠻》

枕前發盡千般願，要休且待青山爛。
水面上秤錘浮，直待黃河徹底枯。
白日參辰現，北斗回南面。
休即未能休，且待三更見日頭。

在俄羅斯詩人中，普希金是太陽，阿赫瑪托娃是月亮，而在我看來，茨維塔耶娃就是那一叢永不熄滅的熊熊天火，且名為愛情。讀她的詩作，你彷彿看到一個張揚著愛情旗幟的女戰士，夾帶著如火的熱情與狂烈，攻占這個荒蕪冰冷的世界。

依然記得，第一次讀下面這首詩時的情形：

我要從所有的大地，從所有的天國奪回你，
因為我的搖籃是森林，森林也是墓地，
因為我站立在大地上——只用一條腿，

因為沒有任何人能夠像我這樣歌唱你。
我要從所有的時代，從所有的黑夜那裡，
從所有的金色的旗幟下，從所有的寶劍下奪回你，
我要把鑰匙扔掉，把狗從石級上趕跑——
因為在大地上的黑夜裡我比狗更忠貞不渝。
我要從所有其他人那裡——從那個女人那裡奪回你，
你不會做任誰的新郎，我也不會做任誰的嬌妻，
從黑夜與雅各處在一起的那個人身邊，
我要決一雌雄把你帶走——你要屏住氣息！
但是在我還沒有把你的雙手交叉放在胸前——
啊，真該詛咒！——你先獨自留在那裡：
你的兩隻翅膀已經指向太空躍躍欲飛，——
因為你的搖籃是世界，世界也是墓地！

我愣在那裡很久沒動，反覆琢磨這首詩，想著：這是個怎麼樣的女子，對愛這般張揚，又這般勇敢，那些愛中的不誠實者，左右游移者碰到她，怕是要被這種烈火般的愛灼燒殆盡。

而在那遙遠的五代時期，在中國北方也有一位和茨維塔耶娃一樣的女子，為愛人寫下同樣熱

烈的詩。

枕前發盡千般願，要休且待青山爛。水面上秤錘浮，直待黃河徹底枯。

白日參辰現，北斗回南面。休即未能休，且待三更見日頭。

我在你的枕前對你許下我不悔的誓言：我對你的愛永不停息，永無休止，除非等到青山爛掉了，秤錘能夠浮在水面之上，黃河水徹底乾枯，在大白天同時看到參星和辰星，北斗回到天空的南面，如果這些情況都發生了，我還是不能停止對你愛，除非等到三更夜裡看到大太陽。

青山、水面、秤錘、黃河、參辰二星、北斗星、三更天、日頭，都是習見的，她從這些習見之物中找到了靈感，同時也將她內心深如大海的愛寄託在這些習見之物上。

真正的愛情不一定是已經長久不分的，而是希望天長地久的。如果沒有這種希望，整日廝守也徒然，有這種希望，即使天涯海角甚至人間天上的分離也美滿。在她的眼中，愛情與山河同在，與日月共存。青山不會爛，水面浮不起秤錘，黃河不會枯竭，參星和辰星不會在白天出現，北斗不會回到南天，半夜不會升起太陽，所以她的愛情也不會中斷。

吃或睡都黑白顛倒、哭或笑都流光溢彩、念或忘都深情款款、恨或愛都孤注一擲，究竟是何等女子能活得這般熱烈鏗鏘。讓我們再回到南朝，華山旁邊，有一個女子以決絕之姿赴死，只為成全自己一生的愛情。她在為心愛之人赴死之前，唱下了這首歌：

華山畿，君既為儂死，

獨活為誰施？
歡若見憐時，
棺木為儂開。

你被安葬於華山的腳下，既然你已經為我而死，那麼我一個人活著又為了什麼呢？你倘若可憐我的處境，心疼我的悲傷，就把你的棺木為我敞開，讓我立刻跟隨你而去！

不用懷疑，這又是一個決絕慘痛的故事。《古今樂錄》中記載了這個故事：「在宋朝，少帝時期，南徐有一個士子，從華山畿前往雲陽。在途中，他見到客舍有一位女子年紀大約十八、九歲，生得面若桃花，膚如白雪。正是那『巧笑倩兮，美目盼兮』。

「南徐士子僅憑一面之緣，就深深地愛上了客舍家的那位女子，只是因趕路匆忙，他未曾向女子告白。等到他回家後，突然感到心臟疼痛。士子的母親問他怎會突然得此怪病，士子不好隱瞞，就將歸家路上發生的一切詳細地告訴了母親。

「士子的母親聽完兒子的敘述，覺得此事甚急，要儘快解開兒子的心結，否則恐怕有性命之憂。於是，這位母親隻身來到華山尋訪那名女子的下落。多日後，士子的母親終於見到了女子，將事情的前因後果和目前的情況都對女子和盤托出。待到母親從華山歸來，士子的生命已經走到了盡頭，他在彌留之際對母親說：『我出殯的那天，千萬記得讓我的靈車從華山旁邊經過。』母親聽從了他最後的心願。

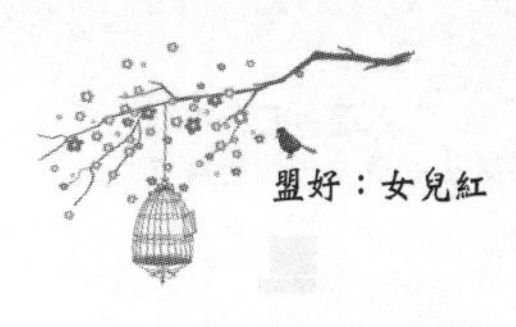

「靈車從華山經過，到女子門前時，拉車的牛突然停下來不走了，任人怎麼拍打都不動。這時，女子出來說：『請你們在這裡稍等一下。』於是，她開始為自己沐浴更衣、對鏡妝容。不一會兒她出來了，對著棺木唱道：『華山畿，君既為儂死，獨活為誰施？歡若見憐時，棺木為儂開。』她歌聲一停，棺門應聲而開，女子跳入棺中，任家人在棺外如何叩打都無動於衷。女子的家人也想不出什麼好辦法，只得將二人合葬。自此，當地人稱二人合葬之墓為神女塚。」

這首詩開頭就是一句「華山畿」，與那句「上邪」一般，哀慟綿長、餘韻不絕，卻又比上邪多了窮途末路，已然到天涯盡頭之感。

這樣的愛在我們看來只是傳說而已，從何年開始，我們淪落至這般的自私而不信。即便給予，也要在千般確認能夠不被辜負之後。而愛著他人只是為了使他人能夠更愛自己。再美的詩句及情歌，內裡包裹著的也一定是一顆質樸的，有著人之常情的心。那些情詩裡的男子、女子都是再尋常不過的男人和女人，過著再尋常不過的生活，他們也不過堅守著一個誓言、一段感情，卻在這個浮華的塵世裡被歌頌為不可企及的經典。

如果用時間來計算，一個人可以愛另一個人多少時間？我從不用時間來計算愛你的日子，因為那日子必將十分久遠，久到記憶落滿了灰塵，久到心上的鎖爬滿了銅鏽，但你的輪廓依然清晰如常。

雲林深處，結一段塵緣——白居易《贈內》

生為同室親，死為同穴塵。
他人尚相勉，而況我與君。
黔婁固窮士，妻賢忘其貧。
冀缺一農夫，妻敬儼如賓。
陶潛不營生，翟氏自爨（ㄘㄨㄢˋ）薪。
梁鴻不肯仕，孟光甘布裙。
君雖不讀書，此事耳亦聞。
至此千載後，傳是何如人。
人生未死間，不能忘其身。
所須者衣食，不過飽與溫。
蔬食足充饑，何必膏粱珍。
繒絮足禦寒，何必錦繡文。

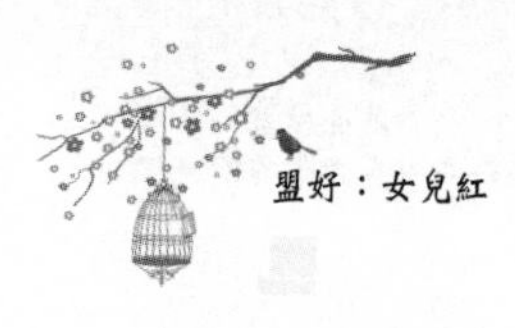

君家有貽訓，清白遺子孫。
我亦貞苦士，與君新結婚。
庶保貧與素，偕老同欣欣。

從前的愛情是常常見面，同飲食，共眠，一起迎接晨昏四季，而現代人似乎更願意選擇一種自由、不受束縛的相愛方式：想見的時候兩個人才見上一面，見過後就俐落地轉身，各過各的生活，很少有人希求那種「風大雨大逃不出一個家，看你幾時歸來」的安全感，現代人的信仰是：安全感只能靠自己得來，別人給的，再多也不夠。現代人也不會再做那個「生為同室親，死為同穴塵」的夢了，而從白居易這首《贈內》詩中，我們才可以一窺從前愛情的模樣。

白居易三十七歲時，娶了詩人楊穎士的妹妹為妻。新婚之際，他寫下這首長長的《贈內》詩，向自己的新妻子婉轉地表達了自己對婚姻、對人生的希望，這首詩可以算是白居易的「結婚宣言」。

「生為同室親，死為同穴塵。」你我在有生之餘年結為夫婦同室而居，相親相愛，死後依然是同處一個棺槨，一起化為塵土。

魯國時人黔（黔ㄑㄧㄢˊ）婁，是一位有大學問的人，他曾著書四篇，闡明道家的主旨，儘管家徒四壁，卻勵志苦節，安貧樂道，視榮華富貴如過眼雲煙，不參與爭名逐利，從而獲得極高的評價。

黔婁出身於貧寒，但他的夫人施良娣卻是貴族出身，她的父親官居「太祝」，而施良娣本人知書達禮，明媚靈巧，稱得上秀外慧中。

為了黔婁，施良娣豪氣如雲地脫下綺羅換上布衣，洗盡鉛華插上荊釵，從太祝大人的千金，甘心變為平民廬中的黔婁夫人施氏。她躬操井臼，下田與丈夫一同耕作，穿的是自己紡織並縫紉的衣服，吃的是自己種植的五穀及菜蔬。但是，她與黔婁夫唱婦隨，情好無間，同看花開花落，聽鳥語聲喧，風過林梢，月上蕉窗，過著與世無爭的幸福生活。

冀缺就是晉國的上大夫郤（郤ㄒㄧˋ）缺。郤缺因父親郤芮之罪而被貶為庶民，在家務農，每天都在田間除草。一到午飯時間，他的妻子就會將飯送到田地裡，十分恭敬地跪在郤缺的面前，雙手端起飯菜，而郤缺連忙用雙手接住妻子手中的飯菜，口中不住地向妻子道謝，而妻子也在一旁不住地回謝。飯雖粗陋，夫妻二人倒也吃得有滋有味。而他們夫妻縱使貧賤，也相互尊重，不改深情。後人常用「相敬如賓」來形容他們相敬相愛的表現。

那不肯為五斗米折腰的陶潛，只做了八十多天的彭澤縣令，就不堪官場之黑暗虛偽，辭官歸家。而他的夫人翟氏與他志同道合，他說要歸家種田，她只說「夫耕於前，妻耘其後」，始終跟隨丈夫，一起歸隱田園。在潯陽柴桑的藍天白雲下，行進著這樣一對夫妻，陶淵明在前面耕地，翟氏就在後面鋤草。那時，大地顯得格外肅穆，空氣顯得格外清新，而他們一前一後的身影也顯得無比周正而挺拔。

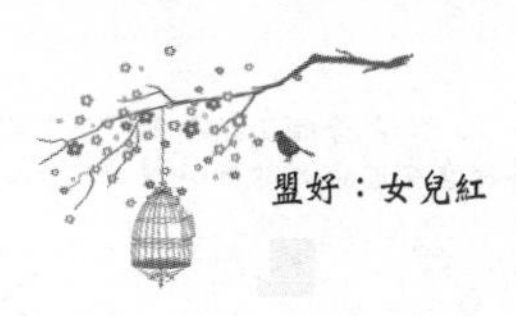

人們在形容夫妻情深時除了用「相敬如賓」，還常用「舉案齊眉」。這「舉案齊眉」說的正是東漢梁鴻和其妻孟光的故事。梁鴻家境貧寒，但是博學多才，品德高尚，是個風雲人物，當時很多世家女子都想要嫁給他，但是梁鴻從未動心。梁鴻所在的縣中，有一戶姓孟的人家，家中有一個女兒，長得「肥而黑」，年過三十仍未出嫁，家中人都替她著急。而她自己卻頗為倔強，接連拒絕了幾個前來求親的人，並宣稱要嫁人只會嫁給和梁鴻一樣賢能的人。

梁鴻聽說後，竟然下聘要迎娶這位孟姑娘。成親當日，這位孟姑娘濃妝豔抹、鳳冠霞帔地嫁進梁家。梁鴻見到後，大為失望，連續七天沉默不語，對她不加理睬。孟姑娘前去問他為何一連七日不理她，梁鴻說道，我聽說妳的事蹟，本以為妳和我一樣，有著隱居山林，甘於貧賤的志向。但是妳這身打扮讓我感覺我看錯人了，妳離我的願望太遠了。

這時，孟姑娘欣慰地笑了。別看她姿色不佳，眼界和心胸卻不遜梁鴻絲毫。她聽了梁鴻的話，立即卸下釵環，挽起長髮，抹去脂粉，換上布裙，俐落地操持起家務來。這位孟姑娘本就持家有道，身強體壯，甚至能舉得起舂米的石臼。不一會兒，就將家內外收拾得停停當當。

梁鴻看到妻子這般，心中不由得大喜過望：這才是我要的妻子！於是，他為妻子取名為孟光，字德曜，意思是她的仁德如光芒般不住閃耀。而後，他們夫妻二人進入霸陵山中，過著晴耕雨讀，撫琴飲酒的自在生活。

後來，梁鴻因事上洛陽，見到都城的滿目繁華，又想起底層百姓的愁雲慘澹，不由悲從中來，當即寫下那首有名的《五噫歌》：

陟（陟ㄓˋ）彼北芒兮，噫！
顧瞻帝京兮，噫！
宮闕崔嵬兮，噫！
民之劬（劬ㄑㄩˊ）勞兮，噫！
遼遼未央兮，噫！

正是這首詩觸了龍顏、動了聖怒，於是梁鴻遭到通緝和搜捕。沒辦法，他只好攜著妻子，改名換姓到處逃亡。他們先到齊魯，又過吳郡，在吳郡住下時，他們夫妻二人在富戶皋伯通家裡當傭工。二人雖為僕役，住在下方，衣食簡陋，但夫妻間的禮節依然一絲不亂。

每次吃飯時，孟光都會用木托盤將粗陋的飯食裝好，恭恭敬敬地走到梁鴻面前，低下頭，高舉雙手，將托盤舉到眉毛的高度，請丈夫進食。而梁鴻也會雙手端端正正地將托盤接過。他們恭敬有加的舉止被皋伯通無意中看到，大吃一驚，他想奴僕之中能有如此守禮之人，此人必定不凡。於是，皋伯通就將梁鴻夫妻二人請進家中居住，像賓客一般對待。

此時，梁鴻已經上了年紀，不適合再做體力活，正好在皋伯通家裡安心住下，他也充分利用這段衣食不愁的時光，潛心著述，寫成書稿十餘篇。

白居易用黔婁、冀缺、陶潛、梁鴻的故事是想讓他新婚的妻子也能效仿這四位高人的妻子，

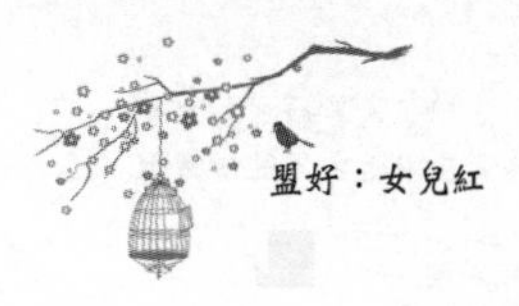

「不戚戚於貧賤，不汲汲於富貴」。飯衣蔬食又如何，荊釵布裙又如何，只要兩個人的內心有著深深的情、深深的懂得，這俗世依然璀璨。正如白居易所言「庶保貧與素，偕老同欣欣」。

要知道，好的愛情如同一場好的睡眠，從頭到腳將你覆蓋，給你溫暖，讓你忘懷塵世的一切不堪。所以，我們還會想跟這個世界要求更多嗎？

綢繆：巴鄉清

何處清如許，我身獨如月。
若你再問此生為何，
唯願一壺清酒一竿風，與君日
日情意濃。

相思始覺海非深——《鄭風·山有扶蘇》

山有扶蘇，隰（隰ㄒㄧˊ）有荷華。
不見子都，乃見狂且。
山有喬松，隰有遊龍。
不見子充，乃見狡童。

《論語》中說「鄭聲淫」，從《詩經·鄭風》中就可見端倪。《鄭風》中共有詩二十一篇，其中描寫愛情的詩篇就有十八篇之多。在當時，鄭國確實是情歌的沃土，而鄭國的男女也都頗解風情。

《毛詩正義》中說，鄭國「右洛左濟，前華後河，食溱洧（溱洧ㄓㄣ ㄨㄟˇ）焉」，其境內四季分明、有山有水，這樣的地方即便不產美女，也易生多情人。而且鄭國的都城新鄭是當時有名的大都會，民間一直流行著男女在溱洧等地遊春的習俗。

這首《山有扶蘇》就是出自《鄭風》的一首情詩，寫了一個女子對情人的俏罵。

你看那山頂的大樹枝椏繁茂鬱鬱蔥蔥，而那池子裡的荷花嫋嫋婷婷，在這麼好的景致裡，為何我遇不到像子都那樣的美男子，偏偏遇見你這個拙鈍的小狂徒！

你看那山頂上的青松長得又高又壯，那池子裡也開滿了紅紅白白的水葒，在這麼好的景色裡，為什麼我遇不到像子充那樣的好男兒，偏偏遇見你這個滑頭小冤家！

《孟子》中記載，至於子都，天下莫不知其姣者也；而《毛詩傳》中注「子充，良人也」，後世就將子都視為美男子的代表，而子充則為好男人的象徵。

看似詩中的女子在惋惜喟歎沒能遇到像子都子充那樣的好男人，但是她最末句無疑是句嗔怪之言，好男人誰都嚮往，但是正如那山頂上長大樹，池塘裡開荷花，它們都是各得其所，各陳其美，而其他男人再美再好也與她不相干，只有那個滑頭小冤家才是她心心念著的。

「狡童」，現代人喚作「小冤家」已成為年輕情侶間的暱稱，趙薇唱過一首歌就叫做《小冤家》，歌詞寫得很有趣：

小冤家，你幹嘛像個傻瓜？我問話為什麼你不回答？

你說過愛著我是真是假？說清楚，講明白，不許裝傻！

小冤家聽了話，哎呀哎呀，大大的眼看著我眨巴眨巴，氣得我掉轉頭不如回家！

戀愛中女子對情人的無可奈何、氣急敗壞在這首歌中表現得如此分明，真可說是《山有扶蘇》的現代版。

關漢卿也曾作過一首小令《一半兒．題情》，寫的正是一對歡喜冤家的情事：

雲鬢霧鬢勝堆鴉，淺露金蓮簌絳紗，不比等閒牆外花。
罵你個俏冤家，一半兒難當一半兒耍。
碧紗窗外靜無人，跪在床前忙要親。罵了個負心回轉身。
雖是我話兒嗔，一半兒推辭一半兒肯。
銀台燈滅篆煙殘，獨入羅幃掩淚眼，乍孤眠好教人情興懶。
薄設設被兒單，一半兒溫和一半兒寒。
多情多緒小冤家，迤逗得人來憔悴煞，說來的話先瞞過咱。
怎知他，一半兒真實一半兒假。

元曲的語言本色當行，情感也較濃烈、顯露，也正是這份直白顯露了有情人的真性情，不帶半點兒虛假。這兩支曲中寫了冤家小兒女的小糾紛、小甜蜜，也寫出了他們之間的深情。然而縱使情深，也難抵生活渦流中的微波。

後兩支曲寫了女子深夜獨眠的情境。人遠了，漸漸夜也深了，女子懷著「才歡悅，早間別」的孤寂感，陷於一種新的痛苦之中。只見那銀台燈滅，寶鼎煙銷，奈何那一幕幕往事卻不肯就此沉寂，一一在心頭閃現。

無可奈何，她只得含著兩行清淚慢慢走向那冷清清的羅帳之內，少了情人的陪伴只感到「情興懶」、「被兒單」。於是在回憶和苦悶中，她想起了那個「多情多緒」的「小冤家」，和他那些半真半假的私房話。他總是逗得人魂牽夢縈，如今又惹得人腰瘦頻寬，教人煩惱哀怨。

世間花木我獨鍾情花。世上遍尋不著，卻無人能拋開它，風雨裡生長，塵世中凋零。待到我把所有的淚都流成忘川，取一瓢弱水，幾捧淚，若干情花，熬一碗孟婆湯，等你在黃泉路上。有你的故事，怎樣的結局，都好。

其實，愛情沒有早或晚，沒有對與錯，只有有，或者沒有。當你為了一棵樹而放棄了整個森林的時候，會質疑會納悶的只是那些不解風情的旁人。沒有人是上帝派來看管森林的木匠，我們都是再普通不過的人類，一棵樹的蔥鬱足以清涼我，一棵樹的枝幹足以溫暖我。

而當我們愛上一個人，就是要愛一個真實的人，愛一個整個兒的人，會說謊、會犯錯；時而逃避，時而軟弱；一點點虛榮、一點點倔強，有痛苦，會生病，最後還會死去。

所以，如果我愛你，我不取你精通經綸，不取你王侯將相，不取你辯若懸河，不取你聰明智慧，唯要你真正本如，要眠則眠，要坐即坐；熱即取涼，寒即向火。

只那一瞥，如飲風月——《鄭風・溱洧》

溱與洧，方渙渙兮。
士與女，方秉蕳（蕳ㄐㄧㄢ）兮。
女曰觀乎？士曰既且，且往觀乎？
洧之外，洵訏（訏ㄒㄩ）且樂。
維士與女，伊其相謔，贈之以芍藥。
溱與洧，瀏其清矣。
士與女，殷其盈兮。
女曰觀乎？士曰既且，且往觀乎？
洧之外，洵訏且樂。
維士與女，伊其將謔，贈之以芍藥。

三月春來，芍藥花開，這盛世，彷彿無際涯，春之無際涯，情之無際涯。在這無際涯中，我

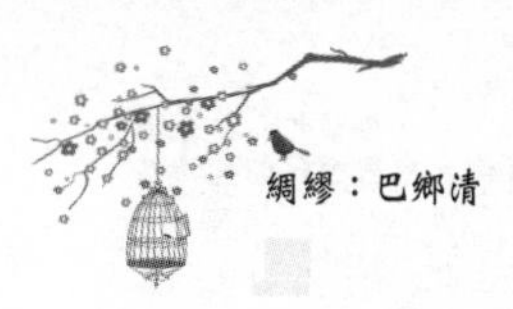

只想做個有情有義的看花人，春天看桃花，夏天看荷花，秋天看桂花，冬天看梅花。花有四季，人自然也該如四季般分明：該愛一個人的時候，絕不拖拉；該離開一個人的時候，也總是及時。生命本是如此簡單分明。電影《新橋戀人》中，有一段這樣的對話：

「如果你愛一個人，就告訴他『天空是白的』，如果那人是我，我就會回答『但雲是黑的』。那麼，我們便知道是愛上了。」

《鄭風》中的《溱洧》也是講了這樣一個分明的愛情。

溱河和洧水是兩條歷史之河，在商代甲骨文和多部先秦典籍中，我們得知溱河和洧水共同孕育出羲皇之鄉、黃帝故都、夏啟之都、古鄭之城。

溱河和洧水是兩條文明之河，這裡留存著一百多處舊石器時代的遺址，同時也是裴李崗文化和新砦（ㄓㄞˋ）文化的誕生地，現在，溱河和洧水流域是「夏商周斷代工程」和「中華文明探源工程」的研究之所。

溱河和洧水是兩條詩歌之河，《詩經》的源起，《檜風》的悲慨之思、《鄭風》的浪漫之情都與這兩條河有著千絲萬縷的聯繫。而「溱洧」二字還曾多次出現在陶淵明、秦觀、元好問等文人騷客的詩詞曲賦裡。

溱河和洧水是兩條藝術之河，在它們之中浸潤流淌著古樸蒼勁的漢代畫像、繁複瑰麗的魏齊碑帖、細膩華潤的唐朝佛雕、絢爛多姿的宋三彩、質樸高雅的超化吹歌。

溱河和洧水更是兩條浪漫的愛情之河，這裡是伏羲女媧滾磨成親之谷、是鄭國男女相遇遊會、談情說愛之地，也是梁山伯祝英台化蝶之所，一曲曲淒美動人的愛情頌歌在這裡日夜奔流跳蕩。

溱河和洧水承載了中華文明的多少動人傳說，而這首《溱洧》描寫的正是三月三日民間上巳節青年男女在溱洧水畔遊春相會，互結同心的妙景。

春日初來到，長河化冰，溱水洧水帶著春的氣息汩汩流淌，一會兒就漲滿了沙洲。而沙洲之上，處處可見著春裝的小夥子和姑娘，個個手拿清香的蘭花。姑娘對著小夥子道：「我們一起去洧水邊遊春吧！」小夥子樂道：「雖然我曾去遊玩過，也不妨再去走一走！」

他們一起走到那洧水邊，眼見那裡大地寬廣，擠滿了年輕的男男女女，只聽見眾人說說笑笑，還看見他們互相贈送芳香的芍藥花。

溱水河來洧水河，河水深清起微波。小夥子和姑娘，一夥一夥真是多。姑娘說道：「我們一起去看看吧！」小夥子說：「雖然已經看過了，不妨再去那邊看一看！」

他們一走就走到那洧水河，只見那裡地方寬敞笑聲多，到處擠滿了年輕的男和女，又是笑來又是說，有情人還會互相贈送那開得正好的芍藥花。

今人多把七夕當成中國情人節，多少詞人墨客為牛郎織女吟詠悲傷，最動人心魄的就是那首《迢迢牽牛星》：

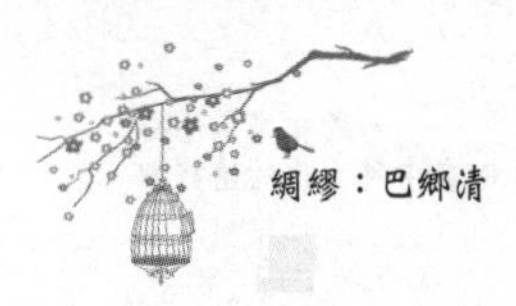

迢迢牽牛星，皎皎河漢女。
纖纖擢素手，札札弄機杼。
終日不成章，泣涕零如雨。
河漢清且淺，相去復幾許。
盈盈一水間，脈脈不得語。

而秦觀《鵲橋仙》中那句「兩情若是久長時，又豈在朝朝暮暮」，卻一洗牛郎織女一河相隔的哀怨，讓後世之人得以有所寬慰。只是，這種相愛卻難相守的愛情未嘗不是短暫人生中漫長的遺憾。

其實，中國的情人節古已有之，正是農曆的三月三。它在古時被稱為上巳節、女兒節。上巳節的風俗，是在仲春時節，人們在野外集會，在集會時人人於水濱祭祀高媒和祓（祓ㄈㄨˊ）契以求子，而年輕男女也得以在此時相遇、相會。《詩經》中有許多戀歌是在這個節日裡唱出的。而《論語》中「暮春者，春服既成，冠者五六人，童子六七人，浴乎沂，風乎舞雩，詠而歸」正是對當時情境的完美記錄。

到了王羲之的年代仍有這樣的習俗，他在《蘭亭序》中寫道：「暮春之初，會於會稽山陰之蘭亭，修禊事也。」只是他在這裡著重描寫文人墨客的曲水流觴等風雅事，與戀情無關；而最接近於上巳節本色的應是杜甫的《麗人行》：「三月三日天氣新，長安水邊多麗人。」

而今天的三月三，我們只知道用薺菜煮雞蛋，最多記得個「春在溪頭薺菜花」，或是劉三姐對歌。我們讓從前這個美好的節日連著它純真的內涵一併湮沒於時間長流。現在讓我們回溯長河歷史之源吧，去聽聽先民的涵詠吟唱。

「溱與洧，方渙渙兮。」簡簡單單七個字卻傳遞給我們無數的欣喜，彷彿我們已然聽到點醒春光的一聲聲蟲唱；也確實看到點亮春日的一顆芽孢、點破春水的一剪燕尾，點染春風的一滴清露。而愛情已從漫漫冬眠中緩緩甦醒，正在懵懂的青春裡抽芽生長。

曾經看過一道趣味題，問去羅馬哪段路程最近。答案眾說不一，而最後勝出的是：一個朋友。如果在這裡問：到溱洧水畔哪條路最近？那麼最貼切的答案應該就是：伊人。正如詩中所說：「士曰既且，且往觀乎？」已經去過又何妨？和你在一起，再遠的道路都覺得淺近，再長的時光都覺得短暫。

林語堂曾經說：「賞花須結豪友，觀枝須結淡友，登山須結逸友，泛舟須結曠友，對月須結冷友，提酒須結韻友。」而攜手在愛的春色中繾綣一生則需要一位至情至性的良人。

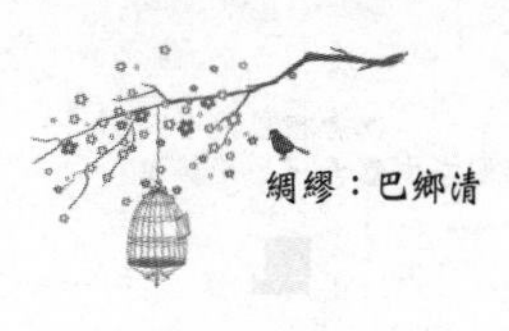

誤入寂寞深處——李清照《聲聲慢》

尋尋覓覓，冷冷清清，淒淒慘慘戚戚。
乍暖還寒時候，最難將息。
三杯兩盞淡酒，怎敵他、晚來風急？
雁過也，正傷心，卻是舊時相識。
滿地黃花堆積。憔悴損，如今有誰堪摘？
守著窗兒，獨自怎生得黑？
梧桐更兼細雨，到黃昏、點點滴滴。
這次第，怎一個、愁字了得？

生命總愛製造一連串的驚喜和巧遇。早年，初迷戀巴哈，因為他那套無伴奏大提琴組曲，而迷戀上大提琴，繼而迷戀上賈桂琳．杜普蕾和史塔克。人說慧極必傷，杜普蕾卒於盛年，給世界音樂的舞臺上留下幽幽一歎。而真正讓我對杜普蕾卸去崇拜的光環，體貼她也不過是個孤獨孩子，源於那部企圖詮釋她一生的影片，《她比煙花寂寞》。

作為一個固執的唯美主義者，我得承認起先吸引我的正是這個譯名，其他的「狂戀大提琴」、「有情荒地無情天」都沒有「她比煙花寂寞」這般美好的一戳即痛。我們都見識過一場煙花的絢爛，卻有幾人懂得煙花的寂寞，以自身之火暫暖一片幽黑清冷，只能開在遠離人間溫情的高處，只得開一瞬，得一時目光，一時掌聲。

寂寞到底是什麼呢？有人說，寂寞是身處人群依然只聽見自己的聲音；狂歡後心裡空虛如黑洞；見過世間耀眼繁華，回家的路上，只有自己一人孤獨地走著，也只有自己可憐著自己。也有人說寂寞如風，日日吹散了髮上花；寂寞似酒，縱使日日狂歌縱酒，時間也不肯多停留。而我想，寂寞是一種無限幽微，極其精妙的東西，在我們每個人內心的版圖上細細鏤刻，最終留下一片璀璨。

只是在如今市井喧囂、霓虹魅惑的世界，我們一再學習的是渡邊淳一口中的「鈍感力」，少知少覺，狀似遲鈍實則堅定，以此來應付這個多變的世界，不讓自己淹沒在一時的感情和知覺裡。所以現在，很少有人能夠品咂出寂寞滋味，唯有在尋向故紙堆時，在與古人推杯換盞中，才得以從那些遙遠的隻言片語中探得寂寞的模樣。

在中國的古人中，能與比煙花還寂寞些許的杜普蕾相睥睨的，怕是非李清照不可了。她們在不同國家、不同時代、不同領域，卻同以驚人的才華留世，委實不易。這時，你不妨與我一樣，

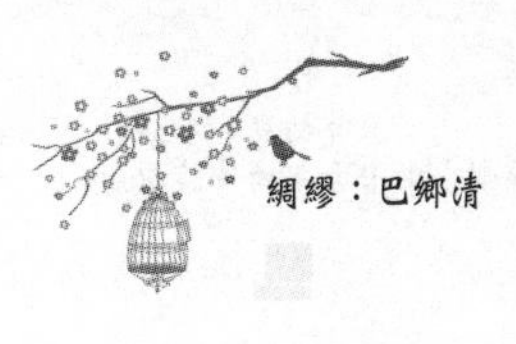

在室中放一曲杜普蕾的《艾爾加協奏曲》，翻開手邊的《漱玉詞》，隨她們進入那寂寞深處。

說到李清照，多少人會想起這句「尋尋覓覓，冷冷清清，淒淒慘慘戚戚」，更不會忘記那句「這次第，怎一個、愁字了得」，這是她的魔力，用最淺白的家常語，道出最深沉細膩的情感真實，彷若一幅不著色的工筆白描，一支僅著墨的筆卻能畫出內心無數的山水風光。

讓李清照留名於世的不只是她的《漱玉詞》、《易安集》，還有她和趙明誠那段才子佳人，琴瑟和鳴的千古佳話。

元代伊士珍所著《琅嬛記》裡記載了一個故事，此篇故事獨占美名曰「芝芙夢」。趙明誠幼時，其父將為他擇一門良緣。一天，趙明誠白天小睡，得一夢，夢中他讀到一本書，但醒來時，他只記得其中三句，云：「言與司合，安上已脫，芝芙草拔。」他不懂得此夢的含義，就將夢中所遇告訴父親。其父為他解夢說道：「看來你日後將要得到一位才女為妻。這是一個拆字謎。所謂『言與司』合是詞字，『安上已脫』是女字，芝芙草拔是之夫二字。正是說你為詞女之夫。」

後來，趙明誠果真得與當時已擅詞名的才女李清照結為伉儷，可見當年趙明誠所做之夢確是命運在冥冥中的昭示。而他們本該是一對，無論家世、才學、相貌、人品，沒有比他們更足以匹配彼此的了，他們一起校勘金石，鑒賞書畫，唱和詩詞，自有屬於他們的和悅寧靜。

然而開到荼蘼花事了，芙蕖瀲灩終不免萎謝。靖康之變，宋室倉皇南渡，李清照一家也隨之避亂江南。不久趙明誠因病去世，而他們苦心搜集的金石書畫也在流亡途中喪失殆盡。此時，獨留李清照隻身漂泊於塵世，所愛之人、所愛之物皆離亂。而從前那個遊玩溪亭後盡興而歸，卻誤將小船划入藕花深處，「驚起一灘鷗鷺」的活潑少女，如今已歡容難再，沉哀淒苦地唱著：

尋尋覓覓，冷冷清清，淒淒慘慘戚戚。乍暖還寒時候，最難將息。三杯兩盞淡酒，怎敵他、晚來風急？雁過也，正傷心，卻是舊時相識。滿地黃花堆積。憔悴損，如今有誰堪摘？守著窗兒，獨自怎生得黑？梧桐更兼細雨，到黃昏、點點滴滴。這次第，怎一個、愁字了得？

有過「賭書消得潑茶香」的歡樂愉悅，也有過「被翻紅浪」的恩愛纏綿，更襯得今日的天人兩隔，孤苦淒惻。此情此景，她唯有對天吁：如若不能給我一世的溫暖，就不如讓我自始至終冰冷如常，你可知道，溫暖過後的冰冷更難忍受。

我在這陋室之中尋尋覓覓，想尋得一絲從前的溫暖，奈何，回應我的只有滿室的清冷，我也終於認命：失去的，永遠也無法再找回。只是我仍難以忍受這驟冷又忽暖的秋天，讓我看不清生命中的光，觸目的唯有這淒涼、慘痛、悲戚之景。

我知道，不能隨便去恨命運和機數，也不能太過愛戀那遙遠的光，只有過好眼前的日子才是要緊。於是，我努力地溫暖自己，奈何這飲入愁腸的薄酒，再多也不能抵禦命運吹來的陣陣寒涼。

我將我餘下的生命寫成書信，想要寄予你，卻想到你已不在，而那曾經為我們傳遞書信的大

雁如今又飛回，見到這位舊日相識，我怎能忍住不悲傷？

黃花憔悴枯損，零落一地，只因如今已沒有人與我同摘那黃花，共存那秋色。我只有整日守在窗邊，盼著日頭快落，天快快黑，卻又談何容易？

好不容易黃昏來到，卻下起了綿綿細雨，一點一點，一滴一滴地落在梧桐葉上，敲打出令人心碎的聲音。這時節，這景況，怎能用一個愁字就說分明呢？

承認吧，很多事情上，人類都是無力的，既看不全一場煙花的美，也體會不全一個女人所有的寂寞。一個人能給你帶來多少歡樂，也會給你帶來多少痛苦，他們曾經的和諧甜蜜都只能化作此時此刻加倍的酸楚與無力。

我也曾想過，有一個人能如趙明誠對李清照那般，給我波瀾不驚的愛情，陪我看世間的風景，許我一世的歡顏，只是此心念最終還是落入虛妄。畢竟，像他和她這般舉世無雙的璧人最後只落得生死兩隔，不得善終，我一淹沒人潮中的平凡女子又如何能得上蒼如此眷顧，來圓我的夢，遂我的願呢？

花月不曾閒，莫放相思醒——姜夔《踏莎行》

（自沔東來，丁未元日至金陵，江上感夢而作）

燕燕輕盈，鶯鶯嬌軟，分明又向華胥見。夜長爭得薄情知？春初早被相思染。
別後書辭，別時針線，離魂暗逐郎行遠。淮南皓月冷千山，冥冥歸去無人管。

南宋詞人中，我獨鍾愛姜白石，他的詞不事雕刻，又不太過露骨敷衍，既擅醇雅又不乏清剛，人人皆稱其為清空含蓄，然則其清空中又饒有蘊藉。編《詞源》的張炎曾盛讚他詞中的清空之韻：「詞要清空，不要質實，清空則古雅峭拔，質實則凝澀晦昧，姜白石詞如野雲孤飛，去留無跡……」

姜白石為人也一樣值得傾心。他一生布衣，轉徙江湖唯靠賣字和朋友接濟為生。然而煮字原來不療饑，他的生活無疑是清貧的。縱使生計日絀，他也不肯屈節求官求祿，正是他的清高和犖（ㄌㄨㄛˋ）犖（ㄌㄨㄛˋ）不羈，讓友人呼他為「白石道人」，而他也頗喜此號，還曾作詩自解道：「南山仙人何所食，夜夜山中煮白石，世人喚作白石仙，一生費齒不費錢。」所以，我獨愛喚他為姜白石。

姜白石的外貌氣度也是不俗，體態清瑩秀拔，時人稱他「氣貌若不勝衣，望之若神仙中人」。在南宋那個亂世中，他始終沖和清淡，世間繁華於他不過是照耀滿身的陽光，走過了，依然是一如的青衫淡泊。

論才華，古今才子怕是多有雷同，無非是工詩詞，精音律，善書法，著作等身。可是對白石來說，不僅止於此。我們都知道，詞最初是依曲而填，只是現今曲譜已失傳，我們只能從紙頁上看到詞，而很難從琵琶聲、鐵綽板中聽到詞。而詞的音律是從民間發起的，多數由底層的妓女、民眾加以歌唱，從而得以流傳。

起初，正統文人是不屑於為詞的，以「詞為小道」。然而，詞雖小道，必有可觀者焉。到了宋代，詞終於得以大放光彩，為眾多文人所接受，成為主要的文學創作形式。但是當時的文人也只懂得依律填詞，很難有人能為自度曲。在這寥寥能為自度曲的文人中，姜白石又獨占鰲頭。他共有十七首自度曲，且留有曲譜，供後世文人觀瞻，現在看來當真是不易。而他所作之詞又都極合音律，也難怪連余光中在讚歎心愛女子嫋嫋婷婷極具韻律美的步伐時，會寫道：「從姜白石的詞／有韻地／你走來。」

姜白石的詞中常有橋邊、冷月、蒼山、梅、雪等清冷之語，讓人讀來，如入真境。所以王國維曾讚他「古今詞人格調之高，無如白石」。然而，王國維又批評他「有格而無情」。其實，這樣的評價是對白石莫大的誤會。他才是真正用情之專，用情之深的人。一代詞宗夏承燾（燾ㄊㄠˊ）先生曾通過多方考證，為白石洗了百年的冤屈。

姜白石早年曾客居合肥，一次偶然的機會，他遇到一對善彈琵琶的姐妹，並與其中一位結下了不解之緣。然而，彼時的他多次科舉不中，不入仕途生活就難以為繼，而他為了生計不得不於四方遊食，所以，二人最終沒能廝守。但是這份情，在姜白石的心上烙印了二十年。

姜白石的許多詞都是寫給合肥這位戀人的，而這首《踏莎行》就是其中的名篇。從詞前的題記得知，姜白石此時正從沔東去往湖州，途徑金陵時，夢到了遠別的戀人。在夢中，他與心愛的人如此親暱歡洽，誰知，忽而一轉，自己原來只是在夢中。詞中的「華胥」是傳說中的古國名，他用來代表同樣虛無的夢境。

有人說，你之所以夢到某人，是因為某人在思念你。他展開戀人寄給他的書信，撫摩著她離別時送給他的針線繡品，心想，也許是她也在日夜思念，而為了讓他這個「薄情」人瞭解相思之苦，就讓自己的靈魂出竅，不遠千里地追隨他，最終在他的夢中與他相伴。

只是，這出竅的魂魄託完了夢，終究還是要回去的，而這千里路她將一人獨行，唯有這蒼冷千山，溶溶月色伴她一路，正是「淮南好月冷千山，冥冥歸去無人管」。她匆匆地來，又匆匆地離去，在這斜陽巷陌中，獨留下他瘦馬枯韁的長長身影，和那首《踏莎行》。

從詞中，我們可以感受到姜白石內心無比痛惜，而對情人的深情也溢於字裡行間，感人至深。難怪王國維稱：「白石之詞，余所最愛者亦僅二語，曰『淮南皓月冷千山，冥冥歸去無人

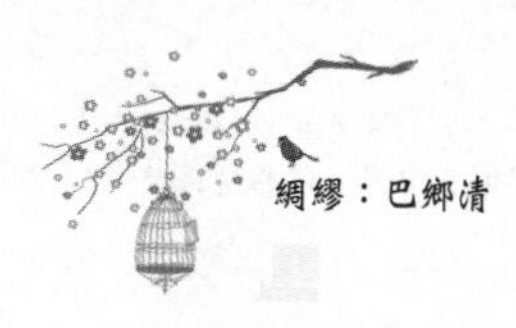

管』。」

姜白石為合肥那位戀人所作之詞多達二十首，這首《長亭怨慢》也是其中之一，而且是姜白石自度曲之一：

漸吹盡、枝頭香絮，是處人家，綠深門戶。遠浦縈回，暮帆零亂向何許？閱人多矣，誰得似、長亭樹？樹若有情時，不會得，青青如此。

日暮，望高城不見，只見亂山無數。韋郎去也，怎忘得、玉環分付？第一是早早歸來，怕紅萼、無人為主。算空有並刀，難剪離愁千縷。

他在題記中寫道：「予頗喜自制曲，初率意為長短句，然後協以律，故前後闋多不同。桓大司馬云：『昔年種柳，依依漢南。今看搖落，悽愴江潭。樹猶如此，人何以堪？』此語予深愛之。」

當年，桓溫見自己年輕時所種之柳，經年後已有十圍，就撫柳而泫然，道：「樹猶如此，人何以堪？」而後，庾信作《枯樹賦》也引此典故而成句：「昔年種柳，依依漢南。今看搖落，悽愴江潭。樹猶如此，人何以堪？」空歎歲月之無情。

而姜白石在此慨歎歲月空流，卻是在顧左右而言他，實是哀有情人難再相聚、難成眷屬。我想，也許是這份情太過深沉，讓人很難向外人一語道破個中曲折，正像那識盡愁滋味的少年，欲說還休，只吞不吐，最後輕描淡寫地道出句「天涼好個秋」，卻又讓人感覺無限悵惘。

他想去往她所在的地方，但是水程迢遙，中間又有亂山阻隔，而時間又如此無情，他們的人生轉眼就一派夕照，木老人衰，只是這離別的愁緒多年不曾消滅，就算手握並刀也難以剪斷。我想，姜白石內心定是無奈的，因為他明白，縱有深深的愛也敵不過時空的距離，殘酷的現實。

我們總是被告知：愛的力量無限大。然而很少有人能像張愛玲將愛情看得這般真，這般透徹：「我以為愛情可以克服一切，誰知道她有時毫無力量，我以為愛情可以填滿人生的遺憾，然而，製造更多遺憾的，卻偏偏是愛情。陰晴圓缺，在一段愛情中不斷重演的。換一個人，都不會天色常藍。」

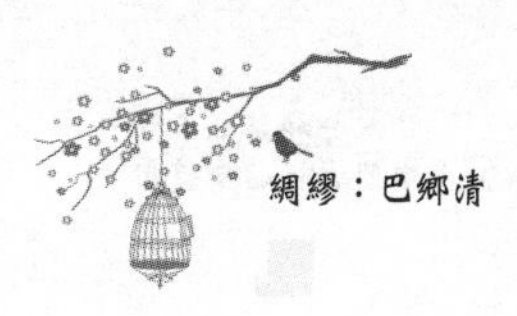

寄卿一曲，不問曲終人聚散——朱彝尊《桂殿秋》

思往事，渡江干。
青蛾低映越山看。
共眠一舸聽秋雨，
小簟輕衾（衾）各自寒。

因為王國維這一句：「納蘭容若以自然之眼觀物，以自然之舌言情。此由初入中原，未染漢人風氣，故能真切如此。北宋以來，一人而已。」現如今，普通讀者眼裡，有清一代詞人，只存得納蘭一人。這可真讓我不得不惋惜，納蘭在當時可沒能這般獨尊，雖在詞壇地位高崇，也有與其平起平坐之人。那時，納蘭容若、朱彝（彝）尊、陳維崧並稱「清詞三大家」，成康熙詞壇鼎足之勢。

在這三人中，我心最傾許朱彝尊，非論詞作之高下，不過是同為愛書之人的一點惺惺相惜之情。他好書成癖，尤嗜藏書。當時文壇流傳著兩則「雅賺」和「美貶」的逸事皆是關於他愛書之趣事。

朱彝尊退出名利場後，於家中專事著述。其家無恆產，唯有四處搜集而來的藏書三十櫝，共八萬卷。這時，他已經年老，自知不能遍讀藏書，便自作書櫝銘曰：「奪儂七品官，寫我萬卷書。或默或語，孰智孰愚？」他還親手篆一枚印，一面刻他頭戴斗笠的小像，一面刻十二字，曰「購此書，頗不易，願子孫，勿輕棄」，並在每本書的首頁上都印上此章。足見他愛書惜書之情。

他推崇姜夔，開創浙西詞派；與王士禎同為詩壇領袖，合成「南朱北王」；他修撰《明史》，著述頗豐，然而世人對他有著很大的非議，只因他愛上了妻子的妹妹。

一個愛不得的人，往往是一個人所能消費的最大奢侈，正如簡陋小屋裡掛著一盞水晶吊燈，有種不合宜、不相襯的華美。

朱彝尊十七歲時娶馮家大女馮福貞為妻，並入贅馮家。他在馮家的日子是愜意的，讀書寫字、作詩填詞；妻子的溫柔如深潭徐徐地流過他，又無時無刻地浸淹著他；岳家對他又多倚重，常讚他為「吾家千里駒」。

這樣的婚姻、這樣的生活無疑是幸福的，然而人的心總是不肯乖乖的，正如飛蛾不肯棲息於冰冷而安全的樹幹，定要撲向火一樣。在朱彝尊心中，他與馮福貞的婚姻夾雜了各種複雜的因素，他知她的好，卻無法全然地愛她，她的似水柔情撩不起他內心半點漣漪。

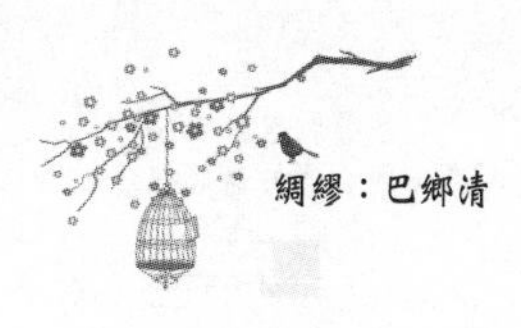

愛情，無緣由，無徵兆；愛情，不問距離，不問年齡，不問出身；愛情，眾水不能熄滅，大水也不能淹沒；我們可以選擇一段婚姻的開始和結束，卻不能選擇愛情何時到來或離開。所以，在愛情裡，誰也無法責怪誰的叛離，因為他們只是相愛了。

他二十歲，她十三歲，她是他妻子的妹妹，但他們真實地相愛了。然而，這樣的事情總是不會被允許的。這個世間給了人可以無所顧忌去愛的權利。同時，也給了人更多不能愛下去的道德邊框。

不久，朱彝尊與馮壽常的事情被馮家的大家長馮福鼎知道了。他為息事寧人，就讓朱彝尊夫婦搬出了馮氏大宅。

朱彝尊心中也是明瞭的，他應該就此將馮壽常忘卻，將那段本不該有的感情忘卻。可是，他的心並不允許，越是抗拒，越是往心裡鑽，刺得他的心陣陣疼痛。

他們畢竟是一家人，不可能永世不相見，任由時間將這份感情埋葬。逢年過節，朱彝尊夫婦就會回到馮家，自然會與馮壽常相見，然而，「相見爭如不見」，他們兩兩相對，卻連話也不能多說一句。

相思令人老，朱彝尊默默地看著已然憔悴不少的馮壽常，胸中翻滾著苦澀的滋味，讓他心疼不已、疲憊不堪。但又能如何？只有一日一日地熬過有生，無知無覺便又一世。

他們彼此心裡都知道，這段感情注定是種因，隨之而來的就是萬劫不復。世俗不能容，若曝於光天化日之下，必然會傷害到自己最親近的人。彼時，馮壽常已經嫁人，朱彝尊也新添一雙兒女。現實的無奈和絕望，消磨盡了馮壽常的心力，讓她在韶華極盛之年故去。

人死了，曾經的一切都會就此謝幕、遁形，除在他人的記憶中可以尋找。朱彝尊曾寫下《風懷》詩二百韻來記取他與馮壽常這段刻骨之情。朱彝尊留世的著作中有兩本名為《靜志居詩話》、《靜志居琴趣》，其中的「靜志」二字便是馮壽常的表字。

朱彝尊用盡自己所有的熱情去描摹一剪夢影；傾注自己所有的愛戀，去書成一部詞集。只是，那消散於塵世的如畫女子再也不得見，任他耗盡心力，也只換得月弦初直，霜花乍緊時的一絲悵惘。

朱彝尊作為一代經學大師，本已具有配祀文廟的資格，但前提是，朱彝尊必須自行刪去詩集中《風懷》二百韻，以入文廟，他卻只淡淡道：「渠寧不食兩廡豚，不刪風懷二百韻。」正是因此，朱彝尊沒有被錄入儒林史。一代大儒，一生治學著述不斷，死後竟落魄至此，外人念及每每遺憾，而他卻是沒有一絲怨言的。他知曉這是個怎樣的社會，所以他更想成全自己，用他的所有，包括死後的清名，來懷念一個他愛了一生的人。

不知曉這個故事之前，總覺朱彝尊的詞，較之容若而過淡，還曾妄言在晦澀的經學、理學裡浸得日久，人性就磨損了也是正常。現在看來卻是我淺陋，不懂得「情到濃時情轉薄」之理。他至死都是一個至情至性之人。

在朱彝尊的愛情詞中，我最喜歡這闋被推為「國朝之冠」的《桂殿秋》：

思往事，渡江干，

青娥低映越山看。

共眠一舸聽秋雨，

小簟輕衾各自寒。

這首詞作於他們舉家遷居，渡江之時。在船上，看著自己心愛的女子就在眼前，胸中千言萬語卻道不得一字一句，共有的往事又不肯輕易逝去，如絲般纏繞住彼此。無奈何，他只得低頭望著水中青山的倒影，以期找到藏掩於其中的她的身影。

夜深了，他們各自躺在一邊，聽著艙外的秋雨紛紛，這雨絲夾著冷，一點一點印入肌膚，沁入骨髓，讓兩人都難成眠。

他將內心翻湧成潮的情感，化作這一闋短小的詞，讀來雖淡，卻讓人彷彿看得見他內心深沉到底的悲哀和無奈。

古人詞話中，我最喜陳廷焯（焯ㄓㄨㄛˊ）之《白雨齋詞話》，他曾對朱彝尊下過此等評語，為我深深贊同：豔詞至竹垞（垞ㄔㄚˊ），仙骨姍姍，正如姑射神人，無一點人間煙火氣。是啊，讀朱彝尊的詞，口唇之間就能自然而然地生出些清淡味兒，因其不沾煙火氣，讓人於世間百態也可以看得再淡些。

和鳴：千日醉

素手執一杯，與君醉千日。

你說，酒是越喝越暖，水是越喝越寒。將此杯飲盡，在這千日的溫暖中，你與我攜手，緩緩地，經歷這感情的萬水千山。

愛的天長日久——《鄭風・女曰雞鳴》

女曰雞鳴，
士曰昧旦。
子興視夜，明星有爛。
將翱將翔，弋鳧（鳧ㄈㄨˊ）與雁。

弋言加之，與子宜之。
宜言飲酒，與子偕老。
琴瑟在御，莫不靜好。

知子之來之，雜佩以贈之。
知子之順之，雜佩以問之。
知子之好之，雜佩以報之。

我一直以為，選擇和一個人在一起，就是與他一起建造一方小小天地，簡單、安靜，又自有其寬廣遼闊。我們在這裡安放自己的怪脾氣，對人事的種種笨拙，難與人言說的小怪癖，還有平日裡層層包裹的柔軟的心，也安放著只屬於我們兩人乾乾淨淨的緘默和存在。而在這方小天地裡，我們將愛情落實到穿衣、吃飯、睡覺、行走等實實在在的生活中，慢慢過著屬於我們自己的天長日久。

記得《禮記．祭義》中說：「有深愛者，必生和氣，有和氣者，必有愉色，有愉色者，必有婉容。」因為愛著一個人，我們會試著讓自己無怨尤，試著讓自己無所求，試著去讚美這個殘缺的世界。而看過《女曰雞鳴》中這對夫妻早起時的對話，你就會明白一人的世界因有深愛而人所不同的個中意味了。

曦色明窗，一日之晨。公雞初鳴，勤勉的妻子便起床準備開始一天的勞作，並告訴丈夫「雞已打鳴」，言下之意是你該起床，準備勞作了。妻子的催促很委婉，而在這委婉的言辭之下也蘊含著不少對丈夫的愛憐之意。

「士曰昧旦」，丈夫回得非常直白，這樣直白的回答顯露出他因為妻子的催促而有了不快之意。他似乎確實很想繼續睡，但又怕妻子連聲再次催促，只好辯解似的補充說道：「不信，你推開窗看看天上，那滿天的星星還都閃著亮光呢。」

妻子是執拗的，她想到丈夫是家庭生活的支柱，便再次出聲提醒丈夫身上所擔負的生活職責：「將翱將翔，弋鳧與雁。」

你看在樹上宿巢的鳥雀都要滿天飛翔去覓食了，你也該整理好你的弓箭去蘆葦蕩打獵了。她雖語氣堅決，一催再催，但音調依然柔順和悅。

與《女曰雞鳴》相比，同為催丈夫晨起的《齊風．雞鳴》從人物的語氣和行動都有很大的不同。

雞既鳴矣，朝既盈矣。
匪雞則鳴，蒼蠅之聲。
東方明矣，朝既昌矣。
匪東方則明，月出之光。
蟲飛薨薨（薨ㄏㄨㄥ薨ㄏㄨㄥ），甘與子同夢。
會且歸矣，無庶予子憎。

女子對著懶起的丈夫催道：「你聽窗外的公雞已經喔喔叫個不停啦，朝中應該早就圍滿了上朝的官員啦。」

丈夫翻了個身想繼續睡，嘴裡咕噥著：「妳仔細聽聽，這才不是公雞在叫，而是那些惱人的蒼蠅在嗡嗡亂鬧。」

女子仍然不死心，提高嗓門說道：「你看東方的天空已經矇矇亮起來了，朝堂中已經站滿了

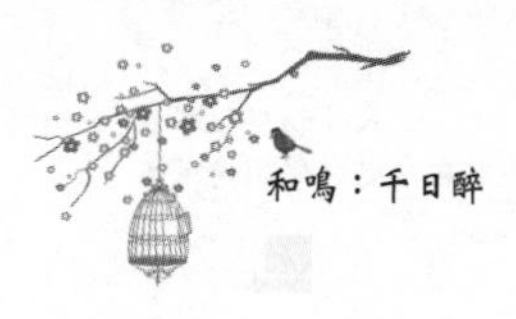

等待早朝的官員了。」

丈夫似乎打算賴到底了，閉著眼睛說道：「妳仔細看清楚，根本不是太陽升起，將東方照亮，而是那明月未落，才會有這等光芒。」

最後，女子也莫可奈何了，只得氣急敗壞地說著：「蒼蠅蟲子在耳邊飛來飛去，嗡嗡地惹人渴睡，我也很想與你繼續共溫好夢。只是上朝的官員都要散了，你我這般懶散豈不落人口實，招人憎恨？」

《雞鳴》中女子的口氣疾急決然，連聲催促有種恨鐵不成鋼的急躁，但她的丈夫卻一再推脫搪塞，因貪戀枕衾而紋絲不動。而《女曰雞鳴》中女子的催聲中卻飽含溫柔繾綣之情，她的丈夫也比較爭氣，聽到她第二遍催促後就積極地起身，整裝，外出打獵。

見丈夫很快就起身，整好裝束，迎著微露的晨光出門打獵，女子內心起了愧疚，認為自己不該如此性急。於是，像是要挽回似的，女子在送丈夫出門時，半是致歉半是慰解地對丈夫發出了一連串的祈願：

弋言加之，與子宜之。

宜言飲酒，與子偕老。

琴瑟在御，莫不靜好。

她的第一個願望是：他打獵時，箭箭不虛發，都能射中野鴨和大雁；第二個願望是：他們的飯桌上天天都能擺上美酒佳餚；第三個願望是：妻主內來夫主外，我彈琴來你鼓瑟，夫妻白首永相愛。

可見，一個男人能有一位如此勤勉賢慧又不乏體貼的妻子，真是百世修來的福分。好在女子的丈夫也是如此懂得感恩的知心人，他聽到妻子柔情一片地對著他唱道「琴瑟在御，莫不靜好」，內心不由得深深感動。他的心中也與妻子一樣對自己的伴侶，對自己的家庭有著深沉的愛和責任。他們是注定一生攜手同行的伴侶，所以他也沒有吝惜於表白自己，對著妻子回唱道：

知子之來之，雜佩以贈之。
知子之順之，雜佩以問之。
知子之好之，雜佩以報之。

我心中知曉你對我的真切關懷，我解下雜佩送給你，來報答你對我的深愛。我也深深知曉你對我溫柔體貼，也以這雜佩來表達我同樣深的謝意。我堅信你愛我的一片真情，而我這般與你同心同情的心思都藏在這枚送你的雜佩之中，不知你可否知曉？

愛情讓兩個人彼此瞭解、彼此深入，而婚姻則是愛情圓滿的終點，至少童話故事都是這樣告訴我們的。而童話永遠不會教給我們的是生活，那事事落到實處的生活。縱使有愛情進駐也不會改變生活原有的軌跡，不過是多了一個人面對那些日常的瑣碎。要在這些瑣碎中依然保有溫柔、尊重和愛情，就需要許多的智慧，顯然，《女曰雞鳴》中的夫妻深諳此道。

愛情本不該是一座拘束的牢，我們不能以愛之名而對別人霸道行事，而是應該在愛中留出更多自由的相契，讓人在其中既能夠呼吸又能夠愛。如果說狂風巨浪代表一份愛情的驚天動地，那麼我衷心企盼一棵茁壯於日常瑣碎中的情苗，這種東西結實，不易斷，很可能長久，中間夾雜著各種滋味，以個人的修為為養分澆灌，前景甚是樂觀。

請和我在紅塵中相愛一場——楊方《合歡詩》

虎嘯谷風起，龍躍景雲浮。
同聲好相應，同氣自相求。
我情與子親，譬如影追軀。
食共並根穗，飲共連理杯。
衣用雙絲絹，寢共無縫綢。
居願接膝坐，行願攜手趨。
子靜我不動，子遊我無留。
齊彼同心鳥，譬此比目魚。
情至斷金石，膠漆未為牢。
但願長無別，合形作一軀。
生為並身物，死為同棺灰。
秦氏自言至，我情不可儔（儔ㄔㄡˊ）。

很多年前，電視上流行兩則手錶的廣告詞，一個是飛亞達的「一旦擁有，別無所求」，另一個是鐵達時的「不在乎天長地久，只在乎曾經擁有」。前一個是「在天願做比翼鳥，在地願為連理枝」的圓滿，後一個是「兩情若是久長時，又豈在朝朝暮暮」的浪漫。

若不以浪子為職業，很多人都會選擇前者，尤其是新婚之婦。三毛初嫁荷西時，就曾許下十二個「但願人長久」的願望。每個人都希望與自己愛的人於攜手處，只見花明月滿，如鴛鴦、蝴蝶那般雙宿雙飛，最好能同化灰、化塵，博得個地久天長、生生世世。晉代詩人楊方所作的《合歡詩》，正是借新婦口吻，抒寫了對「合歡」生活的美好憧憬。

詩之開筆就將人們帶進一個夫唱婦隨、同聲相應的美好境界中。我們彷彿看到一個初為人婦的女子步履款款地從詩中向我們走來，面容煥彩足見其新婚生活之和諧幸福。

見她這般急切地表明生活之「同聲相應、同氣相求」，就可知她對生活懷有無限熱望。她口中絮絮地說著思情的纏綿熱烈，似乎是獨自倚欄的癡癡自語；而面帶羞澀、眉目凝情，又恰似與夫君脈脈相對。

開初，女子尚有靦腆之態，很多話欲言還止，欲語還休，半蘊半露地說著：「我情與子親，譬如影追軀。」我的情意與夫君永遠相隨，恰如影之隨身，永難分離。

隨著話越說越多，她的情感也逐漸激蕩，思緒開始連翩而飛：其實我遠不只於和夫君如影隨形地相伴不離——我還要和他同飲、同食、共餐那同根而生的穀穗，共斟那連理木製成的雙杯。

所有的衣服，我都要用雙絲織成的絹料去做；所有的被面，我都要用綢緞製得一無縫隙！只有這樣，我們的心才會像並根穗一樣緊緊相聚，才會像連理木一樣枝幹相依。

能許下這種種難成行的誓願，足見女子用情之深沉、執著。然而這些都還不夠，她的心中裝著不可窮盡的熱切心願：「居願接膝坐，行願攜手趨。子靜我不動，子遊我無留。」可見這名女子是希望無論坐、行、居、遊，全都與夫君在一起的。

我們現在看這名女子許下的心願可能覺得可笑，如果兩個人真要這樣像連體嬰一樣生活的話，那麼就什麼事都別想做成了。不過再往下看，她繼續說著「齊彼同心鳥，譬此比目魚。情至斷金石，膠漆未為牢」，其實這才是真正的「無理」之願，然而這些願望中所涵蘊著的真實情意卻也是無比撼人的。

同心鳥、比目魚，都是自然界中最具深情的動物；若論物之堅牢，則沒有什麼能夠勝過金石、膠漆的。但在女子心中，她與夫君堅貞的感情可以輕易斬斷金石，又比膠漆還堅固。

最後，她滿腔的情意仍未淡去，呼喊道：「但願長無別，合形作一軀。生為並身物，死為同棺灰！」她指日為誓，不但要在生前與夫君合軀「並身」，死後也要一起化作「同棺」之灰。

在丈夫遠遊之後，這女子的內心生出無邊無際的焦灼和永不停息的煎熬愛意，正如一位詩人曾經說的那樣：「那彷彿填滿人生的愛，它帶來多少愛慕和深情。它使小別那麼劇烈地痛苦，短晤那麼深切地甜蜜。它似乎是無邊無際的，永恆的，生生世世永遠不會停息的。」

我想，世間不可能再有什麼愛會比詩中女子這樣魂牽夢縈、生死相依的愛更熾烈、更狂熱的了。待讀到最末句「秦氏自言至，我情不可儔」，突然明瞭這一切，原來，這名女子此時正處在離別的痛苦中。詩中的「秦氏」，就是曾寫作三首《贈婦詩》的東漢詩人秦嘉。

秦嘉當年要去京城洛陽赴任，但是他的妻子徐淑卻因為生病回娘家小住，秦嘉走得匆忙，夫妻二人沒能會面，引得秦嘉內心憂鬱糾結，就寫下他三首《贈婦詩》的第一首。

而《合歡詩》中的女子此時引秦嘉自比，可見她整日裡都懷著癡情的渴望，在內心深處細細地描摹著、憧憬著種種與夫君「合歡」的景象。這些景象正像一朵朵彩雲，在她夢幻般的天空中飄搖浮泛。

只是，是夢總是要醒的。一旦她從幻想中清醒過來，無情的現實就會如淒風苦雨般重重浸裹她。你看，桌上的連理杯還殘留著夫君的氣息，他人卻早已相隔天涯，而萬般無奈的是，自己不能如影常隨夫君而去。

在這夜深難眠的淒冷中，她獨自一人擁著床上「無縫」的綢被，想著，夫君此刻會在哪裡呢？可是，沒有人給她答案，只有窗外的冷雨不時地敲擊著窗戶，帶給她難盡的孤寂。

其實，女人一生都在奢求什麼呢？大富大貴？流芳百世？都不是。她們不過是想和一個人過著再平常不過的生活，與他一起坐臥行停，看雲之光、竹之搖曳、群雀之噪鳴、行人之容顏——從這一切日常的瑣事裡，體味出無上的美好，有微妙的享樂，也有微妙的受苦。

佛說：留人間多少愛，迎浮世千重變；和有情人，做快樂事，別問是劫是緣。於是，我眼望住你，伸手向你：請你，和我在這紅塵相愛一場。

泅了千年，相思仍不絕——王維《相思》

紅豆生南國，春來發幾枝。
願君多採擷，此物最相思。

自古至今，唯有林語堂對於愛情的詮釋，於我心有戚戚焉：吾所謂鍾情者，是靈魂深處一種愛慕不可得已之情。由愛而慕，慕而達則為美好姻緣，慕而不達，則衷心藏焉，若遠若近，若存若亡，而仍不失其為真情。此所謂愛情。

很小時候，初學唐詩，沒有遵循蘅塘退士編的《唐詩三百首》童蒙教材，誦讀的是母親挑選的一本圖文版大開本唐詩選，書中所選詩歌並不都是最為人熟知的，卻都是饒擅興味、別具一格的清新小詩，能輕易引發孩童對詩歌的興趣卻又不會覺得枯燥艱澀。

那不過是三、四歲時看的書，卻有兩首詩從詩文到插畫都讓我難忘至今，一首是王建的《新嫁娘》，一首就是王維的《相思》。而母親常盛讚《相思》由幼女之口讀來尤為動聽。

正是，相思樹結相思豆，也不由得慨歎：世間竟能有此種浪漫之木。西晉著名文學家左思在他的《吳都賦》中曾記載：「楠榴之木，相思之樹。」這相思之樹，木質堅硬，盤根錯節，將它剖開，就可見到內部的紋理十分巧妙秀美，可以用來做器具，它的果實像珊瑚一樣，通體渾圓，色澤紅豔，放置數年，仍不改其色。正是古人詩云：玲瓏骰子安紅豆，刻骨相思知不知。千年以降，紅豆與相思總也分不開了。

而關於相思樹則有一個十分淒美的傳說。相傳，相思樹是戰國時代宋康王的舍人韓憑和他的妻子何氏所化生的。據干寶的《搜神記》卷十一所記載，宋康王的舍人韓憑有一個十分美麗的妻子何氏，夫妻二人情深意切，生活也算幸福。誰想有一天，宋康王無意間看到貌美的何氏，就動了心，想將她占為己有。但何氏忠於丈夫，堅定地拒絕了宋康王。於是，心有不甘的宋康王將何氏綁架至皇宮，並把韓憑囚禁了起來。韓憑在獄中日夜思念妻子，而何氏在皇宮中，雖有錦衣玉食卻鬱鬱寡歡。最後，韓憑熬不過羞憤與思念的煎熬在獄中自殺了。而何氏聽說韓憑已死，悲痛欲絕，也從高台之上跳下，追隨韓憑而去。

何氏死前，曾留下遺書一封，希望宋康王能夠成全他們夫妻最後的心願，將他們的屍骨合葬於一處。宋康王對何氏的死既憤怒又傷心，他沒有聽從何氏的請求，反而讓下人將他們兩人的墳墓分開，相對而望。

誰知不久之後，兩座墳墓分別從兩旁生出一棵高大的梓樹，這兩棵梓樹屈體相就，根交錯於

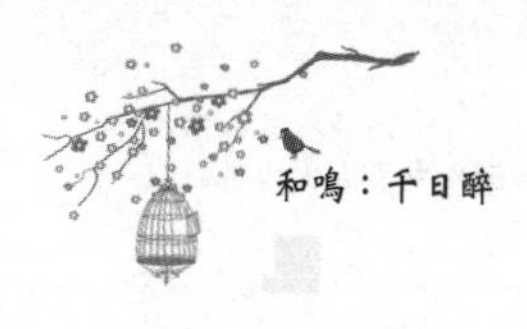

地下，枝葉纏繞於雲上，彷若相依。這兩棵樹上還時常有一對鴛鴦棲息，牠們分坐於兩樹之上，交頸悲鳴，縈繞不去。宋國的人看到此等景象，都很為韓憑夫妻倆的命運感到悲哀，於是就將這兩株大梓木稱為「相思樹」。自此，人們常用「相思樹」來象徵那些忠貞不渝的愛情。

在我的內心一直有著不變的願望：與一人緩慢地經歷感情的萬水千山，最後和身在那青草綿綿處，一同死去。死後墓塋青青，植相思樹兩棵，枝葉在雲裡相交觸，根鬚在地下相纏繞，似我二人的精魂仍相守相依。最後，也不忘將王維那首《相思》刻於石碑之上，待你我過了奈何橋，喝了孟婆湯，在忘川之上相忘於江湖時，也依然清晰地記得：

紅豆生南國，春來發幾枝。願君多採擷，此物最相思。

古詩中，王維這首《相思》最得我心意，而在現代詩中，關於相思的詩歌，我最喜歡木心這首《芹香子》：

你是夜不下來的黃昏
你是明不起來的清晨
你的語調像深山流泉
你的撫摩如暮春微雲
溫柔的暴徒，只對我言聽計從
若設目成之日預見有今夕的洪福

那是會驚駭卻步莫知所從
當年的愛，大風蕭蕭的草莽之愛
杳無人跡的荒壟破塚間
每度的合都是倉促的野合
你是從詩三百篇中褰裳涉水而來的
髡彼兩髦，一身古遠的芹香
越陌度阡到我身邊躺下
到我身邊躺下已是楚辭蒼茫了

和時間角力，與宿命徒手肉搏，算來注定是傷痕累累的，但誰也不會放棄生命這場光榮的出征，只要心仍在，縱使泅渡千年，相思仍難絕。

與你淡似水，便千杯不醉——韓氏宮女《紅葉題詩》

流水何太急，深宮盡日閒。
殷勤謝紅葉，好去到人間。

冥冥中的緣分總是如此奇妙，讓人說不清、道不明，卻無比真實地發生在我們的生活中。《流紅記》中記載了這樣一個故事：唐僖宗時期，有一名叫于佑的書生，在傍晚時分，漫步於皇城中的街道上。

時值「西風吹渭水，落葉滿長安」的深秋，夕陽殘照，秋風蕭瑟，落葉紛飛，樹木光禿的枝椏刺在寒冷的空中好似冰上的裂紋。看著眼前的景色，于佑心中不禁起了客居他鄉的悲傷之情。

他呆呆地在一處立了片刻，繼而生出一種莫名的傷感和無力。眼見天色越來越暗，他來到流經皇城的御溝旁，在流水中洗了洗手。他看著御溝中浮著的落葉隨清冽的水中緩緩流出，忽然，一片較大的紅葉吸引了于佑的目光，他隱約見上面有些許墨蹟，就隨手將葉子從水中撈起。

讓他意外的是這紅葉上題著一首詩，葉上墨痕未乾，字跡姍姍清秀，寫道：

流水何太急，深宮盡日閒。
殷勤謝紅葉，好去到人間。

流水何必如此匆匆，我深坐宮中每天都如此悠閒，此刻唯有殷切地希望這紅葉能隨著這自由的流水，到人間好好地走一遭。

于佑細細地將詩讀了幾遍，又小心翼翼地把紅葉帶回住處後妥善地收在書箱中。自此，他每天都要將這枚紅葉拿出來吟誦欣賞，而且越來越覺得這紅葉美豔可愛，其上的題詩清新意深。他想：「這紅葉是從宮城禁庭中漂流出來的，那上面的詩一定是宮中的一位美人所寫。我一定要把紅葉珍藏起來，這也是我將來美好回憶中的一件紀念物。」那一段時間以來，于佑日夜對著紅葉百般思慮，形容消瘦了很多。

一天夜裡，于佑又躺在床上輾轉反側、徹夜未眠，腦中全是宮裡那個落寞女子空幻的身影。待到天色微亮，他急忙跑到外面找來一片又大又紅的秋葉，也在上面題了二句詩：「曾聞葉上題紅怨，葉上題詩寄阿誰？」之後，他拿著題好詩的紅葉，一徑來到御河上游的宮城之前，將紅葉丟入河中，讓這枚自己題詩的紅葉順著這御河漂流而進宮城。

這件事又過了很久，于佑也等了很久，卻再也沒見有什麼紅葉從御溝中流出。日子一久，于佑也就慢慢淡忘了此事。

後來，于佑多次參加京城科舉考試都沒能考中，就投奔到河中府權貴韓泳門館擔任文書職

務。這時的于佑，手頭漸漸寬裕，就已無心再去科舉應試。

過了幾年後，韓泳突然召見于佑說：「今年，宮城中有三十多個宮女被逐出宮，讓她們各自嫁人，其中有一名韓夫人和我是同族。她進宮很多年了，如今從禁庭中出來後就投靠到我這裡。我考慮到你已年過三十，還沒有娶妻；獨身一人，也沒有官職和家產，生活上很清苦孤單。而這位韓夫人自己的私房銀子不下千兩，她也本就是清白人家的女子，年齡剛剛三十歲，長得姿色出眾。我為你二人作媒，把她嫁給你，不知你意下如何？」

于佑聽後，趕忙從座位上起身，向韓泳伏地跪拜，無限感激地說：「我不過是一介窮困書生，寄食於您門下多年。我深知自己並無所長，一直以來都難以報答您的恩德。現如今，您又對我如此厚愛，真讓小生受之有愧。」韓泳見狀，忙將于佑扶起，要他不必多禮。二人落座後再次說起成婚一事，韓泳見于佑對此婚事頗為滿意，就連忙吩咐手下人安排嫁娶禮儀，為于佑和韓夫人舉行了一場隆重的婚禮。

婚後，于佑和韓氏過著相敬如賓的平靜生活。一日，韓氏收拾灑掃時，無意中在于佑的書箱中發現了一枚紅葉，她看到上面的字跡和詩句都很熟悉，倍覺驚異地問于佑：「這紅葉上的詩是我以前作的，怎麼會在夫君的手裡？」于佑就把當年得紅葉一事詳細地說與妻子。

韓氏聽罷，不覺感歎世事之奇。她像想起了什麼，接著說：「我當年在宮城御河裡也撿到了一枚題有詩句的紅葉，卻不知是宮外何人所寫。」說著，她打開自己的衣箱取出了一枚題有詩句的紅葉，于佑接過來一看，上面的詩句正是自己當年所題，連聲說：「這是我題的，這是我題的！」

此時，夫妻二人各持一枚紅葉，一時間相對無言，感慨萬端，禁不住熱淚奪眶而出。因為自紅葉題詩到他們結為夫婦，這中間已隔了十年的光陰。

韓氏想起這十年間兩人的種種遭遇際合，一時悲歡交集，於是提筆寫下：

一聯佳句題流水，十載幽思滿素懷。
今日卻成鸞鳳友，方知紅葉是良媒。

無獨有偶，唐代還流傳著一個梧葉題詩的故事。玄宗天寶年間，一位東都洛陽的宮女在梧桐葉上寫了一首詩，並讓葉子隨御溝之水流出。詩中寫道：

一入深宮裡，年年不見春。
聊題一片葉，寄與有情人。

這枚梧桐葉被宮外的人無意中拾起後，宮女題的這首詩也就在民間流傳了開來。後來，詩人顧況無意間得知，還就此事和詩一首：

愁見鶯啼柳絮飛，上陽宮女斷腸時。
君恩不閉東流水，葉上題詩寄與誰？

誰知，顧況題詩後過了十幾天，又從御溝中流出一枚紅葉，葉上見詩一首：

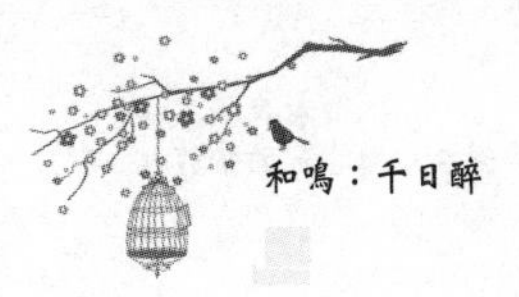

一葉題詩出禁城，誰人酬和獨含情。
自嗟不及波中葉，蕩漾乘春取此行。

眾人猜測，這兩首當是一人所為。其實，這位宮女所表達的情感和願望與「紅葉題詩」中韓氏所寄是一致的，但她們故事的結局卻不一樣。前者沒有韓氏那麼幸運，未能與「獨含情」的有情人結為眷屬，甚至連見一面的機會都沒有。

正因為這些美麗的故事，後人常將紅葉視為愛心，以紅葉來寄託內心的情感，片片紅葉，款款情深。而千百年來，多少有情人沉醉在滿山的紅葉中，也帶給我們無數美麗的傳說、動人的詩篇。

「紅葉題詩」，一言以蔽之，就是「緣，妙不可言」。世間的緣分正如紅線，將兩個人纏了又繞，兜了又轉，連掙扎的機會也沒有。

世事如夢，夢醒無痕——蘇軾《朝雲詩》並引

世謂樂天有粥駱馬放楊柳枝詞，嘉其主老病不忍去也。然夢得有詩云：春盡絮飛留不得，隨風好去落誰家。樂天亦云：病與樂天相伴住，春隨樊子一時歸。則是樊素竟去也。予家有數妾，四五年相繼辭去，獨朝雲者隨予南遷。因讀樂天集，戲作此詩。朝雲姓王氏，錢唐人，嘗有子曰干兒，未期而夭雲。

不似楊枝別樂天，恰如通德伴伶玄。
阿奴絡秀不同老，天女維摩總解禪。
經卷藥爐新活計，舞衫歌扇舊因緣。
丹成逐我三山去，不作巫陽雲雨仙。

在古今中外所有的文人裡，我最愛的就是蘇軾。他詩重理趣，與黃庭堅並稱「蘇黃」；詞拓豪放一派，與辛棄疾並稱「蘇辛」；文與歐陽修並稱「歐蘇」，同入「唐宋八大家」；書法心手

相暢，與黃庭堅、米芾（ㄈㄨˊ）、蔡襄並稱「宋四家」；畫學文與可，率湖州畫派為要。

我愛他曠古爍今的才，但最愛的還是他那顆豁達通透的心。蘇軾一生仕途乖舛，多次貶謫偏遠之地，但他一無所畏，在杭州修堤種柳，在黃州釀酒，在嶺南「日啖荔枝三百顆」。他的世界夠大，那些塵世的興衰榮辱從不過他心，從前種種譬如昨日死，從後種種譬如今日生，去得哪裡就要賞得哪裡的景色，從不浪費命運為他安排的一切機緣運數。

而古今中外所有文人裡最讓我心疼的也是他，我總在想，像他這樣的男子為何不能得一人常相伴，王弗走了，王閏之走了，最後連朝雲也走了，她們一個個都先走了，獨留他面對人世的滿目瘡痍，任他老病床前無所依。所以縱使相隔千年，每每想起他的名字，我內心都會湧出一種溫柔，夾雜著隱隱的痛，止也止不住。

在蘇軾的所有妻妾中，唯有朝雲與他相知最深。一舉手、一投足之間，他們便可清楚地知曉對方的心意。而蘇軾所寫的詩詞只有朝雲最懂個中蘊藉，哪怕他只是輕描淡寫，朝雲也能讀出其中的感傷。蘇軾被貶惠州時，朝雲常常唱那首《蝶戀花》詞，為他聊愁解悶。

花褪殘紅青杏小，燕子飛時，綠水人家繞。枝上柳綿吹又少，天涯何處無芳草？

牆裡秋千牆外道，牆外行人，牆裡佳人笑。笑漸不聞聲漸消，多情卻被無情惱。

可是，朝雲每次唱「枝上柳綿吹又少」這句時，都難於掩抑內心的惆悵，止聲而泣。因為她知曉，那句「天涯何處無芳草」正是暗喻了蘇軾「身行萬里半天下，僧臥一庵初白頭」的命運。

她不由得想起蘇軾在宦海浮沉多年，卻不斷被貶，不斷被打擊，這次更是遠至生存環境極其惡劣的惠州，禁不住內心的酸楚而淚如雨下。而在朝雲去世後，蘇軾「終生不復聽此詞」。

朝雲對蘇軾的瞭解還不僅於此，毛晉所輯的《東坡筆記》中記載：東坡一日退朝，食罷，捫腹徐行，顧謂侍兒曰：「汝輩且道是中何物？」一婢遽曰：「都是文章。」東坡不以為然。又一人曰：「滿腹都是機械。」坡亦未以為當。至朝雲曰：「學士一肚皮不合入時宜。」坡捧腹大笑。讚道：「知我者，唯有朝雲也。」王弗和王閏之在仕途給予了蘇軾很多幫助，也讓他感受到很多家庭的溫暖，而朝雲則是從性情上、藝術上、佛學上與蘇軾兩相投契，足堪知己之名。

蘇軾晚年曾自嘲：「問汝平生功業，黃州惠州儋（儋ㄉㄢ）州。」黃州、惠州、儋州正是蘇軾的三個地方，黃州還好，惠州、儋州都在極遠的南蠻之地，而被貶至惠州時，蘇軾已經年過花甲，此番被貶，便難再有起復之望。這時，王閏之已去世，其他的侍兒姬妾見此景況都陸續地散去了，只有朝雲一人始終跟隨。到惠州後，蘇軾心中百味雜陳，作了一首《朝雲詩》：

不似楊枝別樂天，恰如通德伴伶元；
阿奴絡秀不同老，天女維摩總解禪。
經卷藥爐新活計，舞衫歌板舊姻緣；
丹成逐我三山去，不作巫山雲雨仙。

白居易曾有美妾樊素，擅唱楊柳詞，人皆稱其為楊柳。後來，白居易年老體衰，樊素就自己

走了，於是白居易在詩中說：「春隨樊子一時歸。」晉人劉伶元在年老時曾得一名叫做樊通德的小妾，二人情篤意深，並經常談詩論賦，議古說今，時人就稱二人為「劉樊雙修」。

蘇軾用此兩例典故，正是要說明他與朝雲生死相隨、心意相通，正如劉樊二人。而同為舞妓出身，朝雲的堅貞完全不同於樊素的薄情，這令蘇軾尤為感動。

只是，朝雲卻是命苦的，她沒有李絡秀的好福氣，有兒子阿奴一直陪在身邊，朝雲生了兒子卻夭折了。於是，她的生活就像天女維摩一般，每天不是念經就是煎藥。她拋卻了從前長袖的舞衫，遠離了悅耳的歌板，一心禮佛，唯望有朝一日，仙丹煉就，與蘇軾一同登仙山，再也不為塵世所羈絆。

夢做得再真也只是夢，終難圓作現實，朝雲到底是先蘇軾而去了。臨死前，她誦著蘇軾手書的《金剛經》四句偈「一切有為法，如夢幻泡影，如夢亦如露，當作如是觀」，看著她最愛的男人。我想她是微笑著離去的，只是我心裡一直對朝雲有著深深的怨：你都已經陪他走到了那麼遠那麼遠的惠州，為何不能陪他走得再遠一點？難道你不是這樣想嗎，因為一個人而想成為更好的人，因為一個人而想更健康，更長久地活在這個並不那麼美好的世界，愛一個人怎麼捨得讓他為你而受哪怕一點點的傷？

在朝雲逝去的日子裡，蘇軾的內心不勝哀傷，陸續地寫出《朝雲墓志銘》、《惠州薦朝雲疏》、《西江月·梅花》、《雨中花慢》和《題棲禪院》等許多詩詞文賦來悼念他世間的知心人。

我最喜歡這首《西江月．梅花》：

玉骨那愁瘴霧，冰肌自有仙風。海仙時遣探芳叢，倒掛綠毛麼鳳。
素面翻嫌粉涴，洗妝不褪唇紅。高情已逐曉雲空，不與梨花同夢。

蘇軾還在朝雲的墓上築了一座六如亭來紀念她，因她死前所念四句偈中有佛家所謂「六如」，因此他取亭名為「六如」並親手寫下亭子的楹聯：

不合時宜，惟有朝雲能識我；
獨彈古調，每逢暮雨倍思卿。

別人說，白璧微瑕，是故意留個破綻，以敬本就不完美的人世，這才是真成熟。蘇軾也說過，月有陰晴圓缺，人有旦夕禍福，此事古難全。可我卻偏不！我就要那煞風景的圓圓滿滿、完完美美、乾乾淨淨，更要我愛的人們都得長久，都得所愛，都得願以償無悔憾，我也要愛一個人就知他、懂他、惜他、敬他，陪他到老，再一同往那幽深的寂靜處，不必誰先死，誰擔悲。

我不是任性，只是不想也有朝雲的遺憾，想必她的內心也在為不能陪夫君走到最後而深深悔著。在《詩經》中我最喜歡那句「惠而好我，攜手同行」——我對愛情的全部原則都在這八個字裡面：愛我是嗎？那就攜我的手，與我並肩同行，始終。

惜別：竹葉青

竹葉青，最毒的蛇，最烈的酒。自別後，思念同竹瘦，卻又剛烈得從不向什麼而低頭。唯有那年青絲，用盡餘生來量度。

黯然銷魂者，唯別而已——《衛風・伯兮》

伯兮朅（朅ㄑㄧㄝˋ）兮，邦之桀兮。伯也執殳（殳ㄕㄨ），為王前驅。
自伯之東，首如飛蓬。豈無膏沐？誰適為容！
其雨其雨，杲杲（杲ㄍㄠˇ）出日。願言思伯，甘心首疾。
焉得諼（諼ㄒㄩㄢ）草？言樹之背。願言思伯。使我心痗（痗ㄇㄟˋ）。

「我知道鉤是一種武器，在十八般兵器中名列第七，離別鉤呢？」

「離別鉤也是種武器，也是鉤。」

「既然是鉤，為什麼要叫做離別？」

「因為這柄鉤，無論鉤住什麼都會造成離別。如果它鉤住你的手，人的手就要和腕離別；如果它鉤住你的腳，你的腳就要和腿離別。」

「如果它鉤住我的咽喉，我就和這個世界離別了？」

「是的。」

「你為什麼要用如此殘酷的武器？」

「因為我不願被人強迫與我所愛的人離別。」

「我明白你的意思了。」

「你真的明白？」

「你用離別鉤，只不過為了要相聚。」

「是的。」

捷克作家米蘭．昆德拉曾說：這是一個流行離別的世界，但是我們都不擅長告別。古龍的小說《離別鉤》中的楊崢用一種極為殘酷的武器，鉤名離別，恰恰是為了可以不離別。而《伯兮》中的女子自從與愛人離別，則首如飛蓬，不膏沐，不適容。

我的阿哥，你真是我們邦國最魁梧英勇的壯士，手持長殳，做了大王的前鋒。自從你隨著東征的隊伍離家，我的頭髮散亂如蓬草，更沒有心思去塗脂抹粉——你不在身邊，我打扮好了給誰看？

天要下雨就下雨，可偏偏又出了太陽，事與願違不去管。我只情願想你想得頭疼。哪兒去找忘憂草，能夠消除掉記憶的痛苦，它就種在樹蔭之下。一心想著我的阿哥，使我心傷使我痛。

戰爭殘酷，會破壞掉很多東西，傷亡慘重，生民流離，但它首先破壞的就是軍人的家庭生活。軍人出征，還沒有走到戰場，他們的妻子就被拋置，成為棄婦，處於孤獨與恐懼之中。不過，《詩經》中眾多的棄婦詩，也只有《衛風．伯兮》中的這句「自伯之東，首如飛蓬」最簡練、最形象。意思是說，自從丈夫出征了之後，我的頭髮，就如飛蓬一樣亂糟糟；並不是我沒有物品沒有時間去打理，而是我懶得去收拾，即使我打扮得漂漂亮亮的，又給誰看呢？一語道破「女為悅己者容」的意念：你不在身邊，誰適為容！

《戰國策．趙策一》中有「士為知己者死，女為悅己者容」的句子，說當時俠士之風盛行，士可以為欣賞自己的人賣命，而女性也只為喜愛自己的人而修飾妝容。如杜甫《新婚別》中，面對即將遠征的丈夫，新娘表示「自嗟貧家女，久致羅襦裳。羅襦不復施，對君洗紅妝」，我只對你化妝描眉，展現美容。古時候女子對男子的依戀過重，造成了這種現象。《詩經》中《鄭風．狡童》也說明了這個問題。

彼狡童兮，不與我言兮。
維子之故，使我不能餐兮。
彼狡童兮，不與我食兮。
維子之故，使我不能息兮。

女孩邂逅了小夥子之後就容易得相思病，就有了《狡童》這個故事。你怎麼不願和我再說話啊，因為你的緣故，我吃不下飯！你怎麼不願與我同吃飯啊，因為你的緣故，我睡不著覺！熱戀中的人兒，特別是古代。男子一不跟女子說話，她馬上就吃不下飯，只不過沒有跟她一起吃飯，

她馬上睡不著覺，真正是寢食不安。如此一來，戀愛中的女人永遠沒有精神的安寧，男子一個異常的表情，會激起她心中的波瀾，而他的離開，更讓她寢食難安，還談什麼梳妝打扮！

自古以來女人愛美，先前都是打扮來打扮去的，而《伯兮》中這名女子如今卻懶得梳妝，蓬頭垢臉坐著等待，等待她心目中那個威武健壯的「為王前驅」的夫君歸來。然而思念的日子實在不好過，想他想得頭也痛心也病，真想得到一棵忘憂草把他忘卻。但是儘管痛苦難忍，還是有點想念的好，想著他，也許生活還有些盼頭與希望，心甘情願地想念著，承受著煎熬，「願言思伯，甘心首疾」，必要的時候甚至連性命都可以交付。

也許他們是新婚夫婦，上戰場前他還執畫筆為她描眉，然後在雲鬢旁別上幾朵小花，嬌羞臉龐，頓時生輝。這是她所盼望的現世安穩。哪知道，殘酷的戰事把心愛的丈夫拉到生死未卜的戰場。戰場上，短兵相接，朝不保夕，自己在日日夜夜不安之中，肝腸寸斷。天下女子所希望的也就是那現世安穩與歲月靜好，有愛人，還可以被愛，長相廝守，到生命的盡頭，這就是人生的完滿。往往，天意弄人，連這僅有的一點美好都不成全，道不盡的離合，唱不完的悲歡。

「黯然銷魂者，唯別而已矣。」確實，離別有時候就如一把鉤，那一瞬間，整個人的心好像被鉤子鉤碎，更痛心的是斯人已去，你就只能抱著那已經隨他遠去的不再完整的心，默默承受著這苦痛。翹首企盼，不知道能否等到那個人的回來，怕是要等到飛蓬凋謝、生命尾聲了。

說到詩中的植物飛蓬，還有另一層的意味。「其華如柳絮，聚而飛如亂髮也。」《集傳》中這樣說，飛蓬也由此得名。作為鄉野間俯拾皆是的一種荒草，蓬草沒有什麼特別之處，它們的根甚淺，葉落枝枯後，極易從近根處折斷，飄搖不定，遇風則四處飄落，這也是它得名的一個原因。這樣一種微不足道的植物，出現在《伯兮》裡，就有別的意味了。「首如飛蓬」，不過是一種表象，棄婦的思念，才真正如風中飛蓬，早隨夫君上前線走天涯。而她夫君，又何嘗不是一棵飛蓬，他的生命飄搖在戰爭這場「大風」中，怎麼可能回得來。如此，她哪還會有心情打扮自己。

「飛蓬各自遠，且盡手中杯！」詩仙李白曾這樣對詩聖杜甫說，明知道世事難料，二人都似飛蓬在空中旋轉飄落，不知道是否還會相見，且乾盡了這杯中酒吧！儘管《伯兮》中的女子沒有誦詩飲酒，但她自此不妝容的行為比起二位大詩人更多了幾絲悲傷。

你我如何能相忘於江湖——李白《秋風詞》

秋風清，秋月明，
落葉聚還散，寒鴉棲復驚。
相親相見知何日，此時此夜難為情。

從宋玉那句「悲哉，秋之為氣也」無端為秋染了一層悲傷起，秋就不曾快樂起來，縱使秋天獨擅清氣，天空高藍。劉禹錫曾寫過一首《秋詞》嘗試為秋辯駁。

自古逢秋悲寂寥，我言秋日勝春朝。
晴空一鶴排雲上，便引詩情到碧霄。

一句「我言秋日勝春朝」總顯得沒那麼多說服力，想想還是聶魯達說得最好：「當華美的葉片落盡，生命的脈絡才歷歷可見。」引秋意卻不含悲，不帶怨。

在眾多關於秋的詩詞中，我最心儀王夫之那句「梧桐暗認一痕秋」，有段時間，一直念叨著這句詩當作安眠曲。若論全詩，則最喜歡李白這首《秋風詞》：

秋風清，秋月明，
落葉聚還散，寒鴉棲復驚。
相親相見知何日，此時此夜難為情；

秋天的風總是如此的蕭索淒清，秋天的月卻又總是如此的清明高遠。葉子飄然落下，縱使相聚也要被風兒吹離散，而寒鴉在樹上棲息卻又不是要被人驚嚇飛走。想當初我們彼此相愛相守，便以為會是天長地久，可是分開後卻再難得知何日能夠再次相聚。如今，我一個人，站在這秋風秋月的夜裡，往事歷歷在目，讓我情何以堪？

我想，秋天是宜於思念，宜於離別的。秋日的天空總有著難以企及的高遠晴藍，原本遮天的華美葉片紛紛落盡，生命的枝幹和脈絡歷歷可見，人的心思也就難以掩藏了。在一個晴好的秋日，對著窗外湛藍的天，我總會不自覺地去讀一些憂傷的詩詞，翻檢一些帶淚的靈魂。

落花落葉落紛紛，終日思君不見君。
腸斷斷腸腸欲斷，淚珠痕上更添痕。
一片白雲青山內，一片白雲青山外。
青山內外有白雲，白雲飛去青山在。
我有一片心，無人共君說。
願風吹散雲，訴與天邊月。

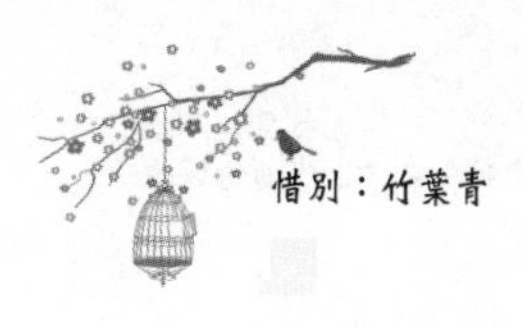

攜琴上高樓，樓虛月華滿。
相思曲未終，淚滴冰弦斷。
人道海水深，不抵相思半。
海水尚有涯，相思渺無畔。
君住湘江頭，妾在湘江尾。
相思不相見，同飲湘江水。
夢魂飛不去，所欠唯一死。
入我相思門，知我相思苦，
長相思兮長相憶，短相思兮無盡期。
早知如此絆人心，悔不當初莫相識。

這是梁意娘的《相思歌》。梁意娘和她的這首詞都不為人所熟知，只在《林下詞選》中寥寥記取。她為人熟知的是那曲《湘妃怨》，而這首詩正是為琴曲《湘妃怨》所填的詞。曲，如今頗難聽到，只得從這首詞中揣摩個中情味。整首詩中，最令我動容的正是末六句：

一旦走進相思之門，識得相思之味，就必然要嘗到那相思之苦，我本以為，只有永遠的相思不得、永遠的回憶才是痛苦的、磨人的，誰知這短暫的相思也是無止境、難窮極的。

早知今日，相思會在心中如此難纏地牽絆，還不如你我當初不要相識，不要相愛，更不要相許。

喜歡它並不因為梁意娘寫秋的筆力如何，僅僅是因為那句「悔不當初莫相識」。每個人到了一定的年齡，心中多少都會存著些足夠下酒的往事，平時不與示人，卻會在某個時刻，人事浮現，弄得自己的內心狼狽不堪，卻只能自怨自苦。

為愛受苦，是任何人都不能免俗的。正如美國作家楚門，卡波提所說：「頭腦可以接受勸告，但是心卻不能；而愛，因為沒學地理，所以不識邊界。」相思和愛注定是無指望停歇的，唯有內心帶著無限的悔意：早知如此，何必當初？

那個一生為情、為佛兩相撕扯的倉央嘉措，以有情人，以修道者之身這樣勸告世人：

第一最好不相見，如此便可不相戀。
第二最好不相知，如此便可不相思。
第三最好不相伴，如此便可不相欠。
第四最好不相惜，如此便可不相憶。
第五最好不相愛，如此便可不相棄。
第六最好不相對，如此便可不相會。
第七最好不相誤，如此便可不相負。
第八最好不相許，如此便可不相續。

第九最好不相依，如此便可不相偎。

第十最好不相遇，如此便可不相聚。

但曾相見便相知，相見何如不見時。

安得與君相決絕，免教生死作相思。

想到蕭亞軒那首《最熟悉的陌生人》，她剛出道時的歌，那時她還沒成為所謂天后，眉目尚清淡，聲音中花哨也不多，才能將一曲悲傷的歌唱得這麼好。

「我們變成了世上最熟悉的陌生人／今後各自曲折，各自悲哀／只怪我們愛得那麼洶湧，愛得那麼深／於是夢醒了、擱淺了、沉默了、揮手了／卻回不了神／如果當初在交會時能忍住了／激動的靈魂／也許今夜我不會讓自己在思念裡／沉淪。」

也許還是收出初見時怒放的心花最好，那樣才能耐得住終老的寂寞，不會任自己一味在愛裡沉淪；也許還是壓根就沒遇見過最好，省得自己被情思縈繞；也許還是做個不熟的陌生人最好，便不會像如今這般心思顛倒。這些想來也不過是些賭氣的話，但凡在愛裡走過一遭的人又怎會輕易捨了愛？

高中時，癡迷於簡楨的文字，如今對她雖早已淡然，卻仍對《四月裂帛》中的一句記憶尤深：認識你愈久，愈覺得你是我人生行路中一處清喜的水澤。幾次想忘於世，總在山窮水盡處又悄然相見，算來即是一種不捨。

若一人曾投石，打破那一池春水，如何還能回到最初的無緒無波？要與深愛的人相忘於江湖，注定是說得出、做不出的憾事。

當我猜到關於愛情的謎底時，才發現一切都已過去，而歲月早已換了謎題。既然如此，你就趁著秋天過去，冬日將至，把我冰封在冬天裡吧。只有這樣，我才可以自在地寬慰自己：不去愛、不去感覺、不去瞭解；讓一切可能從不發生；拒絕生命中的危險、想像、創傷、希望與失望，並時時對自己說：自此，你要為自己事事周全，只有這樣，才可以得到你要的安心穩妥。

我們受的教育是：生活總是讓我們遍體鱗傷，但到後來，那些受傷的地方一定會變成我們最強壯的地方。縱使人生也是一雨成秋，轉眼即物換星移，綴滿淒涼，我們也不會容許自己如一個灰頭土臉的棄婦。人世迢迢無盡，縱使枯枝上僅剩落葉幾枚，我們依然要眉目飛揚。

「如果某一天，當我們聽到她的名字時不再感到肉體的疼痛，看到她的筆跡也不會微微地發抖，更不會為了在街上遇見她而改變自己的行程，那麼，我們的情感現實正在漸漸地變成心理現實，成為我們的精神現狀，也就是冷漠和遺忘。到那時，我們周身不會有任何的傷口和血跡，而愛情就這樣消逝了。」這是那位鼎鼎大名的普魯斯特寫下的，看著這段話，我想他一定也目送愛情離開過。

只怕水遠山遙，夢來都阻——李商隱《無題》

來是空言去絕蹤，月斜樓上五更鐘。
夢為遠別啼難喚，書被催成墨未濃。
蠟照半籠金翡翠，麝熏微度繡芙蓉。
劉郎已恨蓬山遠，更隔蓬山一萬重。

不得不承認，有些人是血裡帶風的，總要不時地離開，到處地漂泊，難安於一座城的風景。這些年來，不斷地在和他人告別，曾經的玩伴，知心的老友，拳拳的親人。然而浸淫在古書中日久，心中總有遺憾：離別應當有柳，有酒，有人為我高歌擊筑，有蕭瑟的風或纏綿的雨，在淒寒的水旁，或驛路的斷橋邊上，如今，卻在這聒噪蟬聲都不響，只有大太陽的鋼鐵叢林中，離別就這麼輕易地上演了。

愛因斯坦曾慨歎現代科技唯一值得稱頌的就是現代的交通技術，它讓思念的距離變得更短了。但是我依然懷念古時那跨越雲山幾重的綿長思念。在古代，我們不發簡訊，用黑色的墨、蠅頭小楷、薛濤箋慢慢寫一封手書；在古代，我們不視頻網聊，想你時用記在腦中的模樣畫一幅你的像，日日相對便是相見；在古代，我們不坐飛機漂洋過海，不會在見你時被堵在路上，如果我想你，就行盡江南，翻過兩座山、走幾十里路，牽著馬走過你的館樓，去牽你的手。我最喜歡翟永明那首《在古代》：

在古代，我只能這樣
給你寫信並不知道
我們下一次
會在哪裡見面

現在我往你的郵箱
灌滿了群星它們都是五筆字形
它們站起來為你奔跑
它們停泊在天上的某處
我並不關心

在古代青山嚴格地存在

當綠水醉倒在他的腳下
我們只不過抱一抱拳彼此
就知道後會有期

現在，你在天上飛來飛去
群星滿天跑碰到你就像碰到疼處
它們像無數的補丁去堵截
一個藍色螢幕它們並不歇斯底里

在古代人們要寫多少首詩？
才能變成嶗山道士穿過牆
穿過空氣再穿過一杯竹葉青
抓住你更多的時候
他們頭破血流倒地不起
現在你正撥一個手機號碼

它發送上萬種味道
它灌入了某個人的體香
當某個部位顫抖全世界都顫抖

在古代我們並不這樣
我們只是並肩策馬走過十里地
當耳環叮噹作響你微微一笑
低頭間我們又走了幾十里地

在現代，我們有著各種各樣的交通工具、交流方式，能讓我們將自己思念最快地傳遞給那個人，只是，這麼輕易的愛就真的好嗎？我們心中不再結滿無處可送的積念，不再那麼沉甸甸地去愛一個人，不再那麼緩緩地和愛人度過一生，這真的好嗎？

小時候看過貫雲石寫的一首小令叫《清江引·惜別》：

若還與他相見時，道個真傳示，不是不修書，不是無才思，繞清江，買不得天樣紙。

當時看底下注釋說，這是為一個不愛寫信的男子而作，當時覺得非常有趣，文人也是有這樣的滑頭的。現在我們再沒有機會把這樣狀似無賴的辯白寫成一段深情的詩歌。

其實貫雲石為那男子辯白，倒也不算耍賴，因為愛到深處時，是無以言說的。李商隱作了

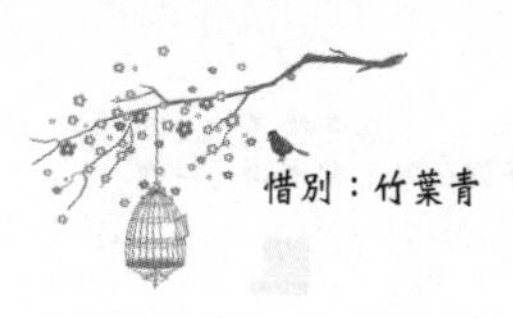

那麼多首唯美淒切的愛情詩，卻都名為「無題」，想必就是這樣吧，真的愛了，就會如沉默的白衣，縱使心中積念深沉，走過他的身邊依然發不出半點聲音。

我本人並不喜歡李商隱的詩作，美則美矣，總是難有動我之情處。他的詩中，我只喜歡那句「書被催成墨未濃」，內心情多，繾綣成墨，只肯為君寫淡濃。因著偏愛這句，就此錄下整首與諸君：

來是空言去絕蹤，月斜樓上五更鐘。
夢為遠別啼難喚，書被催成墨未濃。
蠟照半籠金翡翠，麝熏微度繡芙蓉。
劉郎已恨蓬山遠，更隔蓬山一萬重。

我答應了要去見你，卻怎奈又成了空。我就這樣走了，無聲無息的，你還在早已五更天的樓上，僅有空寂的等待。

夢裡你流著淚呼喚我，我的身影卻漸行漸遠。那墨汁還沒有研好啊，你已匆匆地寫成了思念的信。

翡翠屏上半籠著燭光，芙蓉帳下微微的熏香，閨房裡的你的思念和無眠，牽著我的心腸。

劉郎想要去蓬山遠無路，而我與你的距離，比那蓬山還要遠上一萬重。

詩中的劉郎並不是李商隱本人，而是源自一個遙遠的傳說。相傳在東漢時期，漢明帝永平五年，劉晨、阮肇入山採藥，歸家途中迷路無法出山。忽然，他們遇到兩位女子，就被邀請至女子家留居，過了半年以後才得以還家，後人常用這個典故來比喻有豔遇。而蓬山，即蓬萊山，泛指仙境。

其實，生活的無奈，比我們看到的更多，不是每份愛都會有結果，不是每個人只要我們等了就能回來。

俄羅斯女詩人阿赫瑪托娃與普希金並稱，被譽為「俄羅斯詩歌的月亮」。我覺得她這首《夢中》，正好應和了李商隱這首《無題》，同樣的無奈，只是阿赫瑪托娃更勇敢，不甘願因分離而就此謝幕、遁形，就算在夢中也要再相見。

我和你一樣承負著
黑色而永恆的分離。
哭有何用？把手給我，
答應我，重來到夢裡。
我和你猶如悲哀中邂逅……
再不復在人間一起。

一個生命與另一個生命的相遇不過千載一瞬，而分別卻彷彿萬劫不復。杜牧那首《贈別》就

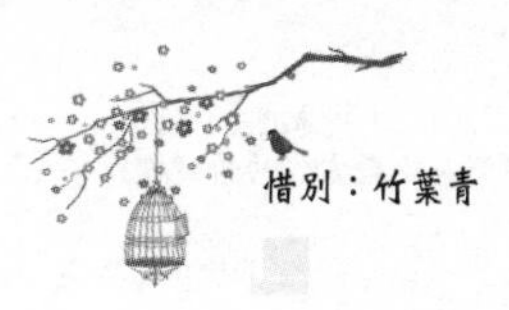

是在說著那讓人萬劫不復的離別。

多情卻似總無情，唯覺樽前笑不成。
蠟燭有心還惜別，替人垂淚到天明。

相聚時如膠似漆，而作別時卻像陌生人一樣無情；只覺得酒筵上應有笑聲，誰知就算是強顏歡笑也笑不出聲。案頭擺著的蠟燭也是有心之物，懂得依依惜別，你看它替我們流淚流到天明。

江淹曾用「黯然銷魂」四字概括了離別的感情。感情的表現常因人因事的不同而千差萬別，並不是「悲」、「愁」二字所能清楚道得。杜牧此詩不用「悲」、「愁」等字，卻寫得坦率、真摯，道出了離別時的真情實感。

安德魯．懷斯是我很喜歡的一位美國畫家，他創造了一種屬於個人的主觀藝術，想要以一種連續而持久的個人主義，來應付這個毫不穩定和全無把握的現實生活。他常常畫滿地的衰草，淒清冬日裡女人孤單的背影，整個作品中有一種難以言說的蕭瑟，悲冷，卻能真實地喚起人們內心的柔軟和思念。而他的詩寫得也很好，像這首《遠方》：

那天是如此遼遠遼遠的展著翅膀
即使愛是靜止的靜止著讓記憶流淌
你背起自己小小的行囊
你走進別人無法企及的遠方

你在風口遙望彼岸的紫丁香
你在田野撿拾古老的憂傷
我知道那是你心的方向
擁有這份懷念
這雪地上的爐火就會有一次歡暢的流浪
於是整整一個雨季
我守著陽光守著越冬的麥田
將那段閃亮的日子輕輕彈唱

我知道你在遠方流浪，你也知道我在遠方守著你見過的陽光，而你不知道的是，我並不害怕離別，只怕那水遠山遙，夢來都阻。

聚如短尺，離若長河——李清照《行香子．七夕》

草際鳴蛩，驚落梧桐，正人間、天上愁濃。
雲階月地，關鎖千重。縱浮槎（槎ㄔㄚˊ）來，浮槎去，不相逢。
星橋鵲駕，經年才見，想離情、別恨難窮。
牽牛織女，莫是離中。甚霎兒晴，霎兒雨，霎兒風。

高中時，十分喜歡余傑的《香草山》。這是一部以書信體寫就的小說，自此對文人的書信集突來興致，王小波、李銀河的《愛你就像愛生命》，魯迅、許廣平的《兩地書》，里爾克、帕斯捷爾納克、茨維塔耶娃的《三詩人書簡》變成那段時間的枕邊書，在這些書信中，他們都褪去文學家的光芒，變成了再普通不過的愛著的人。在離別中，他們也和普通人一樣患得患失，一樣胡思亂想，一樣在心內藏著婉轉情深。

只是，電子郵件、手機簡訊讓現代人失去了寫信的必要，我們可以輕易地將思念在一秒鐘內傳達給遠在天涯的人，也可以在幾個小時內漂洋過海來相見。但，我為何總不覺這是一件幸事，正如我從不覺牛郎織女隔河遙望是一件憾事。

今天，牛郎織女每年的相見之日被大肆宣揚為「中國情人節」，想來不過是商家之手段，令人思之厭厭。今人之所為再不若古時那般敬重無偽。古時，七夕又被稱作乞巧節，女兒節。眾女子對月祭天，穿針乞巧，夜深時，坐於瓜果架下靜聽牛郎織女的脈脈情話。而無數文人作詩填詞吟詠七夕，妙言佳句不絕於世。而在這些所詠之詞中，我最喜歡的並不是秦觀那首《鵲橋仙》，而是李清照這首《行香子·七夕》：

草際鳴蛩，驚落梧桐，正人間、天上愁濃。
雲階月地，關鎖千重。縱浮槎來，浮槎去，不相逢。
星橋鵲駕，經年才見，想離情、別恨難窮。
牽牛織女，莫是離中。甚霎兒晴，霎兒雨，霎兒風。

更深露重，本是七夕良夜，卻聽得一隻無偶的蟋蟀在草叢中幽淒地叫著叫著，這叫聲恁地哀怨，驚得枝頭的梧桐葉子都飄搖落下。人人道牛郎織女得見一日，當是「金風玉露一相逢，便勝卻人間無數」，殊不知，此時此際，正是人間天上離愁別怨最濃最重的時候。

在以雲為階、以月為地的天上，牛郎和織女被千重關鎖所阻隔，日日遙望而無從相會。傳說，天上的銀河和地上的大海相通連，每年八月有「浮槎」，一種來往於海上和天河之間的木筏，在其間來去，從不失期。

牛郎、織女一年之中，唯有七夕一日可短暫相會，其餘時光裡，則如那在浩渺星河中游來蕩去的浮槎，不得聚首。

此時，鵲橋已經在銀河之上搭起，經年才得相見，他們心中定是有著千般離情、萬般別恨要訴說。只是這一更一更的，也過得太快，他們到底有沒有順利相會？再看這七月的天氣陰晴不定，忽風忽雨，他們的相會不會受到阻礙吧？

作此詞時，趙明誠獨自往建康應召。這對苦命夫妻總是相離之日多，相守之日短。趙明誠往建康，李清照一人暫住池陽。偌大的池陽城內，雖有安身之所，卻無倚靠之親，眼下到了七月七日，家家女子成群結隊，祭天乞巧；處處可見男男女女，相攜而過。李清照想，連天上日夜相隔的牛郎織女，在今夜尚能得短暫聚首，而人間的恩愛夫妻如他倆，此刻卻要兩地分離。但她也並無他法，只得將這濃重的離情別緒形諸筆端。

我們認得的李清照是一個具曠世之才的詞人，但我們理解的李清照不過是一個內心繾綣無限離愁的女子。縱使她才情曠古，也不能將她神化，記取她詞中的唯美，也要惜取她的悲哀與渴望。

看她的滿紙清詞，字字浸透離別之淚，兩地之情。感黃昏細雨，念武陵人遠；見海棠依舊，思秋雁南回。在分開的日子裡，她只有日日以曾經令人陶醉的回憶為養分，他們曾經同宴飲，共郊遊，兩相歡悅，對桌賞金石，牽手觀書畫。如今，她卻只能對著漫漫故園，淚濕衫袖。

其實，在愛情裡，最深的欲望就是最簡單的相伴，我們窮其一生去愛，圖的並不是一次回顧，一句噓寒問暖，一個擁抱，而是同飲食、同睡眠、同老去，同睡一個墓穴。

所以，在我心中，最浪漫的三個字不是「我愛你」，而是「在一起」。一個人也許只是在偶然回眸的燦然裡，撩動頭髮的嫵媚中，伏案埋首的專注裡就可以愛上一個人。有時，一句話、一杯熱茶也能讓人輕易就將自己的感情繳械。

愛上一個人就是這樣一件輕易的事，而與一個人在一起，卻多了許多微妙的意義。我們在一起，就必須用盡一生的力氣，去接受、去忍讓、去寬容。我們在一起，做彼此的風箏，彼此的線，不要「過盡千帆皆不是」，也不要「千言萬語無處訴」，更不要「孤身對青燈，想見離人影」，而是要「朝朝暮暮生死同」。

良辰美景依舊，而斯人不復——陸游《釵頭鳳》

紅酥手，黃縢酒。滿城春色宮牆柳。
東風惡，歡情薄。一懷愁緒，幾年離索。錯錯錯。
春如舊，人空瘦。淚痕紅浥鮫綃透。
桃花落，閒池閣。山盟雖在，錦書難託。莫莫莫。

相傳，從前有一人心中鬱結對情人過深的思念，終至成疾。一日，這人立於屋外臺階之前，頓覺胸中氣血湧動，嘔出一口鮮血於階下。誰知數日後，竟有一株不起眼的草自嘔血處無聲地長出，接著便結枝散葉，開出血色的花來。人們就稱這株草為「相思草」，就是今人所謂秋海棠。

說到秋海棠，就不得不提起一個遙遠的故事，在宋朝，在沈園，一位叫陸游的詩人，一位叫唐琬的女子。

初識陸游之名，正是幼時所讀那首絕筆詩《示兒》：

死去元知萬事空，但悲不見九州同。

王師北定中原日，家祭無忘告乃翁。

心中就此認定陸游是一滿腔愛國熱血，心懷憂國憂民之悲的好男兒，連彌留之際所作的詩也都滿是家國之思。當時所不知的是，縱是鐵漢也柔情。而這位鐵骨錚錚的男子，內心不但有情的柔，還有一番難以言說的情的苦。

陸游年少時，與同宗族的表妹唐琬情投意合，二人也終得成婚，算是一大幸事。陸游年少才高，胸懷磊落，又有家國之思，是個不可多得的良人。唐琬本人知書達禮，文靜素雅，才情也是不弱。二人婚後，「伉儷相得、琴瑟甚和」，日子過得再甜蜜不過。

唐琬家境貧寒，雖對公婆敬重孝順，仍不能為陸游母親所容。陸游母親多番刁難唐琬，甚至要求陸游休妻，幾次三番下來，不惜以死相逼。陸游也是極孝之人，不能違背母親的意願，只好狠心將唐琬送回娘家。這一對有情人終究沒能成為眷屬。

送走唐琬後，陸游終日鬱鬱，時常藉酒澆愁，於仕途也無心。他母親見他這般，仍不願成全他與唐琬的愛情，而是託人在遠方為陸游謀得一個職位，想讓陸游得以離開傷心地，從而完全擺脫對唐琬的思念，陸游無奈，也只得聽從母命，獨去遠方赴任。

臨別之際，陸游去見唐琬。唐琬拿出一盆秋海棠送給陸游，告訴他這就是傳說中的「斷腸花」，並給陸游講了這樣一個故事。

從前有一個女子，偶然間識得一個男子，兩人情相投，意甚篤，奈何不能常常見面。於是，

多數的日子裡，女子都是一人與思念相對。思念得深了，她就會來到情人離開時所站的牆下默然獨立。想著想著，就不禁靠在牆邊淚下不止。而她的眼淚顆顆滴入土中，漸漸的，在她每日灑淚之處長出一株綠色的植物。

這植物在眼淚的澆灌下，長得很快，不久還開出花來。只見那花姿十分嫵媚動人，花色嬌豔如女子的面色，葉子更是奇特，正面翠綠、背面殷紅，而且只在秋天才會開花，人稱其曰「斷腸草」。

陸游看著那盆開得正好的花，聽著唐琬語帶哽咽的緩緩述說，心中更覺不捨和悲傷。他說此花另有別名「相思花」，正如你我相隔兩地時的心情。

由於陸游此番出遊，路途遙遠，又要長期旅居外地，不便養護此種嬌貴的植物。他就留下這盆秋海棠，讓唐琬代他培植養護。他希望，唐琬每天見到此花就猶如見到他對她的思念一樣。

而後，兩人纏綿淒惻話出離別之苦、離別之恨，直到最後陸游不得不離去，二人才揮淚而別。但誰也沒想到，這一別之後，二人的緣分就此斷了。

陸游走後，唐琬的日子更加難過，不得不經受多方的刁難，還有閒言碎語。她痛感世態炎涼，一時萬念俱灰。不得已之下，她嫁給了同宗族的趙士程。但她對趙士程並無絲毫愛意，夫妻二人相敬如「冰」，各自苦悶。

時光如水，一晃十年過去，陸游也終得重返故里。一日，他興致忽來，就到紹興去遊玩。在沈園漫步時，陸游無意中看到一盆似曾相識的秋海棠在園中盛開，花枝已然長大不少，但從花盆看來，極像當初臨行時唐琬所贈予他的那一盆。

陸游定了定神，輕輕地問園丁：「這是何花？」園丁答道：「這是『相思花』。」陸游一聽甚為訝異，心下不由得如潮湧動，接著問道：「這是誰人所養之花？」誰知，園丁告訴他，這盆花是趙家的少奶奶託他在此代為護理。

此時的陸游久久難以平靜，面對此花，只感覺一時間前塵往事向自己洶湧而來，心中自是百感雜陳，難以言說。於是他守著這盆花遲遲不忍離去，當下寫了一首《秋海棠》，詩曰：「橫陳錦彤欄杆外，盡收紅雲灑盞中。貪看不辭持夜燭，倚狂直欲擅春風。」

說來也巧，這日唐琬與丈夫趙士程也在沈園中同遊。他二人在過一座小橋時，正好與看過花準備離去的陸游相遇。三人在橋上相見，不免尷尬，寒暄幾句便是無話。

而陸游和唐琬內心尤為煎熬，日夜思念了十年的人突然近在眼前，那積攢了十年的話語只想與彼此共訴。無奈，此時他們都已為她人夫、為他人婦，而唐琬的夫君就在近旁，縱有千般思緒、萬種柔情，也只能默默以目相送。

這一偶遇之後，陸游心知自己對唐琬的情意依然深沉，但對命運的捉弄也依然無力。他尋得一處小亭，頹然而坐，自言自語道：「秋海棠是相思之花，更是斷腸之花啊！」

片刻後，一名小童過來尋他，並給他送上一壺酒，對他說：「這是趙家少奶奶送給相公的。」陸游驚喜之餘，又有無限惆悵，於是將酒一飲而盡，當即提筆在沈園的牆壁上題了一首《釵頭鳳》詞：

紅酥手，黃縢酒，滿城春色宮牆柳。
東風惡，歡情薄，一懷愁緒，幾年離索。
錯、錯、錯。
春如舊，人空瘦，淚痕紅浥鮫綃透。
桃花落，閒池閣，山盟雖在，錦書難託。
莫、莫、莫。

依稀記得你那纖纖玉手曾我為頻頻斟酒，如今你卻已像宮牆外的綠柳般遙不可及，只為他人添得幾分春色。不留情的東風狠狠地吹散我們曾經的歡樂時光，讓我們各懷一抔愁緒，兩地相隔，正是莫大的錯處。眼見這良辰美景依舊，斯人卻為相思而空瘦，桃花紛紛落下，自有這滿池春水將它們的凋零安穩地接住，而我們曾經的山盟海誓卻再也沒有可以安放之處。

陸游題完這首詞後，就黯然離去。誰知，這首詞被唐琬看見，她再也忍不住這麼多年的苦楚，一時淚下不住，也寫下一首《釵頭鳳》作為應和。

世情薄，人情惡，雨送黃昏花易落。
曉風乾，淚痕殘，欲箋心事，獨語斜欄。難，難，難！

人成各，今非昨，病魂常似秋千索。
角聲寒，夜闌珊，怕人尋問，咽淚裝歡。
瞞，瞞，瞞！

在寫下這首詞後不久，唐琬就鬱鬱而終了。「情」這個字當真是人永遠解不開的毒，一種情毒，就只能眼睜睜地看著自己的生命一日一日地被削減。

在金庸的小說中，我最喜歡的女子是《飛狐外傳》中的程靈素，其人正如其名，一雙眼獨具靈氣，對世事通透周詳，其素心又一片清明和悅。在金庸筆下的諸多女子中她的容貌不是最出色，她在書中所占比重也不是最多，但她是最聰明靈透的，真正擔得起「冰雪聰明」四字。她的師父毒手藥王自《靈樞》、《素問》中為她摘字取名，本希望她靈淨素潔，一生不為塵世所羈絆，奈何她卻情鍾胡斐，一生情絲為他耗盡，還為救他捨棄了性命。

她為胡斐吸取了鶴頂紅、孔雀膽和碧蠶毒蠱三大劇毒，這世間只有她這位醫生肯捨了自己的性命去救活病人。要說，程靈素研製成功的「七心海棠」是天下最神秘的毒物，讓毒手藥王的弟子聞之變色，而害死她的是天下至毒鶴頂紅、孔雀膽和碧蠶毒蠱，卻不知，這世間還有比這些毒物更毒的，那就是「情」。情有多深，就有多傷人，一旦中了情的毒，自是無醫可治，無藥可解。

懷遠：姚子雪曲

思念如彈指頃，朱顏成皓首。世間佳釀，唯愛姚子雪曲，清而不薄，厚而不濁，甘而不噦（ㄩㄝ），辛而不螫，恰如思念。

默默相思，說與白雲知——《鄭風・子衿》

青青子衿，悠悠我心。縱我不往，子寧不嗣音？
青青子佩，悠悠我思。縱我不往，子寧不來？
挑兮達兮，在城闕兮。一日不見，如三月兮。

——愛一個人，你會等多久？
——我等了四年。

這是電影《李米的猜想》中李米說的一段話。李米相戀多年的男友方文突然失蹤了。四年來，除了給李米寄來幾封奇怪的信，方文沒有任何音訊。李米為了找他，開起了計程車——這是方文曾經做過的職業。她在他曾經開過的大街小巷尋找他的蹤影，口中念叨著「9，38，52，69，80，83，193……1460」給每個乘客聽，向他們詢問他的下落。

四年來，她一個人在陽臺上晾衣服，在大街上換輪胎，和比她高比她壯的男人爭執，靠在車前邊抽著菸邊望著天，身上永遠掛著件男式的格子襯衫，穿梭在這個城市每個角落。

但是，我們只是看到她的肉身在這個城市裡努力地生活，而沒有人能真正懂得她等待時的心情，就像沒在原地久站過的人不會懂站久了之後雙腿都無法彎曲的固執。

「我等了你很久，從傍晚就在窗口張望，每一次腳步都像踏在我的神經上，讓我變成風中的樹葉，一片一片地在空氣的顫動中瑟瑟發抖。我想你會來吃晚飯，就是不來吃晚飯，晚飯過後也會來，就是晚飯過後不來，你在酒吧和朋友喝過酒，聊過天，和陌生女孩兒調過情也會來看我。我就一直等著，等著，等著，我知道你一定會來……」

話劇《戀愛的犀牛》裡，明明就是這樣無望地等著一個男人偶然的眷顧。然而，縱使她卑微到塵埃裡，他依然不肯來見她，不肯讓她開出花來，狠心地任她獨自萎頓憔悴。

但是，不論是李米還是明明，竟然都是甘願的，竟然都是沒怨言的，只是一味在原地傻傻地等著、念著。她們一樣有著堅韌的信念，如果時間將他帶走，她會選擇等待，而這等待，卻如同陸上行舟，不能前進，也難以後退。我們看著她們退不得、進不得，又倔強得讓人慰不得，能如何？只得歎一聲：「癡！」奈何這樣癡的女子在漂泊紅塵中從來不只一個。

《子衿》中的女子在城樓上等候她的戀人，在因等待而生的焦灼裡，輕輕唱起這首歌：

我一直記得你的衣領是青青的顏色，這就讓我每次看到青色都會心緒難平，悠悠地將你記起。

我在這城樓上，望不見那屬於你的顏色，縱然我不曾去會你，難道你就真的不給我捎來任何音訊嗎？

你常繫的佩帶也是一樣淡淡的青色，多麼像我悠悠的情懷，帶著淺淺的憂鬱和心焦。

可是你好像並不知道我此刻的心情，即使我不曾去與你相會，難道你就不能主動前來找我嗎？

你可見，我在這高高的城樓上，來來回回地踱著、等著，是如何的茫然無措。但細想來，你我也不過一天不見，我怎麼感覺好像已有三個月那麼長啊。

聽著這少女的心思流轉，想到李清照的那闋《浣溪沙》：

繡面芙蓉一笑開，斜飛寶鴨襯香腮。眼波才動被人猜。

一面風情深有韻，半箋嬌恨寄幽懷。月移花影約重來。

都是為情所困，為愛等待的女子，一個略帶薄責的幽怨，一個稍帶嗔怒的嬌憨，卻也同樣的情深幾許，縱使再怒再怨，心也是向著那人的，為他翹首，為他張望，只願抬頭看見清月是他，低頭看見流水也是他。

所謂「聖人忘情，最下不及於情，然則情之所鍾，正在我輩」。我們都是凡夫俗子，就難免情有所鍾，縱使受盡情的苦，也是怨不得人的。

張愛玲在等待胡蘭成時，曾寫下這樣的句子：「雨聲潺潺，像住在溪邊。寧願天天下雨，以為你是因為下雨不來。」你不在，但愛還在，我就只能這樣一邊等你，一邊獨自排解因等你而生

的焦灼不安。

因等待愛人而生的患得患失，於任何人都是一樣的，即使通透玲瓏如張愛玲者也不能免俗。她在他的身上放下了自己所有的卑微和不確定，然而縱使她低到塵埃，在雨中追著他，她也看不到他心的依歸。也許他從來就不準備給她的感情以善終的。

他的過去裡沒有我
寂寂的流年
深深的庭院
空房裡曬著太陽
已經是古代的太陽了
我要一直跑進去
大喊：「我在這兒！我在這兒呀！」

這是她曾經為他寫的詩，她早就是知道她與他的結局的。這個從血統到才情都足以傲立於世的女子，在這樣一個多情至氾濫的男子身上用盡了自己一生的卑微，但最終也只得以悲劇收場。

對於他和她的結局，張愛玲也許一開始是知道的，所以她寫下上面這首小詩。只是，世間的聰明女子總也免不了在愛情上做出最笨拙的決定，就算早已明瞭這段感情的結局，她仍是要到最後一刻，親歷他的決絕，才死心的。

這世間最著名的花花公子唐璜說：「我對你的愛就是對人類的恨，因為愛上了人類就不能專心愛你。」殊不知，這句話是反之亦然的，他若仍對塵世有情，必定難以專心愛你。

然而，所謂一往情深者，究竟能深到幾許呢？君不見，夕陽西下，落入地平線，也落入世間女子翹盼的身影後。

你的愛，有多遠——《古詩十九首‧行行重行行》

行行重行行，與君生別離。
相去萬餘里，各在天一涯。
道路阻且長，會面安可知？
胡馬依北風，越鳥巢南枝。
相去日已遠，衣帶日已緩。
浮雲蔽白日，遊子不顧返。
思君令人老，歲月忽已晚。
棄捐勿復道，努力加餐飯。

如果用距離來計算，一個人可以愛另一個人到多遠？我先是伸長雙臂，發覺不夠，又在腦子裡想了想，卻只訥訥地說了四個字：很遠、很遠……

小兔子上床睡覺前，抓著大兔子問：「猜猜我有多愛你？」

大兔子笑笑地說：「我猜不出來。」

「我愛你這麼多。」小兔子把手臂張到最大。

大兔子也張開他更長的手臂，說：「可是，我愛你這麼多。」

小兔子伸長雙臂用力往上舉，說：「我愛你，這麼高，高得不能再高。」

大兔子也舉起手臂說：「我愛你，像我舉得這麼高，高得不能再高。」

小兔子想了想，把腳頂在樹幹上倒立著，說：「我愛你到我的腳趾頭這麼多。」

大兔子抓起小兔子，一把將牠拋起來，飛得比牠的頭還高，說：「我愛你到你的腳趾頭這麼多。」

小兔子跳來跳去地說著：「我愛你像我跳得那麼高，高得不能再高。」

大兔子往上一跳，耳朵碰到了樹枝。牠笑著說：「可是，我愛你，像我跳得這麼高，高得不能再高。」

小兔子沒辦法了，就大叫：「我愛你，一直過了小路，到遠遠的河那邊。」

大兔子說：「我愛你，一直過了小河，到山的那一邊。」

小兔子想，那真的好遠。牠抬頭看著樹叢後面那一大片的黑夜，覺得再也沒有任何東西比天空更遠的了。

小兔子開始睏了，在進入夢鄉前，喃喃地說：「我愛你，從這裡一直到月亮。」

「哦！那麼遠，」大兔子說，「真的非常遠，非常遠。」

大兔子將小兔子抱到床上，低下頭來親親牠，在牠旁邊躺下，小聲地說：「我愛你，從這裡一直到月亮，再回來。」

這是山姆·麥克布雷尼所寫的著名童話《猜猜我有多愛你》。我們究竟能不能猜得出愛和思念到底能有多遠呢？聽聽《行行重行行》中的女子是如何說的。

行行重行行，五個字四個「行」，用來說他們離別的空間多遠，離別的時間多久。從這句複遝的聲調、遲緩的節奏中，我們能感覺到女子疲憊的步伐、沉重的歎息，一種傷感的氛圍暫態籠罩。

與丈夫一別數年，至今音訊茫然，我們夫妻二人各處天一涯，路途遙遠，關山迢遞，會面之日安可期？

別離愈久，會面愈難，相思愈烈。那胡人的馬兒遇到北方吹來的風就嘶鳴不已，那來自越國的鳥兒常常朝南的樹枝上做巢安家。飛禽走獸尚且如此，你離家那麼久，就一點不想念家鄉、想念我嗎？

自別後，她容顏憔悴，首如飛蓬；自別後，她衣帶漸寬，形銷骨立。「我這般思念你，遠方的遊子啊，你怎麼還不歸來？」她沒有煙火絢麗，沒有馬兒強壯，也不像鳥兒會遷徙，她不過是一個清清素素的女子，用盡一生心，不離不棄。

她在熱烈的思念中又夾雜了惶惶的不安。她不斷在猜想：我們相隔萬里，日復一日，你是不是忘記了當初旦旦誓約？你是不是為他鄉女子所迷惑？正如浮雲遮住了白日的光輝，讓明淨的心靈蒙上了一片雲翳。

然而，她怎樣猜測、懷疑也無法得知真相；只能繼續自己的生活，放任自己在相思中形容枯槁，日漸消瘦。正是「思君令人老，歲月忽已晚」。

這裡所說的「老」，並不是指年齡的增長，而指迅速憔悴的體貌和憂傷的心情。她日日被相思折磨得心力交瘁，漸漸覺得自己已經衰老。歲月已晚，行人猶未歸，春秋忽代謝，相思又一年，女人的青春如此易逝，難道她真的要在獨自等待中坐愁紅顏老嗎？

但是，她轉念一想，坐愁相思了無益。與其自暴自棄地放任自己憔悴下去，不如努力加餐飯，保重自己的身體，珍惜青春的容光，以待來日相會之時，再重溫從前的柔情蜜意。

與其庸碌無為地生活下去，倒不如化為一隻失群的孤雁，以我的一生，尋找你流浪的方向，穿過長空的沉寂與秋雲的聚散，飛入你千山折疊的眉峰之間。以我一生的碧血，為你在天際，血染一次無限好的、美麗的夕陽；再以一生的清淚，在寒冷的冬天，為你下一場，大雪白茫茫。最後，讓我在夢中，再一次地擁抱你。縱然愛是有限的，我也願以一生的愛，化解你無窮的悲哀。

只等你，卻把秋水望穿——徐幹《室思》

浮雲何洋洋，願因通我辭。
飄搖不可寄，徙倚徒相思。
人離皆復會，君獨無返期。
自君之出矣，明鏡暗不治。
思君如流水，何有窮已時。

等待應該是一種什麼顏色呢？憂鬱的氧氣藍？還是溫暖的拿波里黃？或是比飛煙更迷離的灰？還是像鳶尾那般詭異莫測的紫？沒有人說得清。但唯有等待的姿勢是千年來未變一成的，不過是一日一日地耗度。

終於，氧氣藍染了被消磨的灰白，拿波里黃的明亮也被時間層層掩埋，不正像《伯兮》中那個「首如飛蓬」的女子，還有《室思》中這個「明鏡暗不治」的女子，她們生命中的大好顏色都因為愛人遠去而變成了或淺或淡的黑黑白白。

天邊的浮雲飄來飄去，看上去悠然自得，她望著浮雲，心中突然閃過一個念頭，她想託付這些自由的浮雲給她在遠方的丈夫捎去幾句心中的話。奈何這些浮雲瞬息萬變、飄渺不定，才轉眼就變了模樣，她又怎麼能放心讓它們替她投遞相思呢？無可奈何的她只好獨自徬徨徘徊，坐立難安地徒然相思。

她的心中有好些話想對丈夫說：你知道嗎？自從你離家以後，我就懶於梳妝打扮，那明亮的銅鏡子上已經滿是灰塵，但我也無心思去擦它。我對你的思念就像那長流不息的河水，怎麼可能會有窮盡或停止的時候呢？

他離家許久，她既不知道他歸家的日期，也無法跟他互通音信，縱使相思亦無用，再多的企盼最後也都會成空，那就讓她許下最後一個心願吧：唯願君心在，莫忘舊日情。

自古以來，女子都會藏有很多難以言說的心事，沉甸甸的，墜得人整個兒不快樂，或敏感得像刺蝟。所以每個女子都希望有朝一日能有一個人全然懂得她們內心的曲折。

正如席慕蓉《蓮的心事》所寫：

我是一朵盛開的夏蓮，多希望你能看見現在的我。風霜還不曾來侵蝕，秋雨還未滴落，青澀的季節又已離我遠去。我已亭亭，不憂，亦不懼。現在正是最美麗的時刻。重門卻已深鎖，在芬芳的笑靨之後，誰人知我蓮的心事。無緣的你啊，不是來得太早就是太遲。

內心如蓮，所有無法化解和不被懂得的情愫不知該與何人說，就不如緘默地合攏如蓮的心

瓣。所以，有的時候，我想哭，卻笑了起來，如果你單從我的舉止判斷我，那是不公平的。所以，我一直希望有一個人可以看穿我的逞強，保護我的脆弱，不會在我說「沒事的，你去吧」的時候，就真的放心地走開；不會在我不說話，一味笑笑的時候，就真的以為我心裡沒有疼痛、沒有難過。

《室思》中的女子相思欲遞卻無從遞，唯有癡癡地等，等到他歸。可也許到那時，她積攢了滿腹的話也只能化作一抹和著淚的欣然一笑。

曾經我以為等待是一種望眼欲穿的折磨，而有時也是一種臻於成熟的沉潛。落到實處，等待則是一個什麼也不用做的動作，一件輕易即可成就的事情，也認為自己可以恆久地去等待一個人，在翻雲覆雨的世間顛簸與飄蕩時，依然可以為了某些卑微的堅守而感到幸運，彷彿一種偉岸的悲壯。

我以為我可以在等待中自得其樂，直到我寫好滿滿的思念，而寄出的卻是空白時，我發現我錯了，在長久的等待之後，我並沒有得到多少關於幸運的安慰，剩下來的竟然只有蒼涼。而那些曾經熱烈的情感在被生活的白開水稀釋了無數次之後，終於寡淡無味。

每個人都是一座孤島，我幻想與祈求的熱鬧和壯烈，只是一種不切實際的奢望。正如張愛玲所說，悲壯是一種完成，而蒼涼則是一種啟示。可憐我到現在才明白。

這鏡中的人會老去，這困於斗室的相思也會漸漸沉寂，隨韶華的塵埃悄然落定。唯有你，是我經年不再打開的月光，只是相隔遠遠，兩兩相照。

徐幹的《室思》詩在當世和後世都有極深遠的影響。後人化用其中那句「自君之出矣」做了許多以此為名的閨意詩。我個人很喜歡唐朝詩人辛弘智的這首《自君之出矣》：自君之出矣，梁塵靜不飛。思君如滿月，夜夜減容暉。這讓我想到余光中的一首詩：

滿地的月光，
無人清掃，
那就折一張闊些的荷葉，
包一片月光回去，
回去夾在唐詩裡。
扁扁的，
像壓過的相思……
月光都帶有荷葉的清香。

離恨如春草，剪不斷，理還亂——溫庭筠《更漏子．玉爐香》

玉爐香，紅蠟淚，偏照畫堂秋思。眉翠薄，鬢雲殘，夜長衾枕寒。
梧桐樹，三更雨，不道離情正苦。一葉葉，一聲聲，空階滴到明。

在那些睡不著的夜晚，很多人都會安靜地閉上眼睛，或微笑，或流淚，想念著一個遙遠的人。這樣的時候，也不必多做什麼，我們的心裡能有一個這樣的人來思念，就夠了。

法國詩人安德烈．布勒東在《瘋狂的愛》中說：我想你，我唯一想念的就是你。在你來之前，我只能輕撫著那些蒼白的孤獨。除了你，任何人都不能進入我的世界。我記憶中你的每一個姿勢都隨著時間遠逝。你在哪兒？我如今只能和角落裡的幽靈共處。而我最終找到了你，於是世界一片光明，因為我們相愛，因為我們被霓虹環繞。

一位伊朗詩人作過一首叫做《一千零一面鏡子》的詩：

我越是逃離，卻越是靠近你；我越是背過臉，卻越是看見你。
我是一座孤島處在相思之水中，四面八方隔絕我通向你。

一千零一面鏡子，轉映著你的容顏。

我從你開始，我在你結束。

思念時的情狀，無論古今中外都是同樣的狼狽、蕭索、難以形容。溫庭筠這首《更漏子》中的女子也同樣，憂鬱自苦，垂淚天明。

在秋天下雨的夜晚，一個孤獨的少婦，不梳理，少粉黛，在空空的房子裡對雨難寐。本來就難成眠的人兒，被這明暗不定的燭光、聲聲不息的雨滴攪得更加愁腸百結。

煙霧繚繞的玉爐中散發著薰香的味道，紅色的蠟燭不斷滴下點點燭淚，而那搖曳的光影映照出這華麗房間的空曠淒迷。她早前畫好的蛾眉，如今顏色已褪，鬢髮也已凌亂，漫漫長夜已過半，她仍然無法安眠，只覺枕被上一片寒涼。

窗外的梧桐樹在三更的冷雨中嘩啦啦地搖曳了整晚，也不管她正為丈夫未歸而愁苦傷心。那一滴一滴的雨，淒厲地打在一片一片的梧桐葉上，又滴答滴答地落在無人的石階上，直到天明。

古時，夜間憑漏壺表示的時刻報更，所以漏壺又叫更漏，後來人們常用更漏表示夜晚的時間。詞牌名「更漏子」與歐洲中世紀的小夜曲相類似，專寫午夜情事。這首《更漏子》正是寫女子相思情事，從夜晚寫到天明。

「梧桐樹，三更雨」都是古代文人最常用的意象。關於「梧桐」的詩歌，在古代典籍中信手就能拈來一大把。梧桐在華夏文學的長河中帶著濃厚的衰颯秋意，清初編纂的《廣群芳譜．木譜

六·桐》中曾有這樣一句話，「梧桐一葉落，天下盡知秋」，可見梧桐與「秋」是分不開了。

李白的《秋登宣城謝脁北樓》中曾寫「人煙寒橘柚，秋色老梧桐」，我最喜歡王夫之《讀文中子》中的那句「梧桐暗認一痕秋」。隨他們這個那個爭什麼秋色幾何，梧桐早就靜悄悄地將秋色刻記到它的枝葉之上了。

梧桐，葉如掌，裂缺如花，皮青如翠，妍雅華靜。古人傳說梧是雄樹，桐是雌樹，梧桐同長同老，同生同死，故而，梧桐又是忠貞愛情的象徵。《孔雀東南飛》中有「東西植松柏，左右種梧桐。枝枝相覆蓋，葉葉相交通」，正是松柏梧桐枝葉的覆蓋相交，象徵了劉蘭芝和焦仲卿對愛情的忠貞不渝。孟郊的《烈女操》中也有「梧桐相待老，鴛鴦會雙死」。

風吹落葉，雨打梧桐，淒清蕭索，梧桐是文人筆下用來表達孤獨憂愁的常用意象。李煜《相見歡》中寫道：「無言獨上西樓，月如鉤。寂寞梧桐深院鎖清秋。」重門深鎖，顧影徘徊，唯有清冷的月光從梧桐枝葉的縫隙中灑下來，這位亡國之君幽居在一座寂寞深院裡的落魄相，真是好不淒涼。

在唐宋詩詞中，梧桐作離情別恨的意象和寓意是最多的。白居易《長恨歌》中有：「春風桃李花開日，秋雨梧桐葉落時。」昔日的盛況對比眼前的淒涼，內心能不悲慟？黃升《酹江月·夜涼》：「此情誰會，梧桐葉上疏雨。」而李清照的《聲聲慢》則最為知名：「梧桐更兼細雨，到黃昏、點點滴滴。這次第，怎一個、愁字了得？」丈夫去世，獨守空房的李清照，遭受國破家亡的痛苦。此時，女詞人獨立窗前，聽窗外雨打梧桐，聲聲淒涼，正應了她的孤獨無助，和對丈夫的深切思念。這樣哀痛欲絕的詞句，真是催人淚下，堪稱寫愁之絕唱。

我在遠方，思君如常——朱淑真《圈兒詞》

你能看出下面這首詩的故事是什麼嗎？如果我說這是一首詩，你會相信嗎？現在就讓我將這首詩和它的故事細細地講給你聽吧：

這首詩相傳是宋朝時有名的才女朱淑真所作。說起作為詞人的朱淑真，她算是成功的，雖然她的詩稿都在死後被她的父母焚毀，但還有不少流行於世，而在坊間流傳最廣的當屬那首《生查子》：

去年元夜時，花市燈如晝，月上柳梢頭，人約黃昏後。
今年元夜時，月與燈依舊。不見去年人，淚濕春衫袖。

她的詩詞多抒寫個人的愛情生活，早期時因她尚年輕，不過十幾歲光景，內心柔婉天真，所以筆調明快，言辭清婉，又加以纏綿情致；待到後期，因婚姻愛情的不順遂，她的詩作也偏向憂愁鬱悶，頗多幽怨之音，流於哀怨感傷。也因為她的詩作多涉及愛情，所以後世之人稱她為「紅豔詩人」，並常與李清照相提並論。

而作為一個女子，尤其是有才華的奇女子，朱淑真的一生不能算是幸運且幸福的。她一生顛沛流離，也恰巧應了那句「自古紅顏多薄命」。而那些獨善才情的紅顏尤為命薄，如南齊的蘇小小，如與朱淑真齊名的李清照、如明初的馮小青、如《紅樓夢》中的林黛玉。

朱淑真17歲時嶄露頭角，曾作詩《元夜三首》，極寫元宵佳節的觀燈盛事，自此一發不可收拾，人人識得朱家有女擅才情。

到19歲時，朱淑真在父母之命下，嫁給了一個文法小吏。二人完婚後，她就隨丈夫宦遊於吳越荊楚各地。後來，她不能忍受這種長期離家，顛沛流離的生活，就獨自回到家鄉居住。

她一歸家，他們夫妻自然是聚少離多，唯有憑藉魚雁傳書互訴情意。有一次，朱淑真在給丈夫的信中夾了一張紙。丈夫打開一看，只見紙上無字，淨是些圈圈點點。

這些圈圈點點是什麼意思呢？她的丈夫拿起紙來左右端詳，也不解其意。丈夫非常納悶，他想：我們夫妻初新婚就分別，唯有書信往來。不過我這妻子號稱才女，不會是在玩什麼文字遊戲愚弄我吧？

他左思右想仍不得其解，便順手將信置於案上，自己來回在房中踱步，苦思冥想。忽然，窗外吹過一陣清風，將信紙吹落於案邊的水盆中，她丈夫見狀，連忙把信從水中撈起，只見信紙已經濕透，而那十三行圈圈點點間映顯出一行行蠅頭小楷，題為《相思詞》：

相思欲寄無從寄，畫個圈兒替。

話在圈兒外，心在圈兒裡；
單圈是我，雙圈是你。
你心中有我，我心中有你，
月缺了會圓，月圓了又缺；
我密密加圈，你密密知我意。
還有那訴不盡的相思情，
一路圈兒圈到底。

丈夫拿起濕透的信紙，看完朱淑真的注釋才豁然開朗，又不禁啞然失笑：他的妻子當真是個心思玲瓏，才華橫溢的奇女子啊！

原來，朱淑真畫完那些圈圈點點後，生怕丈夫一時看不明白，便拿筆蘸米湯為這首《圈兒詞》作了個隱秘的注釋。晾乾後，信紙上只有黑墨所畫的圈點，一旦信紙入水，米湯所寫的字跡便可清晰顯現。

丈夫讀過信後，深深懂得朱淑真對他的思念，第二日一早就雇船回到海寧故里，和朱淑真團聚。

不久，朱淑真因病去世，而她丈夫為了紀念她，給她修了墓，立了碑，並在墓碑上刻下這首《圈兒詞》。《圈兒詞》得以流傳於世，成為千古佳話。

與朱淑真一樣心思纖巧、玲瓏剔透的女子，在明朝也有一位，她就是明朝詩人楊慎的妻子黃娥。

作為明朝三大才子之一的楊慎善詩能文，終明一世記誦之博，著述之富，楊慎可推為第一。而他的妻子黃娥在詩文才華上也並不遜色，能詩文，擅書札，工散曲，曾刊行《楊升庵夫人詞曲》五卷，有「曲中李易安」之譽。

楊慎對妻子黃娥的才華甚為崇拜，多次在人前稱她為「女洙泗，閨鄒魯，故毛語」，也就是女孔子、女孟子、女毛公，毛公即「毛詩學」的開創者毛亨。

楊慎為正德年間的狀元，在文學之外，他在政治上也很有抱負。他遭貶後，謫放邊關，夫妻二人被迫兩地分居。一日，黃娥思念丈夫，就想寫一封書信寄去雲南，但又怕因書而遭禍，正是「寄書難，無情征雁，飛不到滇南」。思來想去，黃娥拿出一條素色手絹託人捎給丈夫。

楊慎接到黃娥託人捎來的素絹，見這不過是一塊最普通不過的素絹，上面也沒有什麼字跡，他一時想不明白妻子究竟有何用意。

楊慎拿著素絹顛來倒去地看，反覆地思索著。突然靈光一現，他終於悟到妻子為何捎來一塊素絹，原來她是想用一方絲帕來表示她內心千絲萬縷的相思。於是，楊慎就自作《素帕》一詩，題於素絹之上：

不寫情詞不寫詩，一方素帕寄相思。

郎君著意翻覆看，橫也絲來豎也絲。

夫妻相聚之日短，但相知相思之情無限長。她的點點心思只有他能看透，而她生命中的滿園春色，也只有他知道該如何賞，如何留。

當初，楊慎在朝堂上挨板子血肉橫飛，被判永遠充軍雲南永昌衛，彼時，他們正值新婚。當時事出突然，一時間，天愁地暗，但誰也沒料到，楊慎這次謫守雲南竟然長達三十年之久。他曾為此而愴然作詞曰：

楚寨巴山橫渡口，行人莫上江樓。征驂（驂ㄘㄢ）去棹兩悠悠。相看臨遠水，獨自上孤舟。
卻羨多情沙上鳥，雙飛雙宿河洲。今宵明月為誰留。團團清影好，偏照別離愁。

這幾十年，黃娥獨自一人留守在楊慎的家鄉新都縣，照顧公婆，料理家務，從沒有一絲怨言。而在天各一方的離別時期，夫妻二人常為對方作詩互答相思之情。除《素帕》外，黃娥還曾寫下一首《寄外》詩，聞名當世。

雁飛曾不到衡陽，錦字何由寄永昌？
三春花柳妾薄命；六詔風煙君斷腸。
曰歸曰歸愁歲暮；其雨其雨怨朝陽。
相聞空有刀環約，何日金雞下夜郎？

讀著一個女子殷殷切切的思念，想著他們長達三十年的分離，真真是「三春花柳妾薄命，六詔風煙君斷腸」，恁是鐵石心腸也淚流！

古時，男子為家為國而流離，女子為情為義而獨守，是再平常不過的事。而那些巧慧聰穎的女子又畫圈點又寄白手帕的，看似在玩什麼把戲，其實，她們也不過是被思念灼傷了心，不敢用那些熱烈的字眼，只想用這些尋常玩意兒承載自己過重的相思，淡淡地告訴遙遠的愛人：我在遠方，思君如常。

閨怨：杏花村

白雲生谷，悠悠遠向你離開的那方。梧葉落遍，北燕南翔，賞不盡的人間風月，懷不盡的離人，望不盡的歸路，遙遙的，只見上書「杏花村」的酒旗在飄，正好讓我獨醉。

思君時日，我已老去——《古詩十九首·冉冉孤生竹》

冉冉孤生竹，結根泰山阿。
與君為新婚，菟絲附女蘿。
菟絲生有時，夫婦會有宜。
千里遠結婚，悠悠隔山陂。
思君令人老，軒車來何遲！
傷彼蕙蘭花，含英揚光輝；
過時而不採，將隨秋草萎。
君亮執高節，賤妾亦何為？

「心若倦了，淚也乾了……」這首《新不了情》牽動那些欲淚的靈魂，每個人的心中都會藏有一段不為人知，也不足為人道的「不了情」，它平時被壓在心底，深深的，靜靜的，卻容易在某些時刻突然浮上心頭，化作一汪熱淚湧出。

生活讓每個女子從一場痛哭開始明白它玫瑰面紗背後的真相。但是真相無比清晰又能如何，讓自己好過，好好活下去才是正途。倒不如，生活瞞住我，我亦瞞住我，想想，多合襯。這樣的智慧正是從《冉冉孤生竹》中的女子身上得來的。

「冉冉孤生竹，結根泰山阿。」你看那在大山之中孑然孤立生長的竹子，這就好比無依無靠，柔弱可欺的我啊，但是，縱使再柔弱，只要你做我的港灣，給我依靠，為我遮風擋雨，我定會像那結根於大山中的竹子一樣，奮力生長，與大山不離不棄。

她的誓言不是「青藤纏樹」，也不是「夫貴妻榮」，而是以竹和山為喻，山讓竹結根，竹為山增色，山與竹共生共長，俱榮俱損。正如舒婷所寫的那兩棵比肩而立、深情相對的橡樹和木棉：

我必須是你近旁的一株木棉，
作為樹的形象和你站在一起。
根，緊握在地下；
葉，相觸在雲裡。
每一陣風吹過，
我們都互相致意，
但沒有人，

聽懂我們的言語。
你有你的銅枝鐵幹，
像刀、像劍，也像戟；
我有我的紅碩花朵，
像沉重的歎息，
又像英勇的火炬。
我們分擔寒潮、風雷、霹靂；
我們共用霧靄、流嵐、虹霓。
彷彿永遠分離，
卻又終身相依。
這才是偉大的愛情，
堅貞就在這裡：
愛——
不僅愛你偉岸的身軀，
也愛你堅持的位置，足下的土地。

「與君為新婚，菟絲附女蘿。」他們將要成婚，從今而後，他們的生命就如同菟絲和女蘿這

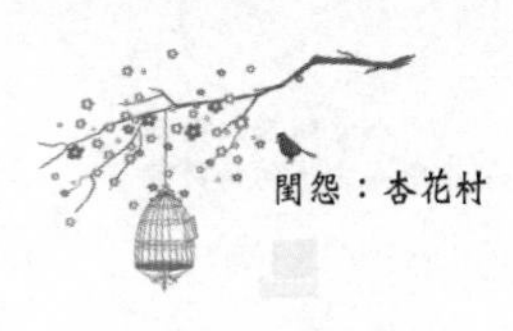

兩種蔓生植物一樣，莖蔓互相牽纏，永不分開。

「菟絲生有時，夫婦會有宜。」只是這菟絲並不是年年常青，日日常綠的，它也有枯萎死去的那天。我們相會成婚也要及時抓住眼前的吉時，不可拖沓得過久，錯過了彼此的好時光。

她先後用了多種比喻向對方剖白自己的內心，看似婉轉，卻又真切地流露出她內心的急切和煎熬。這樣女子的心是珍貴的，若得良人耐心剝去她含蓄的武裝，定會得到一顆毫無保留的真心。到此時，忽想起那首叫《洋蔥》的歌：「如果你願意一層一層一層地剝開我的心，你會發現，你會訝異，你是我最壓抑最深處的秘密；如果你願意一層一層一層地剝開我的心，你會鼻酸，你會流淚，只要你能聽到我、看到我的全心全意……」

「千里遠結婚，悠悠隔山陂。」從這兩句看來，男子所在甚遠，所以他們的結婚並非易事，須得跨越重重的距離。所以她一直在企盼著、等待著，不知何時他的車子才能到來，所以她接下來說：「思君令人老，軒車來何遲。」我日日思念你，你使我一生的年日窄如手掌，而我一生的年數在你面前如同無有，只是你來接我的車子為什麼這麼晚還不來呢？

「傷彼蕙蘭花，含英揚光輝。過時而不採，將隨秋草萎。」採花最好的時機應當是在花朵初開半妍之時，那時摘下你將會看到花朵容光煥發的模樣。過了這個好時機，蕙蘭就要隨著秋草而凋萎了，白白辜負了一朵花開上枝頭的願望。

「君亮執高節，賤妾亦何為？」我想做一個對生活、對愛情、對你能夠有所擔待的女子，不說謊，不懷疑，不盼望，不強求。而你也一定與我一樣，對我們的愛情有著不渝的堅貞，所以我就不必疑惑哀傷，我敢去任何未知的命運，只因為我愛你。也正因為愛著你，我相信你一定會來的。

她將自己的疑慮抒寫畢盡，遂改為自我安慰，讓自己相信自己的愛人有著高尚的節操和忠貞，那麼自己就不必怨，不必哀傷。

可見《冉冉孤生竹》中的女子深諳自我安慰的智慧。是啊，活得糊塗點，樂觀點，於女子，是再好不過的事。太過精細的女子只能悲觀自苦，因為她們精細得無法從這個惡俗的世界中得到更多，只有日漸沉默，枯死，無法再得著生命更大的福惠。

從生物學的角度來說，人類不過是一個普通的物種；以天體學的眼光來看，人類只是一粒微塵；在歷史學的範疇裡，我們都是一個個馬上就被遺忘的名字；而在化學的元素週期表中，我們無非是幾十種元素合成的混合物。

我們就是這樣的平凡普通、不值一提，而我們所經歷的每個故事，它背後的真相未必都是大義凜然沉痛悲切，所以，我們大可不必宏大敘事，更不必強行將自己投諸更廣闊的框架之下。生活有生活本來的樣子，是你的總是你的。

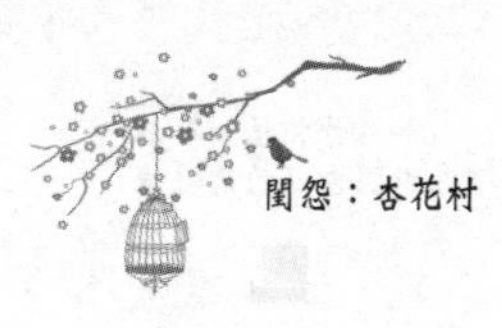

一點芳心，冷落成灰——王昌齡《閨怨》

閨中少婦不知愁，春日凝妝上翠樓。
忽見陌頭楊柳色，悔教夫婿覓封侯。

「春日宴，綠酒一杯歌一遍。再拜陳三願：一願郎君千歲，二願妾身常健，三願如同梁上燕，歲歲長相見。」這是五代詞人馮延巳的《長命女》，詞中的女子所發下的三個願望，道盡古今女子內心潛沉的悲哀和嚮往。

一個女子，初為君婦，於這春日宴上，百花叢中，眼波含情，唇邊帶笑，輕舉酒杯對君發下這一生的願：一願郎君千歲，二願妾身常健，三願如同梁上燕，歲歲長相見。

想來，女人的一生也不過就這簡簡單單的三重願而已，而如願以償就真的是那麼難的事嗎？這種長相守對古時的婦女更是極其艱難，看看從古至今多少閨怨之詞就可窺得其中一二。

她們窮極一生也難有踏出閨閣羅幃之時，在那麼小的天地中，只有日日夜夜企盼一個時時眷顧時時疼惜的良人。良人者，所仰望而終身也。她們只是想尋得一心人，仰視他的面容，眺望他的背影，唯願終身相攜，不離不棄。

這就是女人的癡，終其一生也逃不脫的劫。這個世界是男人的，他們手握整個世界的生殺大權，也就意味著他們的內心永遠有著對外面世界的蠢蠢欲動，又怎會被一張情網輕易網住了腳步？這世間從此多了無數女子自閨閣中傳出的悲聲。

看王昌齡的《閨怨》不過短短一首七絕，卻寫盡愁之深，怨之重。

她初為人婦，猶自天真，不知離愁別緒，平靜地生活在閨閣中等待丈夫。這日，見春光大好，她就細心打扮，獨自登上翠樓，遠望見那陌頭之上柳色青青，一片大好顏色，她的內心竟無端起了悲傷：唉，當初真不該讓夫婿出外覓取封侯。

又過一年，柳枝又綠，丈夫猶未歸。難道她今後也要這樣獨自看著自己生命中的春情流逝嗎？她以為，她將自己全部的愛，最好的愛都給了他，洋洋灑灑，而在他看來卻也不過爾爾，難以矚目，不及封官戴爵給他帶去的榮耀。她一直懂他的心思，所以她成全他的野心，放手讓他去遙遠的邊關建功立業。只是當時沒想到，有一天她會思念得這麼痛。

在那個朝代，也有一個女子與這位「閨中少婦」一樣「同是天涯思夫人」，她就是沈如筠。她曾作過一首《閨怨》：

雁盡書難寄，愁多夢不成。
願隨孤月影，流照伏波營。

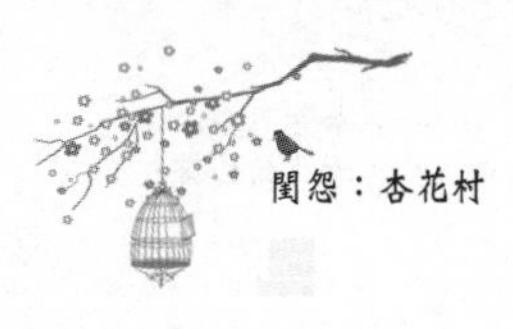

不過短短二十字的小詩，我們卻可以清晰地感覺到：在一個明月何皎皎的夜晚，沈如筠獨自一人坐在空閨之中對著月亮，想到她那戍守南疆的丈夫，心中盼著能剪一段緩緩流淌的月光，連同她的深切思念寄去他的方向；可是，在這樣淒清的夜，大雁都回到自己的故鄉去了。這就是人們說的「斷鴻過盡，傳書無人」吧。想到此，她的心中更添愁緒。

然而她轉念一想，張若虛不是說過「此時相望不相聞，願逐月華流照君」嗎？那麼，她是不是也可以隨著那輪月亮的清輝，將自己的思念灑瀉到「伏波營」中的丈夫身上？

他們隔著萬里之遙，思念難行，然而只有明月能夠跨越時空的阻隔，讓人們千里與共。千年以來，這亙古不變的月亮為古今中外的思人們行了多少方便，解了多少愁怨。

你看，《琵琶行》的琵琶女也是在那「江心秋月」下，訴說著對「重利輕別離」的商人丈夫深深的怨。

自言本是京城女，家在蝦蟆陵下住。十三學得琵琶成，名屬教坊第一部。
曲罷曾教善才服，妝成每被秋娘妒。五陵年少爭纏頭，一曲紅綃不知數。
鈿頭雲篦擊節碎，血色羅裙翻酒汙。今年歡笑復明年，秋月春風等閒度。
弟走從軍阿姨死，暮去朝來顏色故。門前冷落鞍馬稀，老大嫁作商人婦。
商人重利輕別離，前月浮梁買茶去。

這琵琶女彈得一手好琵琶，又擅得一身好顏色，曾經名冠教坊，風光無限。然而以色事人，結局必是色衰愛馳。待到年歲長，顏色改，風光不再，只得「嫁作商人婦」。商人唯利是圖，又怎會在意那些兒女情長？

正如李益《江南曲》所寫：「嫁得瞿塘賈，朝朝誤妾期。早知潮有信，嫁與弄潮兒。」這女子嫁給瞿塘的一個商人，誰知他生意繁忙，常常錯過他們相會的佳期，留她一人獨守空閨。她的心裡當是十分不平的，於是就咬著牙，恨恨地道：你看潮水每日的漲落都極其守信，有規律，早知如此，當初就嫁給弄潮之人算了。

末一句只可看作是她的荒唐之想、無奈之言，卻真切地表明她的怨、她的癡。正與張先的「沉恨細思，不如桃杏，猶解嫁東風」有異曲同工之妙，可見這兩首詩，兩個女子正是同病相憐。

在命運的推動下，我們都會遇到很多人，愛上很多人，但是有些人不過是你的一個噴嚏，而有些人卻注定是你生命中的癌症，無論你怨且怒，都逃不脫這病症所帶來的痛和末路。

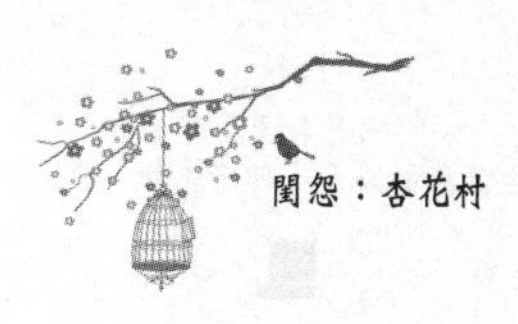

心未老，色卻衰，而愛馳——白居易《後宮詞》

淚濕羅巾夢不成，夜半前殿按歌聲。
紅顏未老恩先斷，斜倚熏籠坐到明。

這不過是宮中再多不過的一個女子，一心企盼君王的到來，奈何這偌大的宮內還有三千顆同樣的心在做同樣的企盼。如果，那位君王從未注意過她，倒也好，她依然是那個天真不知愁的少女，與其他宮女一樣，雖然會寂寞到白頭，卻也自有屬於自己的安然和自得。

現如今，因為那位君王的偶然興起，她的世界全然被顛覆，她的心再也回不去當初的輕眉淡眼、無緒無波，然而她又沒有足夠的姿色或手腕讓君王專寵她一人，最終只能夠夜夜淚濕羅巾，輾轉反側，難以成眠。

這樣淒清的夜，卻襯得不遠處的燈火更加燦爛，歡笑笙歌時不時隨風飄至，她知道，在那歡歌笑語的中央，正是她日夜思念的人。只是，她除了占據一個妃嬪的頭銜，再不曾與他有任何瓜葛，縱使他在那片燦爛處回眸，看見的也不會是她。

她對鏡自照，光滑的肌膚，如雲的秀髮，正是最好的年齡，卻得不到最好的愛情，依熏籠獨坐，望到天色微露初光也看不到等的人來，就知，他不會再來了。不論是妃嬪，還是尋常女子，身為女人的悲哀就是她總認定她的男人就是她的世界，卻始終看不清，男人的世界不只有她。

張愛玲在《有女同車》的末尾慨歎道：「女人……女人一輩子講的是男人，念的是男人，怨的是男人，永遠永遠。」現代的女子如此，古時的女子尤為是。她們被數千年來約定俗成的禮教規範層層裹縛於一個巨大的繭內，而她們端坐其中，終生不得見天日，以為繭內就是所有的天地，而深宮中女子的天地更小。她們每日行走坐臥都不離那個金碧輝煌的牢籠，而她們在這個牢籠裡只為一個目的——取悅一個男人。

自周朝始，帝王的後宮，就設有一后，三夫人，九嬪，二十七世婦，八十一女御，共計一百二十一人。這只是有官級的人數而已，到唐玄宗時期，後宮女子增至三千，白居易詩中的「後宮佳麗三千人」並非約數或虛誇。

這三千女子心之所向的男人是九五之尊，帝王之軀，擁萬里河山，處萬人之上，周身掛繫芳心無數，而坐擁天下美人更是他專屬的權力，而作為帝王，就算他抖落芳心，任其委地，一樣是不容人指摘的。古時帝王怕是自私男人的集大成者，禁錮、玩弄女人的身心，卻又粗心大意地不肯守護，可是，誰能指望一個帝王癡情專一，獨獨鍾情於一人呢？眾女子能做的，只有獨自品嘗這蕭索淒清的況味了。

電影《遊園驚夢》中，榮蘭問翠花：「你最想要得到的是什麼？」

翠花淡淡地答道：「有人關懷，惦著我。」

「那得月樓裡的那些狂蜂浪蝶呢？」

「他們只是欣賞我，想占有我。」

她是得月樓裡名頭最響的古翠花，多少男人擲千金、散家財，只為博她一笑、一回顧。風月場中無真情，所以她不曾被浮華蒙眼，心下清明：一個女子所求的不過是一份靜如止水、輕如空氣的關懷與惦念，不必驚天動地，也不必轟轟烈烈。

誰說女人貪婪如饕餮（ㄊㄠ ㄊㄧㄝˋ），她們要的再簡單不過，世界大千，只那一人關懷她，惦著她，就足夠。正如當代詩人舒婷的詩中所寫：與其在懸崖上展覽千年，不如在愛人肩頭痛哭一晚。縱河山萬里，華服美飾，又怎比得上心愛之人的溫暖懷抱。自身的金銀珠寶，家人的高官厚祿，眾人的奉承巴結，只是滿足了虛榮心而已。而愛情能夠抵禦濁世的所有虛榮和誘惑，一個真真切切在愛著的女人不會有任何與愛情無關的虛榮心需要填補。

而男人卻不同，他們在妻賢子孝之外，還希冀功名利祿、錦衣玉食、香車美人那些更上層樓的追求，而平凡女子對愛人仰望一生、投注一生，無非是想得到一對一的摯情、忠誠，這就是歷經千年，女子從未更改的初衷。

宮闈之內怨多，若清點封建時代的宮怨詩詞，就會看見，多少紅顏在那一片圍牆後悄無聲息地萎了、謝了，化為灰，化為煙，一點渣滓都不剩，白居易筆下的這名宮女也不過是浪淘沙中的一粒。唐代詩人顧況有《宮詞》一首，也在替寂寞宮人鳴不平，與白居易詩有異曲同工之妙。

玉樓天半起笙歌，風送宮嬪笑語和。
月殿影開聞夜漏，水晶簾捲近秋河。

入夜之後，玉樓笙歌漸起，而她，久不成眠，孤身憑欄而立，聽著隨風飄送過來的妃嬪們的嬌聲笑語，那一切都與她再無干係。她只有將自己鎖閉在深宮之中，靜聽著漏壺滴水的聲音，卻又不禁捲起水晶簾，向那笙歌處遙望。

兩首詩都是以新人之歡笑映襯舊人之寂寥。世間之情轉愛移對於帝王再平常不過，偌大的皇宮，總是倏爾這兒歌，倏爾那兒哭，深宮在此時更添寂寥。

在幽深的後宮之中，身與心都被囚困住，唯一能做的就是等待一個男人，並獨自忍受等待中所生出的種種寂寥。

其實，等待一個男人並沒有多痛苦，真正椎心的痛楚是等待心愛的男人從百花叢中流連而來。若一個男人身上掛繫的芳心太多，一個女人的付出就沒有珍貴的價值，反而顯得廉價，天長日久，不但再也尋不回掛在他身上的那顆心，連自己也會找不回來。

想來，又何必入得那深宮裡，高牆後？若嫁與平凡男子，又豈會日日夜夜與這愁緒相對？一個帝王之於一個妃嬪，不過是偶爾分配過後的溫暖，再甚者，就是永不再臨的皇恩，這中間並沒

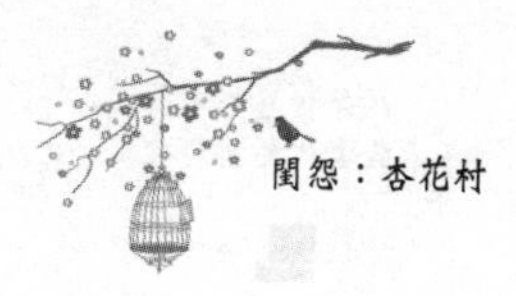

有一個男人之於一個女人的愛情。

倒不如那些尋常巷陌的尋常夫妻，平凡得連幸福也輕易。荊釵布裙，粗茶淡飯，縱使生活困頓無助，小兒頑劣不堪，至少他們有一起吃苦的幸福，她始終知道她的身後有一雙手，一個肩膀給她扶持和鼓勵，與她並肩遙望生活中的同一個遠方。

在我看來，愛情既不是一個人的等待，也不是兩個人深情地對望，而是一起攜手，並肩看向同一個遠方。而一個人給另一個人關於愛情的承諾，不是「我愛你」、「我等你」，而應是「在一起」。不要其他的興衰榮寵，只要一人真心相對，共同在姻緣線裡打個結，共建一個貧寒不散、風雨可依的家。我想，這世間總會成全女人此等小小的願望吧。

心上秋色，合成離愁——魚玄機《江陵愁望寄子安》

楓葉千枝復萬枝，江橋掩映暮帆遲。
憶君心似西江水，日夜東流無歇時。

上大學時，閒來無事，常和幾個同學玩一個「減字斷句成新詩」的遊戲。年少輕狂的我們不知羞地將各種詩歌做各種改變，現在想來真是糟蹋了古人的精魂。不過這樣的遊戲也並非不可取，有的詩加幾個標點，那麼一斷，倒也別有風味。比如杜牧那首《清明》。原詩為：

清明時節雨紛紛，路上行人欲斷魂。借問酒家何處有，牧童遙指杏花村。

若以詞的形式斷句，則為：

清明時節雨，紛紛路上行人，欲斷魂，借問酒家何處，有牧童，遙指杏花村。

多了幾個標點，旋律和步調改了，卻比原詩更像一幅江南水墨。

也有人嘗試用「減字法」將魚玄機這首《江陵愁望寄子安》中的後兩句「憶君心似西江水，

日夜東流無歇時」改為「憶君如流水，日夜無歇時」。細細品咂就會感覺硬邦邦的，失去了原詩那種紓緩曼長。要知道這首詩是女子之作，寄託著她悠遠綿長的思念。

晚唐時期，才子李億入京為官，而魚玄機在京城久擅詩名，是個人人稱道的才女，與當時社會上有名的詩人都有不錯的交情。後來，在溫庭筠的撮合之下，魚玄機和李億二人一見鍾情。在一個繁花如錦的三月天，李億以一乘花轎將盛妝的魚玄機，迎進了他為她在林亭置下的一幢精細別墅中。

林亭位於長安城西十餘里，依山傍水，林木茂密，時時可聞鳥語，處處可見花開，是當時長安的富貴人家頗中意的別墅區。

在這裡，李億與魚玄機日日相守，不管屋外塵世變遷，二人共度了一段濃情蜜意的美好時光。但是，李億在江陵家中還有一個原配夫人裴氏。裴氏見丈夫離家去京多時，卻一直沒有音訊，就三天兩頭地去信催促李億來接自己。無可奈何，李億只好親自東下將家中老小一齊接入京城，安頓妥當。

魚玄機早已知道李億有家眷，而接妻子來京也是情理中事，所以她沒有多說什麼，通情達理地送別了李郎，之後便寫下這首《江陵愁望寄子安》，子安是李億的字。

《楚辭．招魂》中有句：「湛湛江水兮上有楓，極目千里兮傷春心。」這首《江陵愁望寄子安》首句正是化用《招魂》中此句。江陵已是一片秋色，紅楓生於江上，西風過時，滿林蕭蕭之聲，輕易就能惹起人的愁懷。在江邊極目遠眺，只見江上的橋被楓林掩映，看不到橋上是否有我思念的人經過；眼看這日已西垂，也不見那人的船歸來。化用他們的媒人溫庭筠的詞正是：梳洗罷，獨倚望江樓。過盡千帆皆不是，斜暉脈脈水悠悠。腸斷白蘋洲。

她狀似灑脫地送走了他。在他轉身離去的剎那，她面上的一抹苦笑，和著淚，在心底泛開。他走了這麼久，她以為對他的思念已經到了極致，再不能多一點，也不容許少一點。但是在這條再熟悉不過的江上，這個再平常不過的傍晚，什麼也沒發生，世界都是原來的樣子，她卻因為想他而對著不知哪裡的虛空哭泣。這一次，他成功地讓她知道，她還是可以更想他一點的，正如永不停止流動的江水，她的相思也永難休歇。

只是，在最後的最後，她多想告訴他一句：我的經年由你而始，我的相思為你而不絕。請你記得回來，就好。

說到這裡，大家心下是否有了幾分了然。才子佳人的故事究竟不能個個都圓滿，這才讓那些稀有的堅貞愛情彌足珍貴。

李億將家眷接來京城後，二人相安無事大約五、六年光景，李億便厭棄了魚玄機。但魚玄機對他仍是一往情深，為他寫下很多情詩，懷念他們從前的甜蜜時光。然而無論她怎樣努力，都沒能改變被始亂終棄的命運，她曾無可奈何地發出「易求無價寶，難得有心郎」的痛苦心聲。不久，心如死灰的魚玄機在咸宜觀出家為女道士，並將原名魚幼薇改作魚玄機。

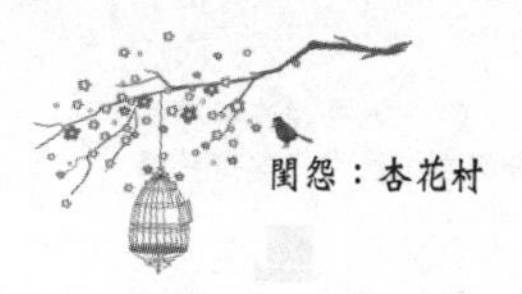

又要老生常談地提起那句「自古紅顏多薄命」了嗎？這次就讓我以鄭愁予的《錯誤》為這個故事作結吧，也許這世間很多的姻緣都是個錯誤，人們被等待磨得失去耐心了以後，常常會把過客錯認為歸人，從而誤了一生。

我打江南走過
那等在季節裡的容顏，如蓮花的開落
東風不來，三月的柳絮不飛
你底心如小小的寂寞的城
恰若青石的街道向晚
跫音不響，三月的春帷不揭
你底心是小小的窗扉緊掩
我達達的馬蹄是美麗的錯誤
我不是歸人，是個過客……

心有千千結，不忍吐離別——張先《一叢花令·傷高懷遠幾時窮》

傷高懷遠幾時窮？無物似情濃。
離愁正引千絲亂，更東陌、飛絮濛濛。
嘶騎漸遙，征塵不斷，何處認郎蹤！
雙鴛池沼水溶溶，南北小橈（橈）通。
梯橫畫閣黃昏後，又還是、斜月簾櫳。
沉恨細思，不如桃杏，猶解嫁東風。

除詩詞外，我獨愛歷代名人的筆記小品。不過遵循孔老夫子的教導，不語「怪力亂神」，只是喜愛筆記中所記載的那些真實的人，以及關於人的生活、交往、氣韻、品格。這個世界在傷害人的時候，往往會用盡全部的力氣，全部的手段，而人性又如此殘破，但除人之外，我們別無可愛。

將手探進時間的沙流裡，我們會觸摸到一顆顆的沙粒，飽滿得如同我們的生活，而在這顆粒

飽滿的生活裡，有人在活潑潑地向四面八方生長，日復一日。所以，除了人，我們一無可愛。

那些在文學史上熠熠如星辰的文人們也是人，他們的詩作不朽，精神不朽，但他們的肉身早已化灰化煙消失不見，讓我們觸摸無從。我們唯有從詩外，從那些筆記小品中尋得他們真實生活過的證據，這其中興味尤為讓人著迷。

張思岩在《詞林紀事》中記載了這樣一則逸事：

宋朝時，一日，時任工部尚書的宋祁因事去拜見張先，一到張府，宋祁就讓門人給張先傳話：「尚書欲見『雲破月來花弄影』郎中，肯乎？」

誰知，此時張先在屋內聽到宋祁所說的話，頗覺有趣，馬上走出來，邊走邊高呼道：「哈哈，莫非是『紅杏枝頭春意鬧』尚書到了？」說完，兩人一起撫掌大笑，一時間只覺相見恨晚，忙擺酒盡歡。

當時，張先任尚書都官郎中，而他所作之詞《天仙子》在當時為人廣知，其中一句「雲破月來花弄影」尤為精彩，於是宋祁就為他添了個「雲破月來花弄影郎中」的綽號。而宋祁曾作一首《木蘭花》，以「紅杏枝頭春意鬧」一句名動一時，所以人們常稱他為「紅杏尚書」。

文人交往時的小趣事尤其值得讓人回味。不過這位張先身上的故事尤其多，他在文壇上的綽號也尤其多。他曾作一首《行香子》，其中一句「奈心中事，眼中淚，意中人」被人傳誦一時，於是人們就稱他為「張三中」。

張先為人疏放，聽到此綽號，不但不惱，反而自我打趣道：「何不叫我『張三影』？」眾人不解，他便說：「『雲破月來花弄影』，『嬌柔懶起，簾壓捲花影』，『柳徑無人，墜飛絮無影』，這『三影』，才是我平生最得意的詩句啊。」眾人聽後頓悟，紛紛喚他為「張三影」。與張先交好的蘇軾，每次提到這位高齡長輩時，都會戲稱：「能為樂府，號張三影者。」

同為小輩的歐陽修，在聽人傳唱張先那首《一叢花令》後，對那句「沉恨細思，不如桃杏，猶解嫁東風」尤為讚歎，並想結識張先，奈何苦無機會。後來，張先因事主動去拜訪歐陽修。歐陽修在屋內聽到門人通報，一時間驚喜過望，匆匆忙忙地顧不上整裝，倒穿著拖鞋就奔出去迎接他，邊奔邊笑道：「『桃杏嫁東風』郎中到了，快請進！快請進！」這次相逢，不僅給文壇留下一段「倒履迎客」的佳話，也給張先添了一個「桃杏嫁東風郎中」的綽號。

讓身為唐宋八大家之一的歐陽修倒履相迎，足見張先的《一叢花令》流傳之廣，影響之深。坊間傳言，這首詞記敘了張先和一位小尼姑之間浪漫悽楚的愛情。

張先在年輕時愛上了一個年輕貌美的小尼姑，他們郎有情妾有意，恩愛纏綿，日日廝守。誰知，庵中的老尼姑管教甚嚴，知道他們二人之事，便把小尼姑關在一座小島的閣樓之上，不准他們再相見。

可是，聰明機警的張先並不怕老尼姑的阻礙。他先讓小尼姑在牆頭放上一座梯子，等到夜深人靜時，他就偷偷划船上島，悄悄登梯子上樓，而天亮前再悄悄離開，絲毫不耽誤他們相會。

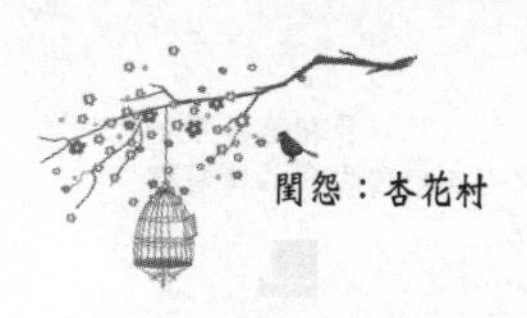

可是，這樣偷偷摸摸的日子縱使繾綣（繾綣）甜蜜，終究不是長久之計。張先怕日久事情暴露，便不再來島上赴約，誰知，小尼姑用情日深，他一再爽約害得小尼姑相思成疾。

張先聞知，內心充滿愧疚，一時有感而發，就以小尼姑的口吻，寫下了這首《一叢花令》：

傷高懷遠幾時窮？無物似情濃。
離愁正引千絲亂，更東陌、飛絮濛濛。
嘶騎漸遙，征塵不斷，何處認郎蹤！
雙鴛池沼水溶溶，南北小橈通。
梯橫畫閣黃昏後，又還是、斜月簾櫳。
沉恨細思，不如桃杏，猶解嫁東風。

我登上高高閣樓，不住地眺望遠方，懷念那多日不見的情郎，卻又不知無限的愁思何時才能了結？我想，世間萬物，沒有什麼能比愛情更加濃烈。

而相離的愁苦正像那紛紛亂亂的柳絲，和在東街上胡亂飄飛的白絮，令人心焦意躁。你騎著馬兒漸漸遠去，一路上塵土飛揚，我如何在這永不落定的塵土中去辨識你的行跡。

池塘中春水融融，並頭交頸的鴛鴦在其中縱情嬉戲；而池南池北，不時地有小舟悠然往返。

我止不住地回想起當初，你登上樓梯，來到我的畫樓中，我們在夕陽的餘暉中相偎相依。看如今景物依舊，還是那彎斜月，還是舊日的簾櫳，只是你又在何處？

如今，我細細品味這沉甸甸壓在心上的離愁別恨。不由得忿忿，我的命運竟不如那桃花杏花，它們還懂得及時嫁給東風，在東風的撫慰下開花結子，安然落去。而我卻只能任自己如花的容顏獨自凋零，在這荒庵中，伴著青燈古佛，帶著思念的痛，憔悴終老。

要說世情殘，任是翠色欲滴的青蔥年華，也經不起歲月的輕輕一抹，唯有衷心企盼一個惜春的真心人悉數將生命的春色一一記取，一一保存。

張先正是那世俗認定的薄情之人，他一生雖未至高位，卻也從未遭貶，可謂風調雨順安享富貴，詩酒終年。七十四歲的張先以「尚書都官郎中」致仕，此後於杭州、湖州悠遊往來。而到他八十歲時仍娶了一位十八歲的女子為妾。在婚宴之上，蘇軾還曾賦詩調侃他說：「十八新娘八十郎，蒼蒼白髮對紅妝。鴛鴦被裡成雙夜，一樹梨花壓海棠。」詩中的「梨花」指「白頭老人」張先，而「海棠」則指十八歲少女，以此來戲謔張先老牛吃嫩草。

但是疏放為人的張先並未覺得小他四十六歲的蘇軾失禮，他一生順遂，又活到如此高齡，心界眼界之寬廣灑脫自是旁人難企及的。據說他八十五歲時又納一妾，著實讓人佩服。張先的人生觀就是要及時行樂，正是李白所謂「人生得意須盡歡」，而在他的詩作中也從不見那些困頓文人的淒苦自哀。

最後，張先以八十九歲高齡逝世，是中國最長壽的詞人。

背離：燒刀子

味極濃烈，遇火則燒，故名燒刀子。雙手端起，仰首倒入口中，入口如燒紅之刀刃，吞入腹中如滾燙之火焰。無須掛懷，縱有刀刃入腹，竟不若君與我背離之傷。

不待風吹，心自落——《邶風·谷風》

習習谷風，以陰以雨。黽（黽ㄇㄧㄣˇ）勉同心，不宜有怒。
采葑采菲，無以下體？德音莫違，及爾同死。
行道遲遲，中心有違。不遠伊邇，薄送我畿。
誰謂荼苦，其甘如薺。宴爾新昏，如兄如弟。
涇以渭濁，湜湜（湜ㄕˊ）其沚。宴爾新昏，不我屑以。
毋逝我梁，毋發我笱。我躬不閱，遑恤我後。
就其深矣，方之舟之。就其淺矣，泳之游之。
何有何亡，黽勉求之。凡民有喪，匍匐救之。

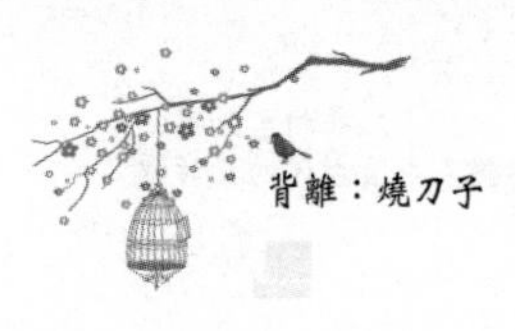

不我能慉（慉ㄒㄩˋ），反以我為仇。既阻我德，賈用不售。
昔育恐育鞫（鞫ㄐㄩ），及爾顛覆。既生既育，比予於毒。
我有旨蓄，亦以禦冬。宴爾新昏，以我禦窮。
有洸有潰，既詒我肄。不念昔者，伊餘來塈。

你的生命裡是不是也有這樣一個人，他倏爾前來對你予取予求，倏爾又將你視若敝屣（屣ㄒㄧˇ），不聞不問地揚長而去，在你心上刻下一道深的傷痕。日子久了傷口自會痊癒，但那樣鮮紅的疤痕卻永遠擺在那裡，昭然若揭，一輩子不能消除。

「關於那些，我說過的愛你，現在想來不勝欷歔；關於那些我說過的愛你，現在想來，像是兒戲……」《空中花園謀殺案》劇中，文芳在臺上，對著遠處的虛空，幽幽地唱，眼中帶著恍惚的淚光。

當年，她的愛人為了更好的生活，將她輸給了另一個人，如今他患了絕症，才悔不當初，來向她索一個吻。只是，曾經他留下的傷痕已經在了，消不去了，一個吻又能代表什麼呢？

許多事情都是這樣的，善始未必就能得善終。我心心念念著「執子之手，與子偕老」，誰知最終是你執琴弓，割我若琴弦。

看看《谷風》中女子那麼長的哭訴悲啼，你就會知道，一個女人的心裡到底能盛得下多麼悠長的怨懟了。

她最好的年華全都給了一個男人，如今卻落得只見新人笑，不聞舊人哭。人家說「一日夫妻百日恩」，可是情也好，恩也罷，都已隨著他那冷漠決絕的一瞥灰飛煙滅了。

他曾說，要讓我見見這世間的大好風光，我便隨著他，見到這四通八達，阡陌交錯。誰知他只肯送我一程，我卻以為自那以後，兩個人就直直走到永恆。

如今她唱著這樣長而怨的詩，就像那明知無法烘暖天空，仍然以身代薪的人。

颼颼的大風在谷中呼呼地吹，這樣的陰雨天氣也真是惹人心煩。但是我們夫妻二人同心協力，互相勸勉安慰勉勵：不能這樣隨便地發怒啊，快快採摘地裡的蘿蔔和地瓜，還要小心不要傷到它們的根。你說過要與我同生共死的，你說出口的誓言可不要隨意違背啊。

我一個人邁著遲緩的步子走在路上，心中滿是對你的怨，對自己的苦。想不到你這個人竟然如此薄情，我們如今住得並不遠，你卻只肯送我到門檻。是誰說的，荼菜的滋味苦得讓人難以下嚥？我如今嘴裡嚼著荼菜，竟覺得它比薺菜還要甜美爽口。此刻正值新婚燕爾的你，當是快活似神仙吧。

渭水匯入涇水之後，就使得涇水渾濁起來，但是在涇水的底部依然是清澈的。此刻正在享受新婚之日的你，已經不願意再和我親近，也不想與我同甘共苦了。那麼從此以後你不要再到我的

魚壩來，也不要隨意打開捕魚的簍子。既然你的生命中已經容不下我了，又何必管我去後的事情？

這就好比，河水深悠悠，我一個人划著竹筏慢慢地搖過去。河水淺清清，我跳進河裡慢慢地游過去。家裡少什麼缺什麼，我都費盡心力為你取得它；當左鄰右舍出了什麼麻煩事，我也定會全力去幫助他們。

你不再愛我不願意對我的未來負責也就罷了，反而把我當作你的冤家、仇人，狠心拒絕我對你的一片好意，好像我是什麼難以脫手的破爛貨。想我們當年初成婚，生活得十分艱苦，我和你一起共度那些艱難的歲月，才有了今天這樣的好生活。誰能想好日子剛到來，你就避我如蛇蠍。如今的我自己做了甘美的鹹醃菜，姑且可以果腹度過這漫長的寒冬。此刻正在享受新婚的你應該很快樂，然而你們的快樂幸福卻是建立在我的痛苦之上。你稍一不順心就對我拳打腳踢，還常常使喚我做各種髒活累活。難道你已經忘了嗎，從前把我當作寶貝疼愛的日子？

現實就是這樣，和你在幽冷的黑暗中摸爬滾打、相偎取暖的是一些人，而和你站在陽光下接受眾人的目光的通常是另外一些人。而舊日愛人所說的誓言像極了巴掌，每當你記起一句就挨一個耳光。

有時想想，也真是諷刺，兩個人的感情就像織毛衣，建立的時候一針一線，小心而漫長，而拆除的時候只要輕輕一拉。

杜甫在他的《佳人》中也寫了一位與《谷風》中女子同樣命運的絕代佳人，她原本幽居空谷卻連遭不幸。

絕代有佳人，幽居在空谷。自云良家子，零落依草木。
關中昔喪亂，兄弟遭殺戮。官高何足論，不得收骨肉。
世情惡衰歇，萬事隨轉燭。夫婿輕薄兒，新人美如玉。
合昏尚知時，鴛鴦不獨宿。但見新人笑，那聞舊人哭。
在山泉水清，出山泉水濁。侍婢賣珠回，牽蘿補茅屋。
摘花不插髮，採柏動盈掬。天寒翠袖薄，日暮倚修竹。

關中遭遇戰亂，她的父兄都被亂軍所殺，曾經位高權重的人，現如今屍骨都難以找尋。世人就如同隨風而轉的燭火，對他們這樣的衰敗之家都避之唯恐不及。屋漏偏逢連夜雨，喪親之痛未過，她的丈夫也像其他輕薄子弟一樣拋棄了她，另娶了一個如花似玉的美人。

看那朝開夜合的合歡花，和那雙宿雙飛的鴛鴦，而她的丈夫只看得見新人歡笑，聽不到她獨自悲哭，還不如植物、動物有情有義。

泉水在山中時清澈無染，一出了山就會變得渾濁不堪，她叫侍婢典當首飾珠寶，去修補那山中的茅屋，從此她將如那隨風零落的草木一般，獨居山中。縱使孤寂無依，縱使不勝清寒，她也不會隨物而流蕩，讓自己成為那被污染了的濁泉。

她是不幸的，但是她的驕傲、她的自尊不允許她將自己墮落成不堪的。這位佳人的心被現實打磨得皎若琉璃，堅硬而璀璨。

所以說，女人一開始都是傻的，都以為愛一個人就可以掏心挖肺的。然而日子久了，現實就會讓你明白什麼叫心力不濟，也會讓你看清對方不再把你當成寶，兩個人走到最後也許連手指都沒有多碰一下，曾經念念不忘的那句「執子之手，與子偕老」，漸漸變成了一句笑話。

正如徐志摩所說：「誰都以為自己會是例外，在後悔之外。誰都以為擁有的感情也是例外，在變淡之外。誰都以為戀愛的對象剛巧也是例外，在改變之外。然而最終發現，除了變化，無一例外。」

所謂美好愛情，所謂「華枝春滿，花好月圓」都只是出現在電影和小說裡的橋段，現實中的我們早已躲到世風之外，遠遠地離開故事，既不比臘月的融雪更寂寞，也不比四月的梅雨更孤獨，僅僅欣悅於真實的生活。

人間相見，唯有禮——《上山採蘼蕪》

上山採蘼蕪，下山逢故夫。
長跪問故夫，新人復何如？
新人雖言好，未若故人姝。
顏色類相似，手爪不相如。
新人從門入，故人從閤去。
新人工織縑，故人工織素。
織縑日一匹，織素五丈餘。
將縑來比素，新人不如故。

有一段時間，像是著了魔，每天早上醒來，腦子裡都是那一句「上山採蘼蕪（蘼蕪）（ㄇㄧˊ ㄨˊ），下山逢故夫」，然後一整個早晨都在想那個「長跪問故夫」的女子怎就如此傻氣，淪為下堂婦，卻不哭不鬧，見到前夫，依然禮數周全，長跪相問。

這日，她來到山中去採蘼蕪，誰知下山時竟遇到了她的前夫。她又像以往迎接他回家一樣，恭恭敬敬地跪下，問他：「你那剛進門的新妻子怎麼樣？」

他看著她一如既往溫柔和順的模樣，心中有著隱隱的不忍，卻也只能淡淡地道：「她雖然不錯，但和你比起來就遜色得多。你們的美貌都差不多，但她畢竟不如你心靈手巧。」

她聽了這話，依舊是那樣恬淡地笑著，輕輕回了句：「當日，她被八抬大轎從大門外迎進來，我一個人提著行囊從小門默默地離開。」

他沒有回應，依舊和她閒話家常似的聊著：「她很會織黃絹，而你卻善於織那精緻的白素，她每天織黃絹也不過一匹，你織白素卻能夠織五丈多。拿便宜的黃絹來比你那珍貴的白素，我這位新妻子萬分及不上你啊。」

前夫的這番話定是會在她的心上砸下千斤重石，讓她久難平靜，畢竟他曾是她不折不扣的全部。然而他帶給她的那些傷害，卻是這樣的緩慢，安靜，外表看不見傷口，只有她自己清楚地知道它們都非常的深，在她那平淡如常的面孔下，汩汩地流著血，止也止不住。

這世間，總是有太少的相濡以沫，卻有太多的相忘江湖。我們在愛的時候總是習慣把朝朝暮暮當作地老天荒，把一時的歡愉當作一世的相守。直到後知後覺，才了悟從前的一切都太過荒唐，然而措手不及。

電影《阿司匹林》是一部很沉靜的片子。影片中，文靜總在一個人說著大段的獨白，聲音啞啞的，卻又無比冷靜，不帶煽情。記得最清的是：「所有短暫而浪漫的鏡頭都可能是日後的致命傷，我並不想讓他知道。在這人來人往的機場，告訴一個即將在你生命中消失的人，你實際上有多愛他，更像是一種滿懷目的性的煽情。在這種時候絕口不提比千言萬語好，要笑得盡量雲淡風輕。」

從此，她會一如淡然，再也不會有絕對的喜，或完全的怒。這樣的她還有什麼好怕的呢？想那所謂無底深淵，有時候，下去了，也是前程萬里。她的生活依然是日常的灑掃、織布、登山採集、飲食、入睡，除少了他，不會再有任何的變化。

聖經上說：「愛如捕風。」每個人都想將自己愛的人牢牢抓在手裡，和他永不分離，可是又有誰能捕得到注定要飄散的風呢？正如徐志摩喃喃慨歎的：

我不知道風
是在哪一個方向吹——
我是在夢中，
她的負心，我的傷悲。
我不知道風
是在哪一個方向吹——
我是在夢中，

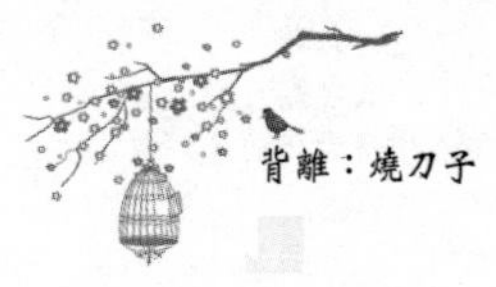

在夢的悲哀裡心碎！

我不知道風

是在哪一個方向吹——

我是在夢中，

黯淡是夢裡的光輝。

我們的靈魂都已為愛漂泊得夠久，那些不諳世事時對愛情所作的全部發願也都在漂泊中化為冷硬的武裝，包裹我們脆弱的心靈。

英國作家珍奈．溫特森在《柳橙不是唯一的水果》中，這樣勸慰世人：浪漫的愛情已被稀釋成平裝本煽情小說，出賣了成千上萬次。但它依然在某處栩栩如生，刻畫於石板之上。我可以漂洋過海，任由暑氣逼人，我可以放棄一切，但絕不會為了一個男人，因為他們只想當毀滅者，卻從不願被毀滅。這就是為什麼他們總是與浪漫的愛情格格不入。

我想，《上山採蘼蕪》中那個女子，在遇見她的前夫之後，就會暗暗下定決心：經由此，經由你，我漸漸明白了這生世的真相，聚是一瓢三千水，散是覆水難收。所以，你若歡喜，便盡可將這天窗關上，我未見得會愛上，卻一定會習慣這黑暗。自此以後，任歲月花開花落，我自靜然，而你我人間再相見，唯有禮。

你是笙歌我是夜——賈充《與妻李夫人聯句》

室中是阿誰？歎息聲正悲。（賈）
歎息亦何為？但恐大義虧。（李）
大義同膠漆，匪石心不移。（賈）
人誰不慮終，日月有合離。（李）
我心子所達，子心我所知。（賈）
若能不食言，與君同所宜。（李）

讀遍古今中外大大小小的傳奇故事，始知這些亂世裡的故事並不是平常的人所能承受的，所以我從來不羨慕那些傳奇裡的人物，因為一個人的一生本就如同一齣戲、一場戰爭，自有其悱惻纏綿，壯闊激烈。而一個理想的婚姻對一個人來說就如同處身於太平盛世。

古時候，女子的世界極狹小，未嫁從父，出嫁從夫，夫死從子，繞來繞去，繞不過「三從四德」的框框。那時的世間多的是為愛為情的女子悲歌，若是嫁得有心人，則是此生為女子莫大的

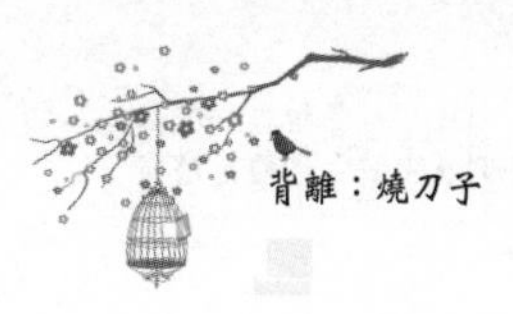

幸與安慰。

都說那時「女子無才便是德」，然而古時候有才又有德行的女子也不在少數。西晉時人賈充的妻子李婉就是兼具美貌、才情、德行的奇女子。而他們夫妻傳世的《定情聯句》則可窺其一斑。

賈充的結髮妻子李婉，是魏國的尚書僕射李豐的女兒。後來，李豐被司馬氏所殺，而李婉也被牽連，被判流徙之刑。這首聯句詩就是在因李婉流徙而分離前所作。全詩採用對話體，每人兩句，由賈充的發問領起。

是誰在屋子中歎氣，而且聲音如此沉重悲傷？

我內心充滿愁緒，擔心我們夫妻的情義因此次的離別而斷絕，所以不由自主地歎了口氣。

我們夫妻間的情義如同膠和漆那般難於分離，而我的心也不是磐石，不會隨便轉移。

每個人都會對自己的終身大事有所憂慮，尤其是此次我一個人獨往塞外，再見之日遙遙無期。日月尚有離合，人間之事更是難以預料的。

我的心你是知道的，而我也一樣懂得你心中所想，你我多年夫妻，心心相印，又何必有此掛慮？

如果你能夠不違背今天所說的話，他日我歸來，我們再重續以往甜蜜和睦的生活。

這詩中沒有什麼華麗的詞句字眼，就如最平常不過的夫妻對話，然而其中卻有著說不盡的纏綿淒惻。

只為他那一句「我心子所達，子心我所知」，李婉就對命運多了許多期待和安心，她想著，當有一天，他們都一樣，面上漸漸有了細紋，在歲月中從容地暗淡下來。而他們的感情也一樣從容地平淡下來，卻有著年輕時沒有的沖淡、靜好。那時，她將不再憂心他們的緣分幾何，因為她相信，她生命中最精湛處，最深邃處，唯那個人有天賦理解。

李婉所遭遇的禍事來得非常倉促，讓夫妻二人皆始料未及。李婉的父親李豐是魏國的權臣，司馬氏建立晉朝後，自然容不得他，而他的家人也難以免於刑罰。這種改朝換代的大事，誰也不能預知前方究竟有著什麼樣的命運在等待他們。

「若問我此生有何願待上天成全，惟願我如星君如月，夜夜流光向皎潔。」我們想像得到，李婉是帶著愛和安心離開的，在塞外的風沙冰霜裡來去，而因為愛情，她的心猶溫熱。只是，這世間到底要辜負多少癡情女子卑微而渺茫的心願？

後來，賈充續娶了郭氏。時間不長，晉武帝即位，李婉獲得大赦，得以歸家，而晉武帝還特地下詔，讓賈充設立左右夫人來安置李婉和郭氏。

但是，賈充最終還是背棄了自己「大義同膠漆，匪石心不移」的誓言。因為郭氏出於嫉妒不允許李婉和她並列夫人之位，還不許賈充去探望她。賈充就將李婉安置在永年里的一座宅內，自此不相往來。

千年後，我再次玩味這對夫妻的離合，賈充的薄情，李婉的命運，不禁也對蒼茫人世生出幾分倦怠。夫妻本是這世間至親之人，卻又如此輕易就變作世間最生疏、最無情的關係，多像一首詩中曾寫過的：

至近至遠東西，至深至淺清溪。

至高至明日月，至親至疏夫妻。

這是唐朝女詩人李季蘭的《八至》，少時初讀來，忖度不出詩中有何種況味，只覺這八個「至」字讀來清新可愛，頗為新鮮。

如今經歷漸豐，再讀卻大有不同。這不過是一個個淺顯而至真的道理，竟然能讓人讀出沉甸甸的悲涼。

東西是兩個相對的方位。在這地球上，任意兩個物體不是南北相向就必有東西之別。所以「東西」說近也近，可以間隔為零，如背靠背的兩個人，正是「至近」之謂。而若在天涯海角無窮遠處，仍不外乎一東一西，所以說遠也遠，則是「至遠」。

清溪不比江河湖海，「淺」是實情，然而水流緩慢清澈的溪流，可以倒映雲鳥、涵泳星月，形成上下天光，令人莫測其淺深，因此也可以說是深的。

日月高不可測，遙不可及，自不必說，末句「至親至疏夫妻」則是全詩的意旨所在。

夫妻是世界上相互距離最近的，因此是「至親」，但是，那些同床異夢的夫妻在心理上卻隔著天涯海角的距離，因此為「至疏」。李季蘭極為冷峻地道出世情之真、之殘忍，卻又不負責給人安慰。

那時，李婉被郭氏不容，獨居永年裡，孤苦無依。而賈充和李婉的兩個女兒在賈充面前哭著求他，希望他去看李婉一眼，但賈充依然冷心冷眼，不為所動。曾經如同膠漆的情深，到如今竟連陌生人都不如，當真是「至親至疏夫妻」。

電影《巴黎，我愛你》中，有一段臺詞是這樣說的：「聽著，有些時刻生活呼喚著需要有變化。一個變化。就像是四季一樣。我們的春天是完美的，但是夏天已經結束。很長一段時間。並且我們想念著秋天。現在突然的，變得寒冷起來。太冷了以至於把萬物都凍僵了。我的心臟停止了跳動。我們的愛陷入冬眠，它被雪花驚醒了。但是那些還在雪中沉睡的東西，並沒有意識到死亡。請珍重。」

這臺詞彷彿就是在告訴我們，愛情也一樣要經歷四季的轉換。縱使春花迷眼，夏日灼烈，秋風動人，總有一天我們都要走進無情的冬，將所有的愛情凍到脆硬，一碰就碎成屑。

行至此，對愛情一事不免意興闌珊，若是可以，倒不如學學那見慣俄羅斯大風雪的茨維塔耶娃，她的愛既熱烈卻有著別樣的灑脫和淡然，她是這樣說的：

我想和你一起生活在某個小鎮，
共享無盡的黃昏和綿綿不絕的鐘聲。

在這個小鎮的旅店裡——
古老時鐘敲出的
微弱響聲像時間輕輕滴落。
有時候，在黃昏，
自頂樓某個房間傳來笛聲，
吹笛者倚著窗牖，
而窗口大朵鬱金香。
此刻你若不愛我，
我也不會在意。

相思已是不曾閒——蜀妓《鵲橋仙》

說盟說誓，說情說意，動便春愁滿紙。多應念得脫空經，是那個先生教底？
不茶不飯，不言不語，一味供他憔悴。相思已是不曾閒，又那得功夫咒你。

大學時，一位老師給我們講了一個她和女兒的故事，讓我至今難以忘懷，時不時就拿出來想一想。

老師生下女兒後一直忙於進修，所以女兒出生後就一直住在外婆家。那天下課，她見時間還早就去看女兒。到的時候女兒正在吃飯，這時一個電話打來，讓她馬上回學校，她只來得及親了女兒一口，就往外走。

這時，女兒端著小小的飯碗，忍著淚，忿忿地對她說：「你這樣來了又走，折磨誰呢？」她聽到這句話，愣在當場，但是什麼也沒說，還是出門了，出門後卻一個人哭起來。

老師在跟我們說這件事時，表情是隱忍的。她說：「我們總是隨心所欲地來了又去，卻不知別人因你而受了多少傷害。我以為看女兒一眼，就能緩解我對她的想念，但對於她，我這樣來來去去卻是一種打擾，一種折磨……」

細想來，我們的生命也是這樣，不斷有人來了又去，給了愛情的甜，卻又留下愛情的傷。其實，我們本可以忍受黑暗和荒涼，如果不曾見過太陽，不曾接受陽光的溫暖。然而那稍縱即逝的陽光卻使黑暗更冗長，使荒涼成為新的荒涼。

南宋時期，陸游的一個門客在去蜀地遊玩時，與當地一個妓女情意相投，就將她贖身帶回家鄉。陸游幫他將這位妓女安置在府邸外的一個宅子中居住。

起先，這位門客每隔幾天就會去看望那個女子，後來因為生病，就很久沒去。誰想，這女子多情，就生了猜疑。於是，門客就作了首詞向她解釋緣由，女子見到門客作的詞後，作為酬答也作了首詞，正是：

說盟說誓，說情說意，動便春愁滿紙。多應念得脫空經，是那個先生教底？

不茶不飯，不言不語，一味供他憔悴。相思已是不曾閒，又那得功夫咒你。

門客所作之詞現在已經看不到了，想必他一定是在情急之下說了各種甜言蜜語、盟誓之詞來為自己申辯，脫罪。然而這位女子自有著靈透的心思，所以上來就以半氣半戲之筆回他一句加以薄責：說什麼海誓山盟，說什麼深情厚誼，你隨手寫了這滿紙的殷殷盟誓之言，在我看來不過是一部扯謊經罷了，到底是哪個先生教你這般虛情假意？

「脫空」是宋人所常用的俗語，表示說話不老實，弄虛作假。她用來諷刺門客寫了滿紙盟誓之詞不過是在騙她，討她歡心而已，並沒有真情實意。而最後那句「是那個先生教底」口吻俏皮，讓人可以清晰看到女子對愛人佯嗔帶笑的模樣。

到詞的下闋，女子的口氣就完全回過來了，開始說起自己這段日子裡所受的相思之苦：「不茶不飯，不言不語，一味供他憔悴。」天天等你，焦灼地等，喝不下茶、吃不進飯，就這樣任自己在等你中憔悴下去，然而縱我再憔悴，我心中也沒什麼怨懟，因為全部的時間都用來想你，根本不能有閒下來的工夫去咒你怨你啊。

這兩句正化用了柳永《蝶戀花》中「衣帶漸寬終不悔，為伊消得人憔悴」，她對門客的責怨，她自己形容憔悴，都是出於愛之過甚和不悔。

她作為一個生活在社會最底層的妓女，一生都將被人輕視，想要求得良人真心以待，是極難之事。正所謂「易求無價寶，難得有情郎」，這是多少煙花女子的切身體驗。所以她們一旦得到知心人，內心就難免惶惶不安，害怕失去他。其實她的內心是明朗的，他和世間其他男子不會有什麼兩樣，一樣在她的生命裡來了又去。波蘭著名女詩人辛波絲卡在詩中說：

生命中不斷地有人進入或者離開
於是，看見的，看不見的
生命中不斷地得到或者失去
於是，記住了的，遺忘了的

看不見的是不是等於不存在
記住了的是不是永遠不會消失
快樂剛剛開始
悲歌早已潛伏
看見的，看不見的
秋風輕輕吹過
在瞬間消逝無蹤

我們的生命中潛伏著注定要響起的那些關於離別、關於等待的悲歌。所以，我們都會離開，都會老去，都會經歷變化萬千，都會面對著風起雲湧花開花落，盡量讓自己冠冕堂皇、處變不驚；都會緘口不提一些往事，都會熟視無睹一些人，也都會恣意放縱，撒潑打諢。

我們用電影、小說裡各種絕妙的情景、台詞暗示自己、安慰自己：「你走，我不送你，你來，不管多大風多大雨我都會去接你。」看看梁實秋說得多好，「不悲過去，非貪未來，心繫當下，由此安詳」，還是佛家能讓人內心澄淨：「你來，我當你不會走；你走，我當你沒來過。」這世間，能有這樣的灑脫，不知多好！

生活將我們打磨得只相信一個真理：不論如何，我們還是要一個人活很多年。就這樣，我們漸漸不會害怕他人的來去。

情深不壽，慧極必傷——馮小青《怨》

新妝竟與畫圖爭，知是昭陽第幾名？
瘦影自臨春水照，卿須憐我我憐卿。

在杭州西湖畔，你會看到兩座令人悲歎不已又流連不斷的美人墓：一座是位於西泠橋畔的南齊詩妓蘇小小的墳塋；另一座則靜靜地坐落於孤山腳下的梅林，其中葬著明朝怨女馮小青。這兩座孤墳，給煙雨西湖平添了一段淒美，也讓到這裡遊玩的人們忍不住想追尋兩位薄命佳人的淒婉故事。

馮小青本是廣陵世家之女，其祖上為朱元璋建立大明江山立下過汗馬功勞。在大明一朝中，馮家子弟一直受高官厚爵，而馮小青的父親被封為廣陵太守。

馮小青生得端雅清麗，聰慧可愛，深得人心，尤其是她的母親，將這個唯一的女兒視為掌上明珠，對她悉心教養，親自教授她琴棋書畫，望她長成一個才貌雙全的姑娘。

馮小青十歲時，一個化緣的老尼來到太守府中。這老尼身著灰布袈裟，慈眉善目，氣定神

間，一望即知是有大智慧、大悟道之人。她見馮小青聰穎伶俐，就喚小青到身旁，緩緩問道：「小姐眉目穎慧，命相不凡，我念一段經文與你，看你是否喜歡？」

馮小青本就善學，一聽就雙眼放光，饒有興致地等著老尼念經給她聽。只見老尼端坐閉目，雙手合十，對著馮小青念了一大段佛經。老尼念完後，睜開眼睛看著馮小青。馮小青知是在考自己，當即也閉上眼，把那段經文從頭到尾複述了一遍，誰知竟是一字不差。

此時，老尼面露驚異之色，隨即又皺著眉，搖了搖頭，轉身對馮夫人道：「此女甚是早慧，命薄步壽，願乞作老尼弟子；倘若不忍割愛，切記萬勿讓她讀書識字，或許可得三十年陽壽。」也就是說，如果馮夫人捨不得讓馮小青出家，又讓她讀書識字，那馮小青必定活不過三十歲。

馮夫人聞言大吃一驚，但她畢竟是知書達禮又見過世面之人。她想，以馮家家境地位，馮小青一生都將順遂無憂。這老尼僅憑一面之見就斷定小青是命薄之人，定是故弄玄虛，不可深信。思及此，她也就稍稍寬心。在送走化緣老尼之後，馮夫人一如既往地調教女兒，也不見有什麼絲毫不妥。

誰知天有不測風雲。建文四年，燕王朱棣藉「靖難」之名奪下建文帝的皇位。而馮小青之父作為建文帝的臣子，曾率兵堅決抵抗朱棣進駐南京城。待得朱棣登基，馮家自然成了他的刀下鬼，並至株連全族。彼時，十五歲的馮小青恰好隨馮家的遠房親戚楊夫人外出遊玩，這才倖免於難。於慌亂之中，馮小青與楊夫人一起逃到了杭州。

馮小青在杭州城中舉目無親，只得寄居於與父親略有交往的馮姓員外家。馮小青在一夜之間從太守千金淪落為寄人籬下的孤女，命運轉折得太快，使得馮小青一直沉浸在失去雙親的悲痛和對自己命運未知的憂鬱之中。

日子一天天過去，轉眼到了元宵節，馮員外家張燈結綵，好不熱鬧。而馮家大少爺馮通是個精通文墨的儒商，每年都會趁著佳節燈會大顯身手，自製了數則謎語掛在燈上，讓家人朋友前來猜謎。如此佳節，馮小青也不好獨自悶坐屋中，也隨著楊夫人出門猜燈謎。

突然，她看到一條謎語，隨即就被吸引住：

話雨巴山舊有家，逢人流淚說天涯；
紅顏為伴三更雨，不斷愁腸並落花。

這首絕句體的謎面，正是對她的命運和心境的完美寫照，不由得，她站在這燈前看得癡了。而馮小青異樣的神情被馮家大少爺看在眼裡，心中生出一股憐惜之情。

馮通見小青站著不動，就走近她，輕聲問道：「小姐是否已猜中這則燈謎？」馮小青猛地被驚醒，見是一位風度翩翩的公子，不由得面上一紅，低聲答道：「是否紅燭？」

馮通含笑點頭，讚道：「小姐真是好悟性。」馮小青聽了，沒多說什麼，低著頭地走開了。

幾日後，杭州城內下了場春雪，而馮小青屋外那幾樹白梅恰好迎雪而放。馮小青見這梅花映雪，內心沉悶中突現一片晴朗。於是她拿上瓷盆，來到院中開始收集梅花瓣上晶瑩的積雪，準備燒梅雪煮茶。

這時，同是愛梅之人的馮通來到小院準備賞梅。於是，兩個愛梅之人就在雪地裡梅樹下不期而遇。兩人一同拂掃梅雪，待得集滿一盆梅花雪，馮小青就順勢邀請馮通進屋一同燒雪煮茶，馮通欣然同意。兩人在那個雪後的下午，一起燒雪、品茶，聊著關於梅花的趣聞和詩詞，真可謂情融意洽。

自那以後，馮通總是情難自禁地去找小青。小青也深覺馮通文雅知禮，善暖人心，是個不可多得的良人。自此，小青的屋中充滿了歡聲笑語，兩人的感情也進展迅速，漸漸都難忍這樣的暗中相會、日日相離。

第二年春天，馮通向父親提出要納小青為妾。馮員外對小青本就頗有好感，加之馮通的原配崔氏婚後三年不曾生育，沒猶豫就應允了他們的婚事。但崔氏對此耿耿於懷，因奈何不得，只得暗中發狠。

小青與馮通成婚後，二人自此可以名正言順地朝夕相伴，也就益發難離。馮通對小青的輕憐蜜愛，讓她無比知足，滿心以為自身劫難已過，從此就是幸福。

誰料好景不長，蜜月剛過，崔氏就難忍妒火，耍起她大少奶奶的威風了。先是對馮通的行動嚴加約束，繼而又對馮小青的生活指手畫腳。迫於崔氏的蠻橫潑辣，和她娘家的財勢，馮通只好一再讓步，將小青送到孤山上的一座別墅中居住。

馮小青在孤山之上切切企盼馮通的到來，可是一去月餘，一直沒見到他的蹤影。巧的是，小青的住處與宋代高人林和靖當年隱居的地方臨近，這裡仍留有當年林和靖手種的大片古梅林。小青面對這些看盡世間盛衰的梅樹，不由暗歎自己的飄零淒苦。

過了數月，他們偶爾才能得片刻的相會，每次還要被崔氏派來的人打斷。正是這樣短暫的相會讓小青每日過得都像在夢中，然而好夢難成，大多時候她都是一人獨坐，憂鬱自苦。漸漸的，小青也就茶飯不思，病弱懨懨了。

一日，病中的小青忽然有了幾分精神，她請來一位畫師，自己則細細描了妝，穿上最好的衣衫，端坐於梅樹之下，讓畫師為她畫像。那畫師用三天時間準備，又花去一天時間調色著彩，終於將畫像完成。畫中，小青倚梅而立，唯美生動，呼之欲出。

而後，馮小青將畫像裱好，掛於床頭，日日凝望畫中的自己，正是顧影自憐，讓人倍覺蕭索。她還作詩一首，來記錄自己的心情：

新妝竟與畫圖爭，知是昭陽第幾名？

瘦影自臨春水照，卿須憐我我憐卿。

看著自己畫中絕美的姿容，和昭陽宮中的趙飛燕比起來又如何呢？畫像中的人依舊光鮮，而湖水照見的我卻如此消瘦，這本是你須得憐惜我，我也須得憐惜你。

漸漸，馮小青心如死灰，她只想快快走完今生，忘卻今生的淒苦，於是拒絕服藥。一日，她

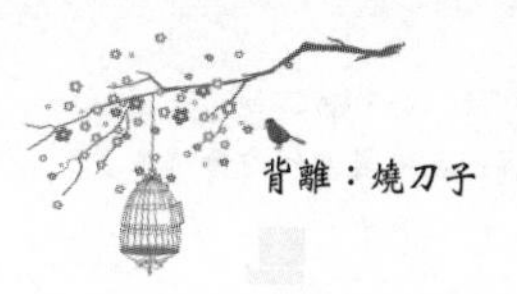

覺得自己大限已至，就手寫一封「訣別書」託老僕婦轉交楊夫人，並把自己的幾卷詩稿包好，讓老僕婦找機會交給馮通。

一切交代完畢，小青竭力打起精神，沐浴薰香，對著自己的畫像拜了拜，禁不住慟哭失聲，最後哭聲越來越小，終於氣斷而亡。此時她還未滿十八，正應了當年老尼的預言。

馮通聽到小青的死訊，不顧一切地奔過去，抱著小青的遺體嘶聲裂肺地哭喊：「我負卿！我負卿！」

後來，馮通在清檢小青遺物時，將她生前的畫像、詩稿帶回家中，珍藏起來。不料，這些物件被崔氏無意中發現，全被丟入火中。馮通極力搶救，才勉強搶出一些零散的詩稿。最後這些殘稿由楊夫人結集刊行於世，取名為《焚餘稿》。

盼歸：桑落酒

將你鎖在夢土上，經書日月、粉黛春秋。終於你飛越關嶺，趁著行歲未晚，到我面前說：「半生飄泊，每一次都雨打歸舟。」我只一笑，奉酒一杯：「也好，桑落正是當歸時刻。」

自離別，始知相憶深——《周南·汝墳》

遵彼汝墳，伐其條枚；未見君子，惄（惄）如調饑。

遵彼汝墳，伐其條肄；既見君子，不我遐棄。

魴魚赬（赬）尾，王室如燬；雖則如燬，父母孔邇。

「天涯遠不遠？」

「不遠！」

「人就在天涯，天涯怎麼會遠？」

「明月是什麼顏色的？」

「是藍色的，就像海一樣藍，一樣深，一樣憂鬱。」

「他的人呢？」

「人猶未歸，人已斷腸。」

「何處是歸程？」

「歸程就在他眼前。」

「他看不見？」

「他沒有去看。」

「所以他找不到？」

「現在雖然找不到，遲早總有一天會找到的！」

「一定會找到？」

「一定！」

這是古龍的《天涯．明月．刀》前的楔子，初中時第一次讀到就被其中那濃得化不開的憂鬱和迷茫所吸引，如今故事情節如何早已淡忘，卻仍能完整地背出這篇楔子的全部內容。

人在天涯。這四個字一經道出，似乎就要和一個斷腸人，一段斷腸事連在一起。而回家，則是這世間最溫暖的字眼，再絕情冷硬之人聽到它都會不禁有一瞬間的恍惚和溫暖。

只要是人就會有他的歸程在等。不管他漂泊到多大天多大地，他的歸程總是在他眼前，總有一天會讓他找到。只是，有的人找到了歸程，也一路走回了家，卻是不能永遠停留在那裡的。

在高高的汝河大堤上，有一位面色淒苦的婦女正手執斧子砍著山楸樹上的枝幹，準備拿回家當柴燒。採樵伐薪，本該是男人擔負的勞作，現在卻由本該在室內織作的柔弱女子承擔，這究竟是什麼緣故呢？

原來她的丈夫已經外出服役很多年了，所以這維持家中生計的重擔，只得由做妻子的她一人肩負，不然又能怎麼辦呢？

眼見她一大清早就強撐著衰弱的身體，忍受著饑餓的折磨，孤身一人來到這汝河大堤上採樵伐薪。那颯颯秋風一點不懂人情，吹得她髮絲凌亂、衣衫飄飄，不由得勾起她內心的悲傷，輕輕地發出一聲「未見君子，惄如調饑」的愴然歎息，讓聽到的人都不禁為之鼻酸。

冬去春來，好歹是挨過了一年，只是那憂愁悲苦依然在這漫漫歲月中延續著，不曾減少一絲。她的滿心期待也漸漸冷落，化作絕望的死灰。

誰知一個不經意的抬首，她竟然見到丈夫朝她走來的身影。她丟下斧頭，丟下砍了一半的樹枝，急急地向他奔去，她要確定這次是他真的回來了，而不是夢境的捉弄才好。

為什麼走得最快的都是最好的時光？見到他的面，溫存還不到一刻，他就無情地宣告了他還得離家的殘酷現實：眼下正是多事之秋，王朝多難，他們這些服役者正如勞瘁的魴魚一樣，曳著赤尾而游，他自然不能因貪戀家的溫暖而有所耽擱。

她的心中突然生出一股子怨氣，見到丈夫才不過一刻光景，他又要離開。而這次離別他們更不知道會在何時相聚，這種獨自等待、為他擔驚受怕的日子到底什麼時候是個頭呢？

內心絕望的她放棄掙扎了，她只想問他一句話：我們夫妻的情分已被這無情的徭役給毀了，但我們饑餓病重的父母怎麼辦呢？難道他們的死活你也不顧及了嗎？

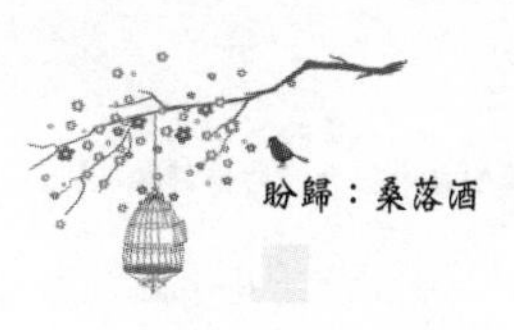

這聲聲血淚的控訴，讓人聽來不免惻惻。我們可以做到像《汝墳》中的女子這般嗎？守著貧弱的父母，等著不知歸期的丈夫，用自己柔弱的雙肩支撐著一個家庭，卻只能自己吞咽這其中的苦果。

還記得那首叫做《渡口》的詩嗎？它正是為《汝墳》中那樣的女子而作，說著她們內心的悲呼和無望的企盼。

一艘船停泊在港口的時間，
可以是五年，也可以是十年，但一定有一個界限，
一定不如它在海岸中漂泊的日子那麼長。
我願意在每一個暴風雨來臨的夜晚，
爬上燈塔，為你點亮漆黑海面上的照明光，
陪伴著你在茫茫的大海中不停地遠行。
而不做你的渡口。

如果可以的話，每個在愛中的人都不願意與自己愛的人離別，如果愛人是船，注定要遠行，只願自己是船錨也好，跟著愛人走，隨著愛人而起而落，少有人甘願做渡口的，卑微的，無聲息的，永遠不離開地等待著那不知歸期的船。

不知從什麼時候，我的目光開始落在那些愛得卑微的人身上，看著他們無聲息地在一旁愛

著，讓我太想知道，愛情，愛情到底能讓人們為它卑微到什麼程度。

《三個橘子的愛情》整部劇最讓我動容的是第三個「橘子」裡的妹妹。她愛了一個男人很多年，而那個男人愛著她的姐姐很多年。當他們三人久別重逢，那個男人眼裡依然只有她姐姐，即使她姐姐離了婚，有了皺紋，即使她從一個小胖妹變成了大美女，那個男人的目光依然從沒在她的身上停過。

整個見面過程中，她一直默默地，站在他不遠的地方，看著他狂放地大笑、看著他不停地灌酒，看著他抱著姐姐哭，而她在他們身邊永遠像個外人。她知道她留不住他，正如他留不住她的姐姐。好在，還有一樣東西能讓他們平等，那就是卑微的愛。

最後，她苦澀地笑著，對他們說：「地鐵沒了，星星沒了，我只好走路回家了。」就是這句台詞，讓我著實揪了心。我想知道，那些曾經與珠峰齊高的自尊心，在愛情面前到底要低到什麼程度才能讓那人愛上你，才能讓你不再愛。

然而，我的困惑也正是阿根廷著名作家波赫士的困惑。他曾經這樣問過愛情：

我用什麼才能留住你

我給你瘦落的街道、絕望的落日、荒郊的月亮。

我給你一個久久地望著孤月的人的悲哀。

我給你我已死去的祖輩，後人們用大理石祭奠的先魂：我父親的父親，陣亡於布宜諾斯艾

利斯的邊境，兩顆子彈射穿了他的胸膛，死的時候蓄著髫子，屍體被士兵們用牛皮裹起；我母親的祖父——那年才二十四歲——在秘魯率領三百人衝鋒，如今都成了消失的馬背上的亡魂。

我給你我的書中所能蘊含的一切悟力，以及我生活中所能有的男子氣概和幽默。

我給你一個從未有過信仰的人的忠誠。

我給你我設法保全的我自己的核心——不營字造句，不和夢交易，不被時間、歡樂和逆境觸動的核心。

我給你早在你出生前多年的一個傍晚看到的一朵黃玫瑰的記憶。

我給你關於你生命的詮釋，關於你自己的理論，你的真實而驚人的存在。

我給你我的寂寞、我的黑暗、我心的饑渴；我試圖用困惑、危險、失敗來打動你。

現實的殘酷讓《汝墳》中的女子不得善緣，不得善終，而愛情的殘酷讓《三個橘子的愛情》裡的妹妹看不到生命的星光。而在詩外，在舞臺下的我也不免疑惑：我們想要的幸福生活真的就難以求得嗎？

人生如戲，戲中有你——《國風·召南·草蟲》

喓喓（喓ㄧㄠ）草蟲，趯趯（趯ㄊㄧˋ）阜螽（螽ㄓㄨㄥ）；
未見君子，憂心忡忡。
亦既見止，亦既覯（覯ㄍㄡˋ）止，我心則降。

陟（陟ㄓˋ）彼南山，言採其蕨；
未見君子，憂心惙惙（惙ㄔㄨㄛˋ）。
亦既見止，亦既覯止，我心則說。

陟彼南山，言採其薇；
未見君子，我心傷悲。
亦既見止，亦既覯止，我心則夷。

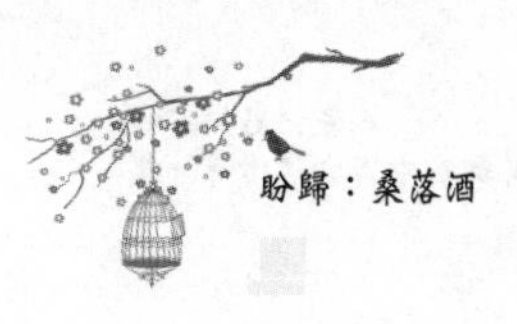

一日，聽歌仔戲《薛平貴與王寶釧》，戲中薛平貴唱：

我身騎白馬走三關
我改換素衣回中原
放下西涼沒人管
我一心只想王寶釧

「王寶釧苦守寒窯十八年，薛平貴身騎白馬走三關」，是很多戲劇中都唱過的動人故事，但是歌仔戲中的這句尤為動人，惹人傷懷。

為了去見那個等了他十八年的女子，也是在他心上十八年的女子，當時已成為西涼國王的他，將大小事統統拋下，換上那平常男子的樸素衣服，騎著一匹白馬，走過三關，奔去她在的地方。

「我一心只想王寶釧」，只為這一句，她十八年的等待就不再是空。

只是，人的一生究竟不是那唱來唱去的一齣戲，我們過的都是戲外再真實不過的人生。戲中的人可以為了愛不顧帝王的九五之尊，不顧單槍匹馬的艱難危險；戲外的故事大概不會有這樣的曲折動魄。在我們平常的生活中，愛是再簡單不過的一件事，唯與你心中惦念的那人日日同飲食，日日同睡眠，日日得相見。

然而，這樣平常的心願卻總有人不能得償。世間遼闊，有的人選擇堅守一隅，卻不能得，正如我們聽到的《草蟲》中女子憂傷的歌。

秋來了，草叢裡的蟈蟈躍躍叫，蚱蜢也到處蹦蹦跳跳。許久沒有見到我夫君，我心中只有憂思不斷。如果我能見著他，偎著他，這心中的憂傷才可撫平。

我登上那高高的南山頭，去採摘鮮嫩的蕨萊葉。沒有見到我心中想的那個人，心裡總有著無處宣洩的憂思。如果我能見著他，偎著他，我的心才會平靜，我的思念才會停。

我登上那高高的南山頂，去採摘鮮嫩的巢菜苗。沒有見到我想見的人，心裡既悲傷又焦躁，總難平靜。如果我能見著他，偎著他，我被思念灼傷的心才能舒暢，才能安心。

男人的世界裡，有很多事情更重要，而對許多女人來說，她們的世界裡似乎只有愛情一途可以讓她們好好地生存下去。只是，她們的悲喜有誰在意？她們那些零落的心事有誰知曉？直到寂寞無處蔓延，她們才會發出些微弱的無望的呼聲，有沒有人聽見？無妨無礙，她們早也不在意了。

就像《草蟲》中的女子，她站在高高的南山頂，望著秋日的藍天，心中不免要對著遠方的夫君說：我知道你在哪裡，只是，這眼前的土地彎彎曲曲，我看不見你的所在，我只能勉力地抬高頭，希望能看到你心上的藍天。

「悲哉，秋之為氣也。」秋天，本就是一個傷感的季節，昆蟲銷匿、草木凋零，寒風蕭索送來更淒冷的冬。遠行的人啊，你是否將我想起？你無意中踐踏的那朵凋零的花，正是我憔悴的容

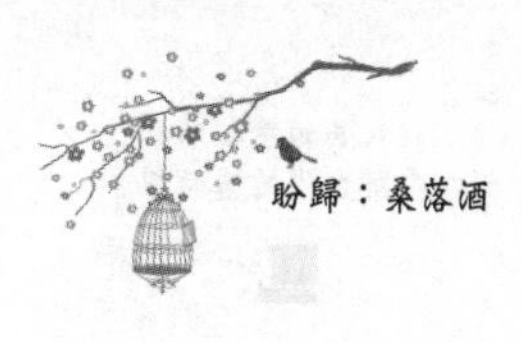

顏。

這是一個從秋等到冬，經冬復歷春的故事。她登南山採蕨菜，採薇菜，然而縱使日常事再忙碌，此情依然無計可消除。在那南山之上，她凝視著遠方熟悉的風景，聆聽著遠方曼妙的歌聲，她一如既往，想他的心胸總是豐潤。

到了夏日，也許她還在等，她用那如蓮的心，在某個遙遠的角落靜靜地想著他。她想著能夠見到他，他們將徒步於原野，望雲捲雲舒，看日出日落，待明月如客，而至而去，而深邃的夜空，點點繁星下，也都有他們走過的足跡。

她確實有一顆為愛無悔，為愛甘願等待的心，正如一個詩人所寫的：

愛一個人，五年，十年，或許沒有界限。

所以當你下定決心的時候，不要僅僅想到自己將愛上一個人，而是記得。自己在未來的日子裡，將會勤勤懇懇地付出，為另一個人。

詩中沒有說她是否圓了心願，是否等到了她的良人歸來。但是張愛玲說，因為懂得，所以慈悲。在這個世界上，不僅有愛，還會有懂得愛的慈悲。所以，我相信她會等到的，不用王寶釧的十八年，她苦心等的人兒也會一心想著她，騎著馬奔往她的方向。

雖說人生不是戲，但人生依然可能有戲中的圓滿結局。若人生真的如戲，也不怕，只要戲中有你。

恨到歸時方始休——《鄭風·風雨》

風雨淒淒，雞鳴喈喈（喈ㄐㄧㄝ）。既見君子，云胡不夷？

風雨瀟瀟，雞鳴膠膠。既見君子，云胡不瘳（瘳ㄔㄡ）？

風雨如晦，雞鳴不已。既見君子，云胡不喜？

這首《風雨》是一位女子在風雨之中懷念丈夫，最終見到丈夫時所唱的歌。

風淒淒呀雨淒淒，窗外雞鳴聲聲急。風雨之時見到你，怎不心曠又神怡？

風瀟瀟呀雨瀟瀟，窗外雞鳴聲聲繞。風雨之中見到你，心病怎會不全消？

風雨交加天地昏，窗外雞鳴聲不息。風雨之中見到你，心裡怎能不歡喜？

在一個天氣陰冷，風雨飄搖的日子裡，她思念丈夫的心正如這窗外的天氣，疾風驟雨般總難平靜，而那雄雞在這樣的天氣裡也不好好進窩休息，偏要叫個不停，更讓等待中的她無端地從心底升起一股強烈的悲戚。

然而上天彷彿聽得見她的悲聲，她那朝思暮想的人兒突然出現在這風雨中。她見到他的身影

穿過這重重雨霧朝她的方向走來，她的心突然就放晴，雖然這惹人惱恨的天氣沒有什麼變化，她的世界卻早已因為他的歸來而光風霽月。那窗外的雞叫也不再讓人惱火，反而再和諧不過。

只有相愛的人，才能風雨同舟，同甘共苦。而在痛苦煩惱之時，一旦見到心愛的人，就會忘掉一切，心中充滿力量和快樂。

正如三毛在《少年愁》中所寫：「我們一步一步走下去，踏踏實實地去走，永不抗拒生命交給我們的重負，才是一個勇者。到了驀然回首的那一瞬間，生命必然給我們公平的答案和又一次乍喜的心情，那時的山和水，又回覆了是山是水，而人生已然走過，是多麼美好的一個秋天。」

然而上天對人類並不會一直溫柔地成全，如果你等到了你的人，那就是好的，要知道，很多人窮盡一生都不會有這份幸運。

記得那天，我借用你的新車，我撞凹了它
我以為你一定會殺了我的
但是你沒有
記得那天，我在你的新地毯上吐了滿地的草莓餅
我以為你一定會厭惡我的
但是你沒有
記得那天，我拖你去海灘，而它真如你所說的下了雨

我以為你會說「我告訴過你」
但是你沒有
記得那天，我和所有的男人調情好讓你嫉妒，而你真的嫉妒了
我以為你一定會離開我
但是你沒有
記得那天，我忘了告訴你那個舞會是要穿禮服的，而你卻穿了牛仔褲
我以為你一定要拋棄我了
但是你沒有
是的，有許多的事你都沒有做，而你容忍我鍾愛我保護我
有許多許多的事情我要回報你，等你從越南回來
但是你沒有

這是小學時看到的一首詩，一直記憶到今，詩的作者只是一位再平常不過的美國婦女。她的丈夫徵召去了越南戰場，後來陣亡了。而她則終身守寡，直至年老病逝。在她去世後，她的女兒整理遺物時發現了母親當年寫給父親的這首詩。

詩中沒有什麼華麗的語言，不過是寫了他們日常的瑣碎，每每讀來，卻讓人淚下。很多人都會有這樣的感傷和遺憾吧：「我會在這個世界上遇到很多的人，卻無論如何也遇不到那個曾經年

少的你，真實的你，我的你。」

作家劉瑜說過：幸福其實往往比我們所想像的要簡單很多，問題在於如果我們不把所有複雜的不幸都給探索經歷一遍，不把所有該摔的跤都摔一遍，不把所有的山都給爬一遍，我們便沒法相信其實山腳下的那塊巴掌大的樹蔭下就有幸福。

很多人都在等待，然而也有很多人都像那位美國婦女一樣再也等不到了。《風雨》中的女子何其有幸！所以，不管風多大，雨多大，你在，我在，我們一直都在，那我們還會希求一個更好的世界嗎？

《風雨》中，兩千多年前那個穿越風雨為踐約而來的男人，滿身風雨地趕路，只為給自己愛的女子一個交代。因為他知道，等待是多麼辛苦。

席慕蓉有詩句證實：「當你走近，請你細聽，那顫抖的葉，是我等待的熱情。而當你終於無視地走過，在你身後落了一地的，朋友啊，那不是花瓣，是我凋零的心。」這世間有多少等待的故事，迪克牛仔的粗獷歌聲中有多少人掉淚，有多少愛可以重來，有多少人值得等待，滿身風雨的我，還能等到你麼？

癡情男女，心中的相思好像一條苦惱的河，就看是否有耐心等待那個渡河相守的人，而風霜雪雨都只能算是一種考驗，考驗他是否會不顧一切穿越而來，結果也只有兩個：來，或者不來。「既見君子，云胡不喜。」要是來了，那會是怎樣的驚喜。

你歸來，我盛開——《小雅．隰桑》

隰桑有阿，其葉有難，既見君子，其樂如何。
隰桑有阿，其葉有沃，既見君子，云何不樂。
隰桑有阿，其葉有幽，既見君子，德音孔膠。
心乎愛矣，遐不謂矣，中心藏之，何日忘之。

窪地桑樹多婀娜，枝幹茂盛葉兒多。如果看見我的他，快樂滋味難言說！
窪地桑樹舞婆娑，葉兒柔嫩枝幹多。如果看見我的他，如何教我不快活！
窪地桑樹多婀娜，葉兒濃密綠幽幽。如果看見我的他，互訴衷腸情意投。
深深愛他在心頭，多少話兒說不出。對他情意藏心中，要到哪天能忘記？

這窪地裡的桑林枝幹鬱鬱，葉兒濃翠，風吹過，逕自舞得婀娜多姿，想來這不正像那豐厚極美的青春嗎？而這桑林的濃蔭之下，正是少女少男幽會時的最佳場所。

他們曾經也在這桑樹下說著話，斑駁的樹影投在他和她的面上，像極了一幅畫。想到這兒，

她竟按捺不住心頭的一陣狂喜，一陣衝動。

她目光投向遙遠的虛空，漸漸出神，想著：如果我能見著你，那我將有怎樣難以言說的快樂，只因你。

她愈想愈出神，也愈入迷，竟如醉如癡，似夢還醒，已完全沉浸在與他會面的歡樂之中，彷彿已經聽到他在她的耳邊軟語款款，情話綿綿。

她在內心不斷地默念所有想對他說的話，那些在她心中纏綣多時的話語，想要全部對他道出：我嘗以匍匐而謙恭的姿態行於天地之間留於人的小道，只為在這途中與你相見。

她想他知道：我不怕再次等待你，等待你多久也不怕，因為這世上只有一個你，也正因為有過你，我與世上所有的女子都是不一樣的。

然而，她突然從那份癡想中清醒過來，重新面對著孑然一人的現實，就一下子變得怯懦羞澀起來，她擔心那些準備了許久的話，一經道出，就再也收不回了。

她的勇氣畢竟不如這桑樹般可以繁茂到無所顧忌，然而這已萌芽了的愛情種子自會頑強地生長。「中心藏之，何日忘之」，也是她內心的企盼，然而這顆愛情種子定會像「隰桑」一樣，枝盛葉茂，適時綻開美麗的愛情之花，結出幸福的愛情之果。

岩井俊二的電影《四月物語》中，松隆子飾演的榆野因為一個人，而孤身一人去南方，不緊不慢地開始自己愛的旅程。她一個人上學、生活、每天去他打工的書店看書，她在自己的世界裡，默默地成長，靜靜地開放。她依然沉默、乖巧、羞澀，然而那顆愛著他的心，卻似大海，處處可見明媚。

席慕蓉的那首《盼望》是我很喜歡的詩，她總能恰到好處地道出一個愛著人的女子所有卑微的心情：

其實我盼望的
也不過就只是那一瞬
我從沒要求過你給我
你的一生
如果能在開滿了梔子花的山坡上
與你相遇
如果能深深地愛過一次再別離
那麼，再長久的一生
不也就只是
就只是
回首時
那短短的一瞬

我們看那些在愛裡來回的人，常會在言行舉止甚至一個眼神交會的瞬間洩露出他們內心的全部秘密：那些關於愛的艱辛、愛的痛苦、愛的甜蜜。楡野也是這樣，經過了好久好久的時間，終於在一場淋漓的大雨中，她打著那把他遞給她的破舊的紅傘，笑著對他袒露了心跡。

一直以來都極討厭紅色，過於耀眼，熱烈，又稍嫌俗氣。然而，在那把紅傘下微笑著的楡野卻讓我久久不能忘，被雨水洗得清透的紅罩住她的臉龐，溫潤如一塊久被撫摩的玉。松隆子面容本不是極美，然而在那一刻，我竟覺得再也沒有比她更美好的女子。

喜歡看到一個人只因為單純的愛而奮鬥不息，彷彿也給了旁人去愛、去勇敢的動力，讓懈怠軟弱的我們也相信那句不知誰說過的話：現在，屬於我們的那個時辰到了，我們要從此刻開始，一步一步去往彼此的方向，不論隔了幾生幾世，也不論用什麼樣的方式，經過什麼樣的曲折，我知道，此去經年，我定要找到你，因為，我再不能留你在這蒼茫天地間，孤零零一人。

最後，請讓我學《隰桑》中的女子，唱著祈盼：我的良人哪，求你快來。我們在香草山上牧群羊。

好鳥織成雙，解得離別苦——《西洲曲》

憶梅下西洲，折梅寄江北。單衫杏子紅，雙鬢鴉雛色。
西洲在何處？兩槳橋頭渡。日暮伯勞飛，風吹烏桕（ ）樹。
樹下即門前，門中露翠鈿。開門郎不至，出門採紅蓮。
採蓮南塘秋，蓮花過人頭。低頭弄蓮子，蓮子清如水。
置蓮懷袖中，蓮心徹底紅。憶郎郎不至，仰首望飛鴻。
鴻飛滿西洲，望郎上青樓。樓高望不見，盡日欄杆頭。
欄杆十二曲，垂手明如玉。捲簾天自高，海水搖空綠。
海水夢悠悠，君愁我亦愁。南風知我意，吹夢到西洲。

初迷上昆曲的時候，著迷於揣度那些曲牌名背後的故事，希望從那簡單的三兩個字中品咂出詞句之外為詞人所不知的況味。

而其中的「山桃犯」尤為讓我著迷。這一個「犯」字，比「紅杏枝頭春意鬧」的「鬧」不知高

明生動多少。這山桃的紅，犯了青山，犯了山間女子的翠羅裙，卻不管不顧，逕自潑辣地紅了下去，非要攪個天翻地覆不成。

想一想，那些民間女子的愛也如山桃一樣，好時好到如蜜裡調油，一旦惹惱了可有好受的了。南朝樂府中那些俏巧聰慧的民間女子們為愛情且笑且歌，每次讀來都彷彿照見了她們的山桃般的光芒。

《西洲曲》是南朝樂府中的最長篇，也是最高成就，可謂「言情之絕唱」。眾家訓詁考證，這首詩是一名男子所作，他因思念情人，就藉由「憶」的方式想像自己的情人懷念自己時的情形和她熾烈而微妙的心情。

這些事我們且不管他，留待有心人去操心吧，我們只要看自己想看到的，感覺自己所能感覺的就好。

春日這般晴好，初綠的柳枝拂著悠悠碧水，窗前的梅花也恰恰好盛開，她撫摩著花瓣，想起去年此時，他們在西洲也曾坐在開得正好的梅樹下，細細地說著些瑣碎的話。想到這裡，她就折下一枝最好的梅，寄去遠在江北的他。

她穿上杏子紅的單衫，細細地梳理好她那烏黑的長髮，準備去西洲看一看，看那裡的梅花是不是也如去年那樣好。

但是，西洲到底在哪裡呢？她慢慢搖著兩支小小的槳，一會兒就來到西洲橋頭的渡口。西洲的景色一成不變，只是欣賞這景色的人不再。

這等待，這思念，消耗著時間，轉眼就從春流到夏，而她在等待中竟然不覺時間的流走。眼看，天色又晚了，伯勞鳥也飛走了，晚風吹拂著烏桕樹，卻沒有人與她一起迎接晨昏。這烏桕樹下就是她的家，從門外就可以看到她頭上翠綠的釵鈿，一顫一顫，煞是可愛。好幾次了，她打開家門卻沒有看到她想見到的那個人，只好出門去採紅蓮，打發時間。你知道思念一個人的滋味嗎？就像是喝下一杯冰涼冰涼的水，最後化成一顆顆滾燙滾燙的淚，只是這淚，終不是因思念得償而流下的。

你看，南塘裡蓮花長得高過了人頭，他怎麼還沒來？她一個人在這蓮葉中間穿梭。閒來無事，只得低下頭撥弄著水中的蓮子，這蓮子就像湖水一樣清而飽滿。

她摘下一顆，將蓮子藏在衣袖裡，那蓮心紅得通透，正如她思念他的心。

她這般思念他，他卻還沒來，抬頭望天，鴻雁什麼時候已經飛來這邊，是要準備過冬了嗎？在對他的思念中，她彷彿被一種巨大的力量包裹著，忘記了周圍的一切，卻也幾乎要透不過氣來。她想做些什麼，用針將這包裹刺破，好讓她能喘口氣。然而奇怪的是，他既是那根針，又是那個包裹她的口袋。他的音信傳來，她就有空氣呼吸，他這麼久不出現，她就悄悄將自己悶在其中。

這時節，西洲的天上也飛滿了雁兒吧，她邊想邊走上高高的樓臺向他在的方向遙望，卻看不見她所思念的身影出現。

這樓臺上的欄杆曲曲折折彎向遠處，她百無聊賴地倚在欄杆上，垂下那雙潔白如玉的雙手，只是他此刻不能牢牢地牽住她。

她捲起簾子，看簾子外的天是那樣高，那樣藍。這秋日的天空，青青碧碧，彷如一片海洋。而她的心也如海水一樣悠悠蕩蕩總難平靜：你知道嗎？當你因思念而憂愁的時候，我也一樣在憂愁啊！

夜色漸濃，她轉身下樓，回到家中，只希望：這了人心意的南風知道我的情意，在夢中能將我吹到西洲與我愛的人相聚。

《西洲曲》中女子的眼中能有多少淚珠兒，怎禁得秋流到冬盡，春流到夏。

凡事太完美也是一種缺陷，愛情若是日日相見也就不會像初遇時那樣新鮮。就像江河的詩中所說：「誰不願意／每天／都是一首詩／每一個字都是一顆星／像蜜蜂在心頭顫動……如果大地的每個角落都充滿了光明／誰還需要星星，誰還會／在夜裡凝望／尋找遙遠的安慰。」不得不承認，那些愛的焦灼正好襯得愛的從容。

相守：羅浮春

羅浮春，色澤如玉，入口蜜甜。人如玉，生活如蜜，心如止水，不動如山，而山水又無限明媚，柳暗花明。

最初的愛，最後的儀式——《邶風·擊鼓》

擊鼓其鏜（ㄊㄤ），踴躍用兵。土國城漕，我獨南行。
從孫子仲，平陳與宋。不我以歸，憂心有忡。
爰居爰處？爰喪其馬？於以求之？於林之下。
死生契闊，與子成說。執子之手，與子偕老。
於嗟闊兮，不我活兮。於嗟洵兮，不我信兮。

現如今，人人都能念出「執子之手，與子偕老」這兩句。人們總是希冀一些自己做不到的事情，彷彿這樣反覆吟誦總有一天就會成真。而這漂亮話不但能騙得別人相信，最後連自己也一齊騙進去。

只是，那些說的人真的能懂得「死生契闊，與子成說，執子之手，與子偕老」所涵括的那關乎生命的沉重分量嗎？

時下，人們在舉行婚禮時，通常都會放那首《最浪漫的事》：

我能想到最浪漫的事，就是和你一起慢慢變老，一路上收藏點點滴滴的歡笑，留到以後坐著搖椅慢慢聊。我能想到最浪漫的事，就是和你一起慢慢變老，直到我們老得哪兒也去不了，你還依然把我當成手心裡的寶。

「一起變老」多像一句溫馨的蠱惑，又像是一個恢弘璀璨卻不堪一擊的夢想。這凡俗塵世的男男女女都難免中它的蠱，也都做過這樣的夢。然而，病好了，夢醒了，這句話也不過成為一句遙遠的箴言，與誰再不相干。

如果我問你，你曾經是否有過刻骨的相思，給你帶來肉體的疼痛，把你和周圍的一切隔絕，讓你四周的景物慢慢褪去顏色，變得極淺極淡？

若你沒有，又不懂得，就讓我們一起來聽聽，千年以前，一個戍邊男子思歸不得，唱下的悲歌。

戰鼓擂得響鏜鏜，鼓舞戰士練刀槍。他人國內築城牆，唯我隨軍奔南方。
跟隨將軍孫子仲，要去調停陳與宋。常駐遍地難回家，使我愁苦心忡忡。
安營紮寨當作家，馬兒走失何處藏。叫我何處去尋找？就在叢林大樹旁。
生死聚散在一起，我的誓言記心裡。緊緊握著你的手，與你到老在一起。
可歎與你久離別，再難與你重相見。可歎相隔太遙遠，不能讓我守誓言。

正所謂：世間無限丹青手，一片傷心畫不成。誰能知道他刻骨的相思之痛，誰能知道他心中的思憶之深？

那匹失而復得的馬讓他心生許多關於生離死別的感喟：如果沒有陳宋之間的那場戰爭，他和她的生活會是什麼樣子呢？

他們一起去廣袤的田野，去看看遍地的幼苗如何沉默地奮力生長，去觸摸清涼的河水如何沉默地灌溉田地。

他們一起去流淌的河邊，去河邊的叢林中，去叢林對面的山前，聽蟬鳴，看白鷺，打魚耕田。冬天來了，他們共守一樽紅泥小火爐，互持一杯綠蟻新醅（醅ㄆㄟ）酒，一起期待下一個春天來臨。

他記得，他走時，她沒有哭，只是淡淡笑著說：天涯羈旅，不管迦南地還是煉獄，你只管去，我總會伴著你的。

他時時念著她的那句話，在戰爭的腥風血雨中，每想起她的話，他就彷彿見得到陽光。她給他愛，讓他有了逃避世間恐怖之物、殘酷之事的契機，在她的愛中，他的世界如此安好靜美。只是，這漫長的戰爭彷彿將要持續到時間的盡頭，他看不到歸期，也看不到希望，唯有聲聲歎息，歎息命運，歎息這山重水重的阻隔。

每當回到那些遙遠的詩篇中，才會記起，我們都是有過夢想的，我們都是愛過的。我們曾相信著「情之所鍾，正在我輩」，我們也希望有一個人，能完整地記下愛爾蘭著名詩人葉慈那首

《當你年老時》，在生命的暮色裡，靜靜地背給我們聽：

當你老了，頭白了，睡意昏沉，
爐火旁打盹，請取下這部詩歌，
慢慢讀，回想你過去眼神的柔和，
回想它們昔日濃重的陰影；
多少人愛你青春歡暢的時辰，
愛慕你的美麗，假意或真心，
只有一個人愛你那朝聖者的靈魂，
愛你衰老了的臉上痛苦的皺紋；
垂下頭來，在紅光閃耀的爐子旁，
淒然地輕輕訴說那愛情的消逝，
在頭頂的山上它緩緩踱著步子，
在一群星星中間隱藏著臉龐。

可是，是從什麼時候開始呢？我們已經走得這麼遠了，又走得這樣堅定而絕望，將曾經的柔軟甩在了遙遠的過去。而那些曾讓我們淚下不已的愛的詩歌，在如今看來只是詩歌，再不能變成我們的生活。

如今，我們念著的是：視愛情為奢侈品，有最好，沒有也能活。我們堅信，愛情不過是人生無數可能中的一種小可能。我們為了不受傷害，給生命塗了太多太多的保護色。

要到何時，我們才會不再害怕被傷害，才敢對生命有所要求；而又要到何時，我們才會對這大好的世界，這生命和這誓言有著最深的相信和懂得？

歲月雖然會撫平各種各樣的傷害，卻也能蠶食掉這樣那樣的真情。《擊鼓》中的男子明明知道任何海誓山盟都經不起時間的推敲，現實的踐踏，他卻依然相信，在這世間，在這萬丈紅塵中，總有一樣東西是堅如磐石，燦爛如星辰的，值得我們「不辭冰雪為卿熱」，值得耗盡生命最後的能量也要擁有。正如張愛玲曾說：「『死生契闊，與子成說，執子之手，與子偕老』，一首悲哀的詩，然而它的人生態度又是何等的肯定。」

一切都將化為塵土，唯留下一段「執子之手，與子偕老」的深情，漂流於江湖。

我的情深，只有天知曉——《鄭風．出其東門》

出其東門，有女如雲。
雖則如雲，匪我思存。
縞衣綦（綦）巾，聊樂我員；
出其闉闍，有女如荼。
雖則如荼，匪我思且。
縞衣茹藘（藘），聊可與娛。

「從前的日色變得慢／車，馬，郵件都慢／一生只夠愛一個人。」

每次讀木心這首《從前慢》，就會忍不住地想：如果人的一生可以只聽一支曲，只看一卷書，只飲一種茶，只用一種顏色，只愛一個人，如此專注而潦草，該有多好。然而這樣單薄的願望在現代社會裡，是永遠不可能成行的。

記得很久以前看過一篇文章，一對年邁的夫婦，坐在自家的院子裡曬著太陽，妻子問丈夫：

「你這一生愛過幾個女人？」丈夫望著遠處的天，慢慢地說：「我這一生總共愛過六個女人。」妻子聽了，又驚又氣，起身想走。

丈夫拉住她的手，淡淡笑著說：「她們分別是我初遇到的20歲的妳，嫁給我的25歲的妳，為我照顧孩子、做家務的30歲的妳，陪我到處旅行的40歲的妳，我生病時陪伴我的50歲的妳，還有就是與我坐在院子裡曬太陽的現在的妳。」

妻子靜靜聽著，靜靜流著淚。

看到這篇文章，我想到《出其東門》中的男子，那個淡然道出「雖則如雲，匪我思存」的男子，他實現了我專注而潦草的願望。

漫步走出城的東門，那裡的美人多如天上彩雲；
雖然女子多如天上的雲；可其中沒有我心思念的人；
唯有那個著素衣圍暗綠色佩巾的，是讓我歡喜的人；
漫步走出外城的門，那裡的美人多如山上的白茅；
雖然女子多如山上的白茅，可其中沒有我心嚮往的人；
唯有那個著素衣圍紅佩巾的，是我心心念念的人。

這樣的男子必定是眉目朗朗，內心清定。他的世界裡天地簡靜，山河無塵。因為他是確定的，弱水長流，只取一瓢飲，世界大千，只作一瞬觀。

1928年，上海，中國公學。大學部一年級的現代文學課上，一位年輕老師看著座下黑壓壓一片的學生，呆呆地站了十分鐘，說不出一句話，只在黑板上寫：「第一次上課，見你們人多，怕了。」這個驚惶的男子便是沈從文。

然而，他在那些黑壓壓的學生裡面，遇到了一個美麗的女子，她便是張兆和。沈從文對張兆和的愛戀來得默然，卻是一發不可收拾，寫給她的情書如暴風雨般向她席捲而來，延綿不絕地表達著心中的傾慕。然而張兆和一直冷淡，從不回他的信，他頑固地愛著她，而她頑固地不愛他。

整整四年，他不間斷地給她寫信，他決定要「學做一個男子，愛你卻不再來麻煩你。我愛你一天總是要認真生活一天，也極力免除你不安的一天。為著這個世界上有我永遠傾心的人在，我一定要努力切實做個人的」。這些溫暖而莊重的對待，比之那些尋死覓活更能打動人心。

最後張兆和「頑固的不愛」終於動搖了，對他說：「鄉下人，來喝杯甜酒吧。」而後，沈從文說：「我行過許多地方的橋，看過許多次數的雲，喝過許多種類的酒，卻只愛過一個正當最好年齡的人。」這個「正當最好年齡的人」便是張兆和，他的「三三」。

這些用一生愛一人的男子心如星斗，人如赤子，他們的內裡堅實緊密，縱使亂花漸欲迷人眼，也不能撼動他們絲毫。他們的愛情裡沒有更好或次好的備份，只能有一人，穿著淡色的衣衫，或是臉龐黑黑的，非如此不可。

莒哈絲講過一件發生在她身上的事情：

我已經老了，有一天，在一處公共場所的大廳裡，有一個男人向我走來。他主動介紹自己，他對我說：「我認識妳，永遠記得妳。那時候，妳還很年輕，人人都說妳很美，現在，我是特為來告訴妳，對我來說，我覺得現在妳比年輕的時候更美，那時妳是年輕的女人，與妳那時的面貌相比，我更愛妳現在備受摧殘的面容。」

看莒哈絲老年的照片，曾經的櫻桃小口變得又扁又闊，那清透玲瓏的神情變得蒼涼辛辣，而且她的內心總有著暴力的欲望和無可救藥的哀傷，老年的她彷彿一個將要坍塌的世界。總也想不通，那個男子究竟愛她什麼呢？

世上有的是我們想不通的配對，別人想讓我們看見的愛情模樣通常不是那麼真實，而我們想看的愛情模樣卻總也看不分明。

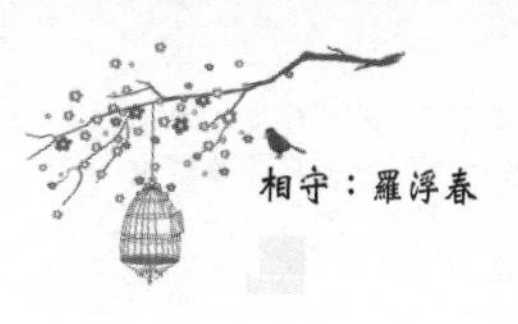

你只是途經我的盛放——卓文君《白頭吟》

皚如山上雪，皎若雲間月。
聞君有兩意，故來相決絕。
今日斗酒會，明日溝水頭。
躞蹀（躞ㄒㄧㄝˋ蹀ㄉㄧㄝˊ）御溝上，溝水東西流。
淒淒復淒淒，嫁娶不須啼。
願得一心人，白頭不相離。
竹竿何嫋嫋，魚尾何簁簁（簁ㄒㄧˇ簁ㄒㄧˇ）！
男兒重意氣，何用錢刀為！

那一年，在百人歡宴之上，她眉如遠山，面若芙蓉；而他長身玉立，神采飛揚。

鳳兮鳳兮歸故鄉，遨遊四海求其凰。時未遇兮無所將，何悟今兮升斯堂！……

司馬相如耳聞卓家有女，美而有才，好音擅琴，遂於歡宴之上以綠綺彈奏一曲《鳳求凰》，簾後的她，聽音辨意，知曉他的琴音，便心動如潮，拋家捨譽，隨他夜奔。情之為物，自是難以言說的。誰能想，千金之軀的她面對他家徒四壁的窘境，當即脫釧換裙，當壚賣酒，不曾有半點猶豫、不甘。

她的世界以愛為先，以情為重。奈何她的良人躊躇滿志，正是因傾慕戰國名相藺相如之為人、際遇，遂以「相如」為名。終是一身長才終難埋沒，正像當年他「綠綺傳情」，以一曲《鳳求凰》贏得美人歸，這日，又以一篇《上林賦》贏得功名來。而她，才終於看清，他的世界太大，裝了她，還要裝下富貴榮華。他們都不是塵世中隨處可見的小兒小女，他有大如天的抱負，而她，自有匹配得上的，厚如地的雍容大度。

然而，生活不是童話，不會在「王子公主從此過上了幸福生活」之後戛然而止。他在長安志得意滿，逍遙自在，她卻在成都獨守空幃，啃噬寂寞，但她的心一如當年出奔時之真切濃烈，也和全天下的女人一樣，做著一個「蒲草韌如絲，磐石無轉移」的夢。這個夢做得太真，以至於她們都忘記了：是夢，總要醒的。殷殷企盼的他的消息中，卻多了另一位女子的名字。她雖是皎若琉璃的女子，卻又性烈如火。她要的愛情當是如雪、如月般純白無染，皎潔清透，若有半點差池，唯有訣別一途！

她不啼不泣，不吵不鬧，僅提筆作一首《白頭吟》，寄與那個負了心、忘了情的人，並在詩後附上一封訣別書：「春華競芳，五色凌素，琴尚在御，而新聲代故！錦水有鴛，漢宮有水，彼

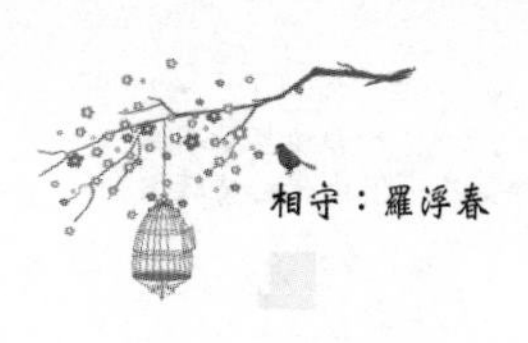

物而新，嗟世之人兮，瞀於淫而不悟！朱弦斷，明鏡缺，朝露晞，芳時歇，白頭吟，傷離別，努力加餐勿念妾，錦水湯湯，與君長訣！」通透如她，在愛來之時全然無保留，在愛走之時亦是全然的壯烈決絕。

她不過是想要個一心一意愛自己的人，與之白頭偕老就好。

不要你只是途經我的盛放，而要你擷取我的每一寸美麗，直到我完全枯萎，化身塵土。

深愛如她只此小小一願，如今竟難得償，只得如溝水流，各奔東西，再不相續。然而，那曾經深刻的情意再難消弭，即使她面對走了味的愛情，心已堅硬如岩，那人仍是她最深處最柔軟的那個角落，在決絕之外，她輾轉於詩中的哀怒淒怨，依然企盼那人能夠懂得。

正如席慕蓉所說：「若所有的流浪都是因為我／我如何能／不愛你風霜的面容／若世間的悲苦，你都已／為我嘗盡，我如何能／不愛你憔悴的心。」

他手握詩文，憶起往昔，遂絕了納妾的念頭，回到他們最初相遇的地方，輕輕喚著她的名，一如當年出奔時的輕謐。

那茂陵女子縱有千般好，百般嬌，依然敵不過歲月，敵不過他們那段綠綺傳情、當壚賣酒、患難相隨的過往。所以，司馬相如注定是卓文君的。於是，他回來了，帶著他們共有的記憶和專屬的柔情回到她的身邊，給她承諾，白頭安老，再不分離。

相如攜文君退隱歸家，二人擇林泉而居，日日恩愛，十年來相安無事。奈何相如患有消渴症，即今時之糖尿病，病情日復一日加重，最終溘然長逝，留文君一人擔此永訣之悲，獨品未亡人孤寂清冷的況味。第二年深秋，草枯霜降，雁鳴長空之時，孑然一身的文君亦隨相如而去。

我們說好的，白首不相離，所以，上窮碧落下黃泉，我都隨你，永不相絕。

這就是文君給她的愛情畫下的最完美的句號。

從古至今的女子，尤其是那些美貌，有才情的美好女子，大多難逃愛情的業障。她們明知是劫數，仍要走上一遭，卻又往往不得善終。

當年，胡蘭成與張愛玲分離，在武漢結了新歡小周，卻又不對張愛玲放手，一個武漢，一個上海，妄圖坐享齊人之福。張愛玲嘴上不多說，心裡是既酸澀又痛苦的，看著自己的男人在信中一遍遍提到別個女子的名字，又怎能不動容？忍無可忍之際，逕自追過去，想要為自己，為曾經「願歲月靜好，現世安穩」的承諾，討個說法，結果卻落得獨自在大雨中離去。

高傲如張愛玲者，在愛情面前，也不得不在塵埃中低了下去。最後終於認清，她既不是這個男人的起點，也不可能是終點，她也像卓文君一樣，寫了訣別書寄給負心人，退還了他這麼多年寫給她的信。她認定，此番決絕的結局，若不是皆大歡喜的雙贏，就是各自傷心的雙輸。

然而，她畢竟沒有卓文君的幸運，她心心念念的良人有著太多的過往，縱使回頭，他也不單單是到她這裡，更何況，那人從未打算回頭。所以，決絕之後，只有她一個人在散場處輸得徹底。

好在玲瓏通透如張愛玲者，當即選擇割捨，不許他來尋她，也不再看他的信，從此花開兩朵，各表一枝，只是她「自將萎謝了」。一個女人如張愛玲者，雖才情足以傲世，卻依然不得愛情的眷顧，她終究是不能燦爛一生。

千年以降，世間女子雖得以剝絲抽繭，重見天日，但那個流傳了千年的簡單質樸願望卻不曾改變，她們只不過「願得一心人，白首不相離」，若沒有人成全，就只有「相決絕」。其實，愛情的世界很小，小到三個人就會窒息，所以「要嘛給我們全然的愛，要嘛給我們全然的決絕！」，這是所有紅塵中的女子唱了千年仍不衰的絕歌。

與你一同，如斯緩慢地老去——管道升《我儂詞》

你儂我儂，忒煞情多，情多處，熱如火。
把一塊泥，捻一個你，塑一個我。
將咱兩個，一齊打破，用水調和。
再捻一個你，再塑一個我。
我泥中有你，你泥中有我。與你生同一個衾（衾ㄑㄧㄣ），死同一個槨（槨ㄍㄨㄛˇ）。

管道升，這名字聽起來像道士名，又頗具男子氣，不禁讓人思忖，其父母何故給一個女孩取這樣的名字。然而，不落俗套的名字，通常也會伴著一個不落俗套的人生。

管道升生於元代，工詩文，善書法，擅畫梅、蘭、竹、山、水、佛像，並有《秋深帖》、《墨竹譜》傳世，在今日都是國寶級的文物。然而她的傳奇還沒有講完。管道升28歲出嫁，在早婚盛行的古代，她的父母將其留待閨閣如此之久，足見其父母的開明通達。更值得一提的是，管道升嫁的正是鼎鼎大名的趙孟頫（頫ㄈㄨˇ）。

這趙孟頫無論家世、樣貌、才學皆非等閒之輩。他是宋太祖趙匡胤的十一世孫，八賢王趙德芳的後人。而且他能詩善文，懂經濟，工書法，精繪藝，擅金石，通律呂，解鑒賞，是繼蘇東坡之後詩文書畫無所不能的全才。

趙孟頫的書法和繪畫成就最高。他開創了元代畫風的新氣象，被時人稱為「元人冠冕」。而他的楷書被世人稱「趙體」，與顏真卿、柳公權、歐陽詢並稱為楷書「四大家」。在仕途上，他官居一品，曾被忽必烈驚呼為「神仙中人」，一時名滿天下。

管道升與趙孟頫都是這般才情馥鬱的妙人，而他們的結合也恰恰好成就了一段琴瑟和鳴的妙戀。

白玉微瑕，世間之事總難全。二十年來，他們舉案齊眉相對，倒也相安無事。奈何當時社會上名士納妾成風，官運亨通的趙孟頫也在有心人的挑唆下心思湧動，想要納妾，但他自覺有愧，不好向妻子明說，就用文人的辦法，作了首小詞向妻子示意：

我為學士，你做夫人，豈不聞王學士有桃葉、桃根，蘇學士有朝雲、暮雲。我便多娶幾個吳姬、越女無過分，你年紀已四旬，只管占住玉堂春。

這詞的意思是說，我是學士，你是我的夫人。難道你沒聽說過王獻之有桃葉、桃根兩個小妾相伴，而蘇軾大學士也有朝雲、暮雲兩個小妾隨行。所以，就算我娶幾個小妾也並不是什麼過分的事；更何況你如今已經四十多歲了，只管占住正房的位子就行了。

管道升拿著丈夫教人送來的詩箋，面色平靜如常，但她心裡的裂帛聲，卻清晰地響在冷月潭邊，那是一種冰徹骨髓的痛。

想著他曾經說過的話，「娶妻不求貌，只求才；若空有如花似月之貌，言語缺乏味，志趣卻低俗，如何攜手共白首」，如今看來真是無比諷刺。

想著在一個晴好的春日，他們一起坐在亭子裡，啜著新茶，遙望天際，神情愜意。陽光照在前院，院外參天松柏，參天松柏外還是參天松柏，再遠是海和天。而晴空微雲，蔚藍中時不時飄過一抹棉絮白。風過，遠近葉子簌簌抖動，漸漸抖出無數閃閃斜陽。他們都望著這景致，無言而笑。那一刻她記了許多年，每次憶起都感歎：遇到他，無論多早也是晚的，但還好，讓自己遇到了。她也終於明白，愛到最深處，就是他們這般若無其事，無言可說。

而如今，他的心中正惦記著恍惚的別處風景，她漸漸看不到他心的依歸，即使在他身旁，也感覺像是在漂泊。那麼，她將如何自處？

用現代的說法，二十年的婚姻叫做瓷婚，像瓷器般的婚姻，精美易碎，若不小心呵護，瓷碎後就再難恢復原樣，還會被碎瓷割得遍體鱗傷。

然而管道升畢竟不是尋常女子，她不會說什麼「我斷不思量，你莫思量我。將你從前待我心，付與他人可」賭氣的話，也不會做那些尋死覓活的難看之事。她只是默默行至梨花大案前，鋪紙研墨，提筆寫下一闋《我儂詞》，親自送至丈夫的書齋前。

你儂我儂，忒煞情多，情多處，熱如火。把一塊泥，撚一個你，塑一個我。將咱兩個，一齊打破，用水調和。再捻一個你，再塑一個我。我泥中有你，你泥中有我。與你生同一個衾，死同一個槨。

你心中有我，我心中有你，我們兩人如此多情。情深之處，像火焰一樣熱烈，拿一塊泥，捏一個你，捏一個我，再將這兩個泥人一起打破，用水調和後，再捏一個你，再捏一個我，這時我的泥人中有你，你的泥人中也有我。活著我們就要同床共枕，死了也要睡在同一口大棺材。

趙孟頫自從將詞送至管道升處，心中就七上八下，無限煎熬。如今見了這出自夫人之手至情至性的字字真言，心下頓時懊悔悲酸不已。

他本就難捨髮妻和多年的夫妻情分，娶妾之意不過一時興起，而妻子的內心曲折他一直都是懂的。在反覆琢磨這首《我儂詞》之後，趙孟頫更覺夫人對他情深意重，前塵過往的眷戀情深瞬間全部湧上心頭。於是，他馬上到管道升處賠罪，從此再不也提納妾之事。

那天，這夫婦二人將趙孟頫所作的那首小詞和管道升這首《我儂詞》一齊工工整整地臨寫下來，裝裱得當，掛在內室之中，時時引作真情笑語，而二人之間也再無嫌隙。

雖說如白玉微瑕，然而瑕終難掩瑜。不管世事如何變遷，管道升和趙孟頫仍是神仙眷侶一對，美滿姻緣一樁。

一三一九年，管道升因病去世，時年五十八歲。而三年後，趙孟頫也隨她而去。二人攜手相依三十年，當年曾經搖搖欲墜的瓷，在他們的真心包裹下，最終化為溫潤的珍珠，記取他們一生的璀璨。

以年齡來算，管道升不算是長壽的，但絕對是幸福的——安樂淡泊的生平，書畫詩詞的造詣，與夫君一生一世的美滿佳緣。與其追求生命的長度，倒不如追求生命的品質。

女人永遠是一個最有故事的群體。年輕過的不只你一個，美麗過的不只你一個，囂張過的不只你一個，風光過的不只你一個，老來淒涼的不只你一個。而這世間，一個女人能有管道升這樣的一生，足矣。

最後不得不提一句，不僅這夫妻二人才名滿天下，他們的子女也在書畫方面多有造詣。元仁宗曾命人將趙孟頫、管道升及其子趙雍的書法合裝於同一卷軸之內，藏之秘書監，並說：「使後世知我朝有一家夫婦父子皆善書，亦奇事也。」一家夫、妻、子於書畫皆有成就，這才是真正的「書香門第」。

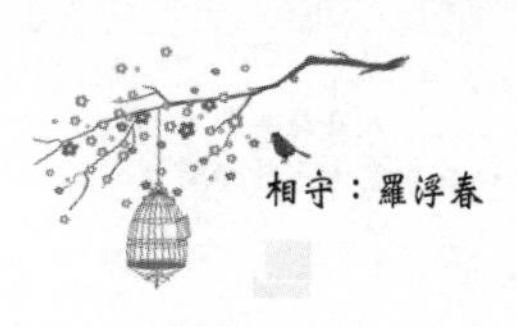

流水無限似儂愁——貫雲石《中呂・紅繡鞋》

挨著靠著雲窗同坐，偎著抱著月枕雙歌，
聽著數著愁著早四更過。
四更過情未足，情未足夜如梭。
天哪，更閏一更兒妨甚麼！

「我是個蒸不爛、煮不熟、捶不匾、炒不爆、響璫璫一粒銅豌豆，恁子弟每誰教你鑽入他鋤不斷、斫不下、解不開、頓不脫、慢騰騰千層錦套頭？……你便是落了我牙、歪了我嘴、瘸了我腿、折了我手，天賜與我這幾般兒歹症候，尚兀自不肯休！則除是閻王親自喚，神鬼自來勾。三魂歸地府，七魄喪冥幽。天哪！那其間才不向煙花路兒上走。」

每次看到關漢卿的《南呂．一枝花．不伏老》，都會啞然失笑，彷彿看得到一個老者眉毛倒豎，雙眼圓睜，鬍子翹起，直跳腳地對著些宵小之輩怒罵，又彷彿聽得到他中氣十足的吼聲，劈頭蓋臉如銅豌豆落地般砸向那些道貌岸然之徒。

關漢卿的形象讓我想起那盜天火而被縛在高加索山上的普羅米修士，宙斯為了懲罰他的不馴，派一隻巨鷹每天啄食他的肝臟，食盡後又重新長回，普羅米修士須得日復一日忍受著被啄食之痛。但他並不屈服，依然昂首怒吼：「我寧願被永遠縛在岩石上，也不願做宙斯的忠順奴僕！」看來，關漢卿與普羅米修士一樣，對自由有著執著的追求，對命運有著不肯妥協的堅持，他們的身上也一樣迴盪著九死而不悔的精神。

讀慣了唐詩宋詞的人，怕是會覺得元曲的遣詞造句過於粗糙疏漏，然而，元曲的魅力就在於這樣的一洩無餘，氣韻鏜鞳（鞳ㄊㄚˋ）。想來元曲是合於秦腔的，粗獷疏豪，強烈急促，配以「梆梆」的棗木梆子聲，自成其激越高昂。每次聽秦腔時，雖苦於震耳的「吼聲」，卻在聽後自覺暢快淋漓。

就像秦腔在寬音大嗓、直起直落的同時兼有細膩柔和、淒切委婉，元曲中也有輕快活潑、纏綿悱惻之作，只是語言同樣本色直白無掩，像貫雲石這首《中呂·紅繡鞋》，自有其清新警切：

挨著靠著雲窗同坐，偎著抱著月枕雙歌，
聽著數著愁著早四更過。
四更過情未足，情未足夜如梭。
天哪，更閏一更兒妨甚麼！

我們緊緊挨著、緊緊靠著在雲紋木窗下同坐，相對看著、相對笑著，同枕著那月牙枕頭一起

高歌。心上話兒好像說也說不完，但是，我細心聽著外面的更聲，一聲一聲地數著，也一點一點地愁著、怕著，耳聽四更已經敲過。天啊，四更天已經過了，我們還有那麼多話兒沒有說，我們的歡樂還沒有過。歡樂還沒有過，時間卻過得快如梭。天啊，讓這夜裡再多上一更該多好啊！

我想，貫雲石應該是為一個女子寫的這支曲，像這樣聽譙鼓，數更聲，愁天明，怕離別的隱隱擔憂隱隱不安，是只有女子的心思才能有的婉轉。也只有女子，才能在面對風來雨來，愛走人走，生離死別，榮華貧苦時，總不能甘之若素。

不由得想到，莎士比亞劇中一段情人歡會時的對話，女子說：『天色尚未清明；外面不住啼叫的是夜鶯，而不是報曉的雲雀。』而男子顯然不認同，說：『正是雲雀在報曙，你看東方已經雲開霧散透出點點日光。』女子仍不聽從，不依地道：『那並不是清晨的陽光，而是流星無意中閃過。』

是不是古今女子都做過這樣的夢：有一天，和自己最愛的人以吻為款，訂下一生的契約，簽名、蓋章、打手印，結同心，兩人在身與心的依歸處落腳，從此不再漂泊，不再分離。

從前，我以為愛情太過無聊，只會讓人不住地沉淪於俗世，讓自己變成他人的老婆，真是又牽扯，又小家子氣。因為世界絢爛我還來不及看，前程遙遠要奔赴唯有「不擇手段」。

從前朋友問起我對愛情的看法，我常是冷冷道出木心那句：「愛情，只是人生無數可能中一種小可能。」只是，漸漸的，我之前的堅持有了動搖，正像作家黃碧雲說的：「有時我想，愛不過是小恩小惠。我以為我可以獨自過一生，但我還是被打動了。」

我本不是很喜歡黃碧雲，卻對她這句話有著深深認同。兩個人相愛時，他們都希望與世隔絕，彷彿偌大天地只有他們兩人生存。他們用兩個人的世界來遮蔽這個令人備感不適的社會。這就讓愛變成一件很美的事情。有時也不禁幻想，如果能回到古代，依然做一名女子，遇得一良人，自此便終生，多簡單，多美好，而更美好的還有，就是路也在《木梳》中所寫的那樣：

我們臨水而居
身邊的那條江叫揚子，那條河叫運河還有一個叫瓜洲的渡口
我們在雕花木窗下
吃蓴（蓴ㄔㄨㄣˊ）菜鱸魚，喝碧螺春與糯米酒寫出使洛陽紙貴的詩
在棋盤上談論人生
用一把輕搖的絲綢扇子送走恩怨情仇。
我常常想就這樣回到古代，進入水墨山水
過一種名叫沁園春或如夢令的幸福生活
我是你雲鬢輕挽的娘子，你是我那斷了仕途的官人。

從前，晴耕雨讀、飯蔬衣食就可度過一生，到如今都是遙不可及的夢想，只待得午夜夢迴，將此舊夢安放於星星的旁邊，與諸君夜夜遙望。

悼亡：崑崙觴

你說，這清洌的酒名為崑崙觴，極美。

然而，我們都忘了，任何美都是易摧折的。

你離去，留我一人對虛空，獨飲這崑崙觴，獨嘗這崑崙殤。

半隨流水，半隨塵埃——《唐風·葛生》

葛生蒙楚，蘞（蘝）蔓於野。
予美亡此。誰與？獨處！
葛生蒙棘，蘞蔓於域。
予美亡此。誰與？獨息！
角枕粲兮，錦衾爛兮。
予美亡此。誰與？獨旦！
夏之日，冬之夜。
百歲之後，歸於其居！
冬之夜，夏之日。
百歲之後，歸於其室！

你知道嗎？古代的書裡，有很多好運氣的人。他們愛一個人，就一直會愛到死。而古代的墳

墓中，也有很多好運氣的人。他們愛一個人，就會埋在一起。這樣的好運氣，放到現在卻是一件極為奢侈的事。

最初相愛的時候，人們都在祈盼生生世世，祈盼長生永駐，然而在死生契闊的大背景下，無論你多麼的世事不理，命運還是與你糾纏，並且終其一生也難以擺脫。

聽聽詩篇中那些餘音不絕的悲歌，就會知道那些相愛過的時光，對愛人來說，多久都是不夠。

葛藤兒把那荊樹蓋，蘞草蔓生在野外。我的愛人獨個兒去，誰去伴他呀？獨個兒在地下！

葛藤兒把那棗樹披，蘞草爬滿墓地旁。我的愛人獨個兒去，誰去伴他呀？獨個兒墓中睡！

漆亮的牛角枕作陪葬，花棉錦被閃著光。我的愛人獨個兒去，誰去伴他呀？獨個兒到天亮！

天天都是夏日的天，夜夜都是冬天的夜，熬到百年我死後，到他身邊再相見。

夜夜都是冬天的夜，天天都是夏日的天，熬到百年我死後，到他身邊再相見。

清淚盡，紙灰起，他一個人永遠地安睡在這冰冷的墳墓中，而我也是一個人，在墳墓外頭徬徨哭泣。像我無數次做過的甜蜜而傷感的夢，來去都悄無聲息，只留下夢醒後令人心碎的空虛……

如果時間要將他從我身邊帶走，那麼，至少回憶是我的。即便是灰燼，也是我的。看這世間，滿目瘡痍。而我幸得他的愛，此生便再無憾事。我們一起推開那扇叫歲月的門，許多年華終將被漸漸擱淺、慢慢遺忘，唯有我們的情誼將刻於彼此心間，永不磨滅。

別人看來，我這般形銷骨立地思念他，都是些無謂的事情。然而我們曾經說好，要用整個生命去愛對方、思念對方、回應對方。現如今，你卻先於我，把這誓言靜靜地放在你不能輕易拿出來的、永恆的沉默裡。

只是，我還能像當初愛他一樣，以一種原始的衝動去愛另一個素不相識的人嗎？我只有日日念著蠱惑自己的咒語：再也不了，動輒發脾氣，動輒熱愛，讓自己從此變得剛強冷硬。

這夏日的白晝太過漫長，而那冬天的寒夜總是遙遙無期，我只能獨自一日一日地挨過這沉默的歲月，只為在旅途的終點可以再次與他相見。

在這樣深沉的愛前，任何語言都略顯蒼白。只能勉強勸慰著：不要害怕，人無論如何都是要活下去的，就像日本詩人高橋睦郎說的那樣：「我們將繼續沉默的旅行，沒有歡悅也沒有悲戚，勉強地說，只有無休止的愛。」

在詩經之外，在我們生活的不遠處，也有一個女子為自己早逝的愛人寫下令人悄然淚下的悲歌，她就是三毛。

三毛本是生命的流浪者，她生活的世界裡沒什麼值得讓她留戀的。所以她一直遊蕩，在文字裡，在那些陌生的土地上。然而人是要用兩隻腳在地上生存的，就算是再奇特的女子，也要在人間煙火中尋求感情的寄託。

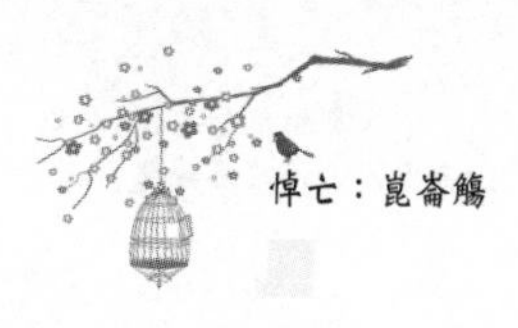

在西班牙，一個蓄著大鬍子的男孩對她說：「我把我的心換給你，這是一顆金子做的。」而她的靈魂就在這時停住了，從此在他的世界裡沉淪到底。

他們一起在撒哈拉沙漠生活了六年，他是一位潛水工程師，她則做他的家庭主婦，為他做各種中國菜。荷西曾說他平生的理想就是：「有一個小房子，我賺錢養活妳，晚上回來煮飯給我吃。」

祈盼的一切竟然這麼輕易就實現了，讓他們以為眼前即永遠。三毛說：「我不會死，我還要給你做餃子呢！」而荷西說：「要到妳很老我也很老，兩個人都走不動也扶不動了，穿上乾乾淨淨的衣服，一齊躺在床上，閉上眼睛說：好吧！一齊去吧！」

誰知他竟然食言，一次出海工作時就再也沒回來，他一個人在他們最好的年紀裡先離開了。

三毛曾經跟著鐘聲許下了十二個願望：但願人長久，但願人長久，但願人長久……然而，命運總是一再辜負她，賜予她愛和幸福的同時也埋下了痛苦和沉淪。

荷西總是喚三毛「Echo」，三毛的英文名。在希臘神話裡，Echo是一位在山林中死去的迴聲女神，而她愛戀的美少年則溺水而亡。

遠古的神話當真是帶有不可褻瀆的力量嗎？神的命運一樣會落在人的頭上嗎？沒有人能給出答案。命運留給人類的常常是多到不能再多的遺憾。

荷西死後，三毛幾乎陷入了半瘋狂的狀態。在為荷西守靈的那夜，三毛對荷西說：「你不要害怕，一直往前走，你會看到黑暗的隧道，走過去就是白光，那是神靈來接你了。我現在有父母在，不能跟你走，你先去等我。」

見過陽光的人就再也不能回去黑暗裡了，感受過溫暖的熨帖又怎能重新習慣寒冷。回過頭時，一直守候在旁的堅實臂膀卻不在，誰能忍受這份蝕心的痛？

他曾隨著她的漂泊而漂泊，而今，是她的心隨他沉到這茫茫宇宙的不知處。

幾個月後，三毛又去荷西的墳前看他。「荷西，我回來了，幾個月前一襲黑衣離去，而今穿著彩衣回來，你看了歡喜嗎？向你告別的時候，陽光正烈，寂寂的墓園裡，只有蟬鳴的聲音。我坐在地上，在你永眠的身邊，雙手環住我們的十字架。我的手指，一遍一又一遍輕輕劃過你的名字——荷西．馬利安．葛羅。我一次又一次的愛撫著你，就似每一次輕輕摸著你的頭髮一般的依戀和溫柔。我在心裡對你說——荷西，我愛你，我愛你，我愛你——」

在這紅塵中，有些廝守像夢一樣，短暫迷惑後就再也摸不到，醒來全是淚。而有種愛，捨不得，忘不掉，永遠都在疼。活著的時候如此，死了之後還是會繼續。

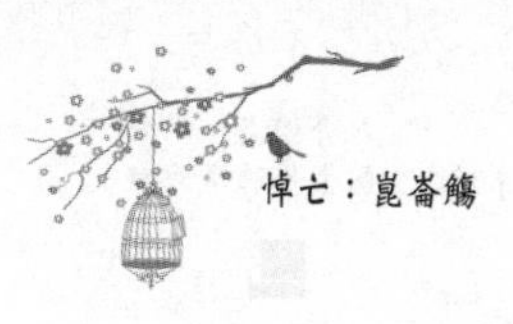

與你，魚寄錦灰流火起——元稹《離思》

曾經滄海難為水，除卻巫山不是雲。
取次花叢懶回顧，半緣修道半緣君。

你說愛情的法力有幾重？它可以讓人山人海變為無人之地；它可以讓人生而死，死而又復生；它可以讓人放棄三千弱水，只取一瓢足以飲一世。

那個為愛而憂傷的少年維特說：「從此以後，日月星辰盡可以各司其職，我則既不知有白晝，也不知有黑夜，我周圍的世界全然消失了。」

那癡情的鄭國男子說：「出其東門，有女如雲。雖則如雲，匪我思存。縞衣綦巾，聊樂我員。出其東門，有女如荼，雖則如荼，匪我思且。縞衣茹藘，聊可與娛。」

元稹則說：「曾經滄海難為水，除卻巫山不是雲。取次花叢懶回顧，半緣修道半緣君。」

如果曾經經歷過大海的蒼茫遼闊，又怎會對那些小小的細流有所旁顧？

如果曾經陶醉於巫山上彩雲的夢幻，那麼其他所有的雲朵，都不足觀。

現如今，我即使走進盛開的花叢裡，也無心流連，總是片葉不沾身地走過。我之所以這般冷眉冷眼，一半因為我已經修道，一半因為我的心裡只有你。

韋叢走後，元稹在一首首悼亡詩中絮絮地說著他的思、他的悔、他的痛：你永遠不會知道，沒有你，我如何可以從此不贊不懺；我如何可以只走大道，向日出之地，喝潔淨的水，我又如何可以從塵土起行，到塵土裡去，如果沒有你。

我們窗前讀書、廊中散步、月下對酌的那些過往，如今只好比天上一夜好月，得一壺好茶，只供得你我一刻受用，難及永恆。

讀《世說新語》見桓子野每聞清歌，輒呼：「奈何！奈何！」當時笑他傻氣、癡狂，如今想來卻正合我心意，當真遇到無可奈何之事，縱是有百張口也是什麼都說不出的。

我們曾以萬年為盟為誓。那時只覺一萬年何其修遠，誰想卻又像是剛剛逝去的昨天，轉眼只剩得我一人把生命的哀歌唱到人生暮色。

只是你走後，我再無心於其他，這世上的時光，我只想與我自己無悲無喜地度過。

元稹寫下的數闋悲歌，和他那情到深處萬念俱灰的赤誠千年來流淌不斷。人間的愛情都是一脈相傳的，元稹的赤誠和悲傷不會成為「後不見來者」的孤絕。八百年後，在印度，有兩個人隔著時空與他遙相呼應。

我一說你們就知道了吧。八百年後，在印度，有一座泰姬陵建成了，但你們知道嗎，這裡面

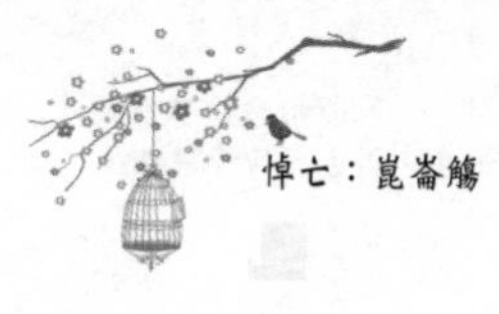

藏著一份雙料的愛情。

留世的偉大工程大多與軍事、國防、宗教有關，長城、金字塔、月神廟都令人肅然驚歎，而龐大的陵墓更是常見，秦始皇陵甚至具備一座城市的規模，那占地數萬平方米的兵馬俑不過它的附屬品。然而只有泰姬陵不同，它不只是一座堂皇的墳墓，更是一個丈夫對妻子深沉的愛。

泰姬·瑪哈爾是蒙兀兒王朝第五代皇帝沙賈汗的皇后。十九歲嫁給沙賈汗，為他生了十四個孩子，卻夭折了七個，三十八歲時，隨沙賈汗南征死於營帳之中，在此之前她剛生下最後一個女兒。

泰姬與沙賈汗共度了十九年的婚姻生活，這期間泰姬一直隨沙賈汗南征北戰，兩人的深情也正是由這番相攜相伴而來。泰姬死後，沙賈汗直到去世，三十六年中一直過著清教徒般的鰥居生活，這對於一個國王來說可算是怪事。他當真是萬念俱灰、心如止水，這悠悠歲月中，政事之外，唯有修建泰姬陵能讓他牽念。

據說，如今泰姬陵所在的位置正是當年沙賈汗王子與泰姬·瑪哈爾初相遇的地方。當年，十九歲的泰姬·瑪哈爾有著怎樣的風情，微風拂過她如玉似水的紗麗，而她的長髮森林，明眸流水，就是他心心念念的家。而十九年轉戰南北的歲月中，她那一雙溫柔的眼眸，始終照在他的臉上，危難時，為他擔憂，出險時，則為他慶幸，為他笑。

不要以為愛情、婚姻是件簡單的事，只要郎才女貌、門當戶對就可以天長地久。所謂心心相印，恩愛白首，需要的是你與他經歷的枝枝蔓蔓，你們留在時光裡的那些披荊斬棘、披星戴月。

三十六年後，七十五歲的沙賈汗身體早已油盡燈枯，心中仍然滿是溫熱的愛意。他猶支起病體，只為最後看一眼月光下的泰姬陵，見她安好，他方可靜然離去。

「你看，縱使萬燈謝盡，時光再也流不來你，我只好親自去陪你，在身側輕輕蜷臥，從此後，再不管人間幾世幾劫，你我逕自安然入睡。」

世人都以為泰姬陵只是一曲國王和皇后的戀歌，殊不知，這裡面還迴盪另一個喪妻傷心人內心的悲歌。

沙賈汗初建陵墓時，很多建築師前來獻圖。而其中一位建築師的設計最為細膩完美，雖然他也是沿襲回教建築圓頂和塔柱的傳統而設計，卻大膽地採用白色大理石代替舊式建築的紅砂岩，整個設計看起來勻稱而秀麗，正於沙賈汗心有戚戚焉，沙賈汗就決定採用他的設計。

其實，這位建築師與沙賈汗同是喪妻的傷心人，而這個陵墓他本是為自己心中的王后——他的亡妻所設計。現如今，這陵墓雖以泰姬·瑪哈爾為名，我想，他的妻子於冥冥中心上也是了然的：這是她的丈夫為她而做的。

一位獨善大匠之才，一位獨攬大權在手，都逃不過命運的捉弄，卻又都無懼無畏地愛著。正是同樣秉著一份執拗的愛，他們才能如此完美地合作完成了這座觀之令人心潮湧動的世間奇工。

聽了這些故事，不禁要慨歎：這世間，為了愛情到底可以做到哪一步呢？他們聽到這問題，

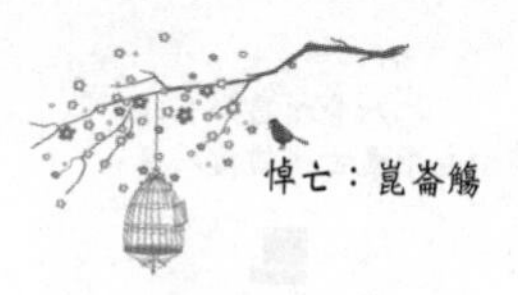

也許只是淺淺一笑，「不知我者謂我何求」，不解釋，不辯白。

人們說，愛情的最高境界不是我為你去死，而是我替你送葬。電影《送行者》是一部很輕的電影，卻能讓人看到很重的人生。佐佐木先生對大悟說，他的妻子六年前去世了，他將她打扮得漂漂亮亮的，送走了她，然後開始了替死者入殮的工作。他的妻子是帶著他的愛走的，這世間的每個死者都應帶著他人的愛離開這個世界，值得有人在他們生命的最後敬重、溫柔地送他們通向未知的旅程。

也許生命的終點處並不是一片幽深的黑暗，愛我們的人會在那裡為我們點一盞燈，照亮那未知的旅程。

原來歲月不成歌——元稹《遣悲懷》

閒坐悲君亦自悲，百年都是幾多時。
鄧攸無子尋知命，潘岳悼亡猶費辭。
同穴窅（ㄧㄠˇ）冥何所望，他生緣會更難期。
惟將終夜長開眼，報答平生未展眉。

美國著名作家傑克．倫敦在《大路》裡面說：「我躺下來，用一張報紙作枕頭，高高在我上方的，是眨眼的星星，而當火車彎曲而行，這些星群便像在上上下下地畫著弧形，望著它們，我睡著了。這天過去了——我生命中所有天裡的一天。明天又會是另外一天，而我依然年輕。」

年少不知愁的時候，心中壯志激昂地著迷於這樣的句子。那時候還想不到歲月和命運竟是一對走私販，聯手將人送到不知的別處，從此遠離曾經的疏闊激烈。

《舊約．詩篇》中說：「我們度盡的年歲，好像一聲歎息。」只是這歎息太短，未能讓人紓盡塵世所有的悲歡。

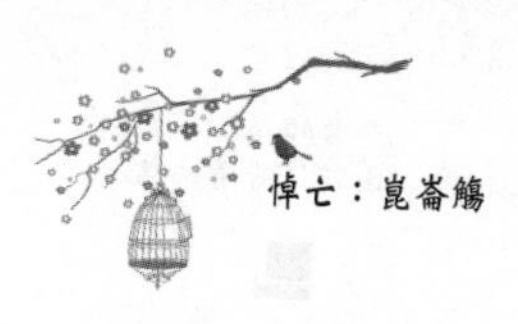

韋叢二十歲時，以太子少保千金的身分下嫁於元稹。彼時元稹初落榜，尚無功名，又無背景。然韋叢與她父親一樣深惜元稹的才情，對元稹家中的貧瘠淡然處之。

婚後，元稹忙於應試，家中大小事務皆由韋叢一人周全，生火做飯、洗衣買酒，自是溫柔體貼，從無怨懟。就這樣，兩人素樸相依，清然攜手，共度了那許多的清貧歲月。

走得最快的總是最好的時光。也許是因為清貧和操勞，二十七歲時，韋叢就離開了人世。她與元稹同苦七年，如今元稹飛黃騰達，守得雲開見月明，她只看一眼雲散月出，而沒有福分照見月亮的清輝。

韋叢下葬時，元稹正因御史留東台而沒能親自送葬，這於他，怕是至深的遺憾。在元稹心中，韋叢獨占最廣闊的一角，讓他深切思念卻又無盡悲傷。

娶她，本是政治上的希冀，本來倉促的婚姻，卻讓兩人由此底定了一生一世的情緣，不再視如兒戲。彼此始料未及地起了婚姻的頭緒，而接續的，已是勢必永遠纏結在一起的結髮鴛盟。

他們前世似乎是有著未盡的緣分，所以在今生能這般相遇相守、日日情篤。可是，月尚有缺，這濁重人世豈能圓滿？陪我們在黑暗中匍匐的是一些人，而陪我們站在陽光下的又是另外一些人。

為沒能給她更多的幸福而抱愧，元稹為韋叢寫下了著名的《離思》和《遣悲懷》等十六首詩。也許這是他的野心，將因她而鬱結的悲思統統放在詩裡，一直延綿至百年千年後。

「閒坐悲君亦自悲，百年都是幾多時。」空下來時，難免想到你，同時也想到我自己，世人所謂的人生百年到底有多長呢？你我攜手七年，於我而言竟似一瞬，這難道是命運的安排？

「鄧攸無子尋知命，潘岳悼亡猶費詞。」永嘉時人鄧攸清和平簡，貞正寡欲，逃避賊人時，為保全亡弟之子，而將自己的兒子拋棄，以至於自己終身無子。

晉人潘岳的詩作在鍾嶸的《詩品》中被列為上品，他那三首《悼亡詩》寫得尤其好，但是現在看來又有什麼用呢，那個人注定是聽不到了。死者長已矣，而生者還是要繼續面對這塵世的滿目瘡痍，縱使步履維艱也要走下去。

你走後我方知曉，人間為何會有良辰美景不再的惆悵。沒有你的世間讓我彷彿陷入一種深沉幽暗的絕望之中，我在其中，伸出手，想抓住你，而我抓回來的不過是一掌冷霧。

「同穴窅冥何所望，他生緣會更難期。」唯有寄希望於死後與你同睡一個墓穴，待到來生也不會分開，你依然做我的妻。

你知道的，我一直把你放在我心中一個沉重的位置上，不輕鬆，也不允許輕鬆。而我曾許你的一世歡顏，從未兌現，如今只能以你不知的方式靜靜償還對你所有的虧欠。

然而，今生抓不住的，又如何能期待來生？我在今生也只能「惟將終夜長開眼，報答平生未展眉」。

是不是當一個故事太過悲傷，人們就會以詩、以歌將這悲傷塵封在其中，在眾人傳唱的口唇間沖淡那份化不開的濃愁。

劉德華唱了近千首歌，我卻只喜歡那首《練習》。這首歌關乎一個真實的故事，一個只能再愛三個月的故事。

伍曼英是華星唱片公司高層，也是劉德華的好友。她在事業蒸蒸日上時，突然患病，要換腎，不然只能再活三個月。

「幸福只剩一杯沙漏／眼睜睜看著一幕幕甜蜜／不會再有原本平凡無奇的擁有／到現在竟像是無助的奢求。」

伍曼英的丈夫意識到，他們隨時可能永別，就毅然結束了自己的工作，帶著伍曼英到世界各地旅遊，只希望在她生命最後的歲月裡，他們能一起擁有無悔的快樂。

「我已開始練習／開始慢慢著急／著急這世界沒有你／已經和眼淚說好不哭泣／但倒數計時的愛該怎麼繼續／我天天練習／天天都會熟悉／在沒有你的城市裡。」

旅途中，丈夫一直無微不至地照顧伍曼英，卻也帶著隱隱的擔心和憂鬱。吃飯的時候，他擔心有一天桌邊只坐著自己一個人進餐；睡覺的時候，他擔心有一天醒來時發現，她再也無法睜開眼睛。他擔心有一天她會突然離去，留他一人獨自面對這世間所有的風景。

「愛是一萬公頃的森林／迷了路的卻是我和你／不是說好一起闖出去／怎能剩我一人回去。」

日子一天天過去，他內心的煎熬越來越重，對未來的無望也越來越深，但對她的愛卻越愛越濃。他用一整個生命去偎貼她餘下的生命，做了他能做的最多的最好的事，來交換他們愛情最後的璀璨。

這個故事聽起來像是電影橋段，或小說情節，然而不是。好在，完美結局並不只是電影與小說中的虛構，現實人間同樣不會辜負人的深情。經過幾年的治療，伍曼英的身體一天天好了起來，擁有了新的事業和生活。

後來，劉德華簽約伍曼英所在的加際娛樂，製作的第一張唱片主打歌就是《練習》，並根據伍曼英的故事拍了兩集的MV，據說伍曼英至今未能看完MV的第二集，每次看都會泣不成聲，再難繼續。

命運真是一切人間戲劇最成熟、最具匠心的設計師。它將我們推向幽暗深淵，在我們下落時又給我們晴朗風月，這些就如同一種靜默的昭示，彷彿是它在告訴世人，世界空闊，懂得愛的人類不會總在底處。

所以，縱使漂泊不定，縱使曲折難平，我也一直承認，正是愛讓生命成為一件值得期待的事。

斷魂無據，萬水千山何處去——蘇軾《江城子・乙卯正月二十日夜記夢》

十年生死兩茫茫，不思量，自難忘。
千里孤墳，無處話淒涼。
縱使相逢應不識，塵滿面，鬢如霜。
夜來幽夢忽還鄉，小軒窗，正梳妝。
相顧無言，唯有淚千行。
料得年年腸斷處，
明月夜，短松岡。

若問世間最遙遠的距離，現代人興許會故意忽略奈何橋的綿長，忘記生與死的藩籬，給出避重就輕的妙答：「我就站在你面前，你卻不知道我愛你。」

現如今，便捷的交通、通信方式讓我們隨時都可以和各種相愛著的、曖昧著的人面對面，而實用主義的態度和浮躁焦慮的情緒也催促著我們迫不及待地向對方傳遞愛的訊息。

然而，又有多少人能夠明白地知曉：有一種距離叫陰陽相隔，有一種辛酸叫相逢不識，有一種情結叫對窗梳妝，有一種追憶叫年年斷腸。這些，怕都只能從那些遠古的枯黃紙頁中尋得一絲蹤跡了。

如果說奈何橋是全宇宙的心碎邊界，那麼蘇軾儼然站在橋的這一頭，為古往今來無數悼念愛人的悲愴靈魂詠盡了內心的淒苦和悵然。

也許，當死亡沒有將我們和愛人分開的時候，它的陰影並不能在我們之間築起實實在在的高牆。所以現代人總是理所當然地以為，愛是高調的宣言、直接的占有、無盡的廝守，抑或抵死的纏綿；顯然已經忘記很久很久以前，古雅的人們是怎樣用矢志不渝的忠貞和略顯笨拙的情態去歌頌愛、享有愛和緬懷愛的：

午夜夢迴，一輪明月隔著十年的茫茫生死，照得鏡前人髮如雪，鬢凝霜。只是再皎潔的月光也難免淒涼，藏不住的古銅色陰翳是臉上靜默無言的相思淚，是心中無法開解的胭脂扣。

「與君初相識，猶如故人歸。」那年，丹岩赤壁下，綠水泓中，他撫掌三聲，喚魚而出，自是美景豈能無美名，就手書「喚魚池」以記，誰知，王弗差丫鬟送來的題名也正是「喚魚池」三字，這樣的不謀而合，韻成一段「喚魚聯姻」的佳話。

初婚那一年，蘇軾十九歲，初露才華、滿懷抱負，大把大把的少年意氣像是風中飄不散的歌謠；王弗十六歲，雙眸如星，粉面如桃，自有一種淡墨染不出的風情。

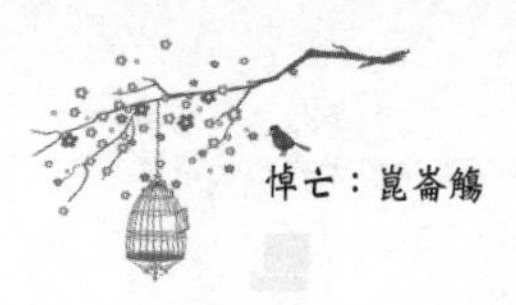

自此，她是他讀書側畔的良伴，「幕後聽言」的賢內助，純真無邪的師妹，年少情深的髮妻。

在那個父母之命、媒妁之言的年月，多的是無從選擇的人生。若是彼此都在對命運的順應中遇到了那個對的人，便是月下老人的完美羈絆、三生石上的僥倖刻痕了。他與她，何其幸也！

想來，即便是漫長歲月的單調乏味，也難斂住那眉州少年臉上的得意春風。舉案齊眉、相敬如賓的日子如果能夠一眼望到白頭，那麼生活可能從此便是自斟自酌、幸福漫溢的美酒和豔詞了。然而世事無常，相愛終是難得久。僅僅十一年之後，王弗便因病撒手人寰。

十一年的歲月說長也不長，從青澀的少年到熱烈的盛年，風景還沒看透，紅豆還沒熬成纏綿的傷口；十一年的相守說短也不短，他已經把她對窗梳妝的身影潑墨成一卷寫意畫，留待以後的歲月裡一邊蒼老，一邊回憶。

十一年的記憶說長也不長，夫妻同甘共苦、相濡以沫的情景彷彿就發生在昨天；十一年的緣分說短也不短，足以讓他和她在經歷了下一個十年之後於清亮的夢中再次相見。

我們在千年後無從得知蘇軾痛失愛妻時是如何的黯然神傷，只有像這樣細細地聽，他那些淒清幽獨的心聲，讓那淌了千年的淚流進我們的心裡。

王弗去世後的十年間，宋神宗駕崩，宋哲宗繼位，司馬光被任命為宰相，蘇軾又一次被召回京城，升任龍圖閣學士，同時擔任小皇帝的侍讀一職。

此時的他已續了弦，續娶的這名女子正是王弗的堂妹——王潤之。據說這位王潤之的身上隱約有其堂姐的風韻、才情。

蘇軾是否在她身上寄託了一丁點對前妻的懷念，我們不得而知。這時的宣仁皇太后和小皇帝十分賞識蘇軾，四十歲的他雖然在政治上春風得意，在生活中也有了妻兒相伴。然而，逝去的前妻始終在他內心最隱秘的角落裡靜靜安放。

那琴瑟相和的十年即使不會讓他日夜掛念，也絕不可能就此簡單地淡出記憶。雖不致時刻都隱隱作痛，卻也不免在歲月的流逝中悄無聲息地蓄積著、發酵著，釀造出一種愈來愈濃烈的情感。

真正至情至性的男子寄情，卻不濫情；喜新，卻不厭舊，蘇軾正是這般對世間之人、情、事、物有著極大尊重的至情至性的男子。

都說要足夠堅強才敢念念不忘，在陰陽相隔的十年間，他不論經歷怎樣的世事變遷，從未停止過那個「縱使相逢」的癡心迷夢。奈何歲月如刀，日日蕭索當年的面容，皺紋爬上了額頭，銀霜落滿了髮絲，浮塵的蒼老把年輕的容顏暗中偷換。這樣下去，兩人縱使還有未盡的前緣，也只落得相見不識、擦身而過的遺憾。

十年的光陰，正如一生時光的界碑，也是塵封心門的鑰匙。那些窖藏得嚴嚴實實的陳年老酒，將在這個時候被悉數打開，極為苦澀，卻也極為馥郁，恐怕只有懷著相同心事，妄圖和逝者

對話的癡情守望者們才能嘗盡個中滋味。

回不去的地方叫做家鄉，而鄉愁的緣起很大程度上並不僅僅因為物理意義上的距離，而是因為那些不可逆轉的人和事，還有那些白駒過隙般一去不返的時光。還好，我們在半夢半醒的迷醉中總能模糊生與死的界線，找到回家的心路。

就像是迷失在舞臺上的演員一般，蘇軾在夢中又一次闖入故居前那個熟悉的庭院。內心強烈而絕望的企盼讓他在這個充滿回憶的地方，如同青澀少年般跌跌撞撞，難以成行，直到一眼看見窗前那張熟悉的臉，低垂著眼簾，正用嬌豔欲滴的顏料輕點朱唇，一如當年站在初春池邊，嫋嫋婷婷、含羞帶怯的少女。

她依然是那樣的「敏而靜」，而他，有口不能言語，有手無法觸碰，唯有睜大眼睛看著，看著，任由一行行心碎的眼淚萬箭齊發般穿過眼瞼，穿過自己熾熱的胸膛，卻在此時驀地想到：原來她也與自己一樣，承受著同樣的相思之苦，做著同樣的再相逢的迷夢。

長滿矮小松樹的山岡，荒煙蔓草的墳頭，每個肝腸寸斷的月明之夜，墳墓內外的兩人，縱有滿腹的離愁別恨，又該說與誰聽呢？

古往今來，到底是歌者的心靈本身醞釀著無盡的悽楚，還是無盡的悲劇造就了偉大的歌者，我們無從考問。唯有在起風的日子，在冰冷的月下，用心聆聽那些遙遠心靈的悲鳴和寂寞的哀歌。

情深的悲劇，以死來句讀——元好問《摸魚兒・雁丘詞》

問世間，情是何物，直教生死相許。
天南地北雙飛客，老翅幾回寒暑。
歡樂趣，離別苦，就中更有癡兒女。
君應有語，渺萬里層雲，
千山暮景，只影為誰去？橫汾路，寂寞當年蕭鼓。
荒煙依舊平楚。招魂楚些何嗟及，山鬼自啼風雨。
天也忌。未信與，鶯兒燕子俱黃土。
千秋萬古，為留待騷人，狂歌痛飲，來訪雁丘處。

小時候，家裡規矩多，在長輩面前是諱言生死的。所以，對生死之事甚為恐懼敬重，現在看來，不過是無知懵懂。

那時自己也天真，總以為很多事不想起，不提起，就不存在，或是不會發生，我愛的人們都

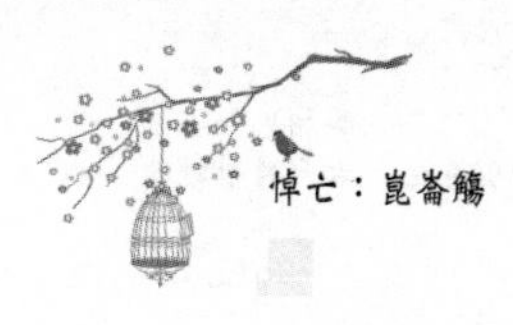

好端端活著，就會永遠活著。

大了些，讀村上春樹《挪威的森林》，到如今十幾年過去，依然念念不忘其中的一句話：死並非生的對立面，而是作為生的一部分永存。

初看到這句話的時候，心有所動，就很仔細地抄下來，常常拿出翻看。從這句話起，我才開始真正地思索生死一事，感受何謂生，何謂死。

後來年歲漸長，至親之人不斷離去，才知曉生死究竟是一種怎樣的現實與無奈。生是只要活著，一息尚存，不論艱難容易，不論長夜漫漫路迢迢，總會相見的，而死，卻是這一世為人再也不得相見了。

讀林覺民的《與妻書》，一直震撼於他那句：「吾之意蓋謂以汝之弱，必不能禁失吾之悲，吾先死留苦與汝，吾心不忍，故寧請汝先死，吾擔悲也。」這一句「汝先死，吾擔悲」包含了一個男子能給一個女子的所有的赤誠溫柔。他說過要許她一世的歡顏，就不會允許她因他而流一滴悲傷的淚。

金庸的《神鵰俠侶》開篇，赤練仙子李莫愁出場時，輕柔地唱著「問世間，情為何物，直教生死相許」，卻瞬間將陸家七口人置於死地。可是，這樣一個心狠手辣的女魔頭也不過是個為情所困的尋常女子罷了，那日常陰毒狠絕的面容下掩藏著一顆千瘡百孔的心。

縱你見慣了世間所有的風景，嘗遍了世間所有的苦辣酸甜，你也未必能明白地說得出情之究竟為何。

那時，還是青蔥少年的元好問，去并州趕考。在路上，他遇見一位捕獵者。捕獵者給他講了一個故事：「今天，我抓到了一對大雁，把其中一隻殺了。而另外那隻自己掙脫了羅網，誰知道，牠卻圍繞著那隻死去的大雁悲鳴，遲遲不肯離去，最後竟然自投於地而死。」元好問聽了，就將這對大雁買下，葬在河流上游，並壘起石頭做記號，將此處稱為「雁丘」。他一時感慨萬端，對著汩汩河流，茫茫宇宙，發出了曠絕千古的一問：

問世間，情為何物，直教生死相許！

彼時，十六歲的他未諳人事，未染情愁，卻對著人世發出了這般深沉如巨雷的叩問。自從人類識得情滋味，就開始不斷追問，不斷尋找同一個問題：愛情到底是什麼？

是啊，愛情到底是什麼呢，竟然可以讓世間的人、物、草、木不惜以生命相許、相報？

這一雙大雁曾經相攜相依，飛遍天南地北，飛過寒來暑往，正是這雁群中難得一見的癡情兒女。而到如今，一隻去了，另一隻才明瞭：歡樂過後的離別，溫暖過後的冷，才是真正的黯然銷魂，真正的徹骨冰冷。

那孤獨的雁兒彷彿在說：望去前程萬里，形單影隻的我要如何飛越這連連雪峰，綿綿雲海；眼見曉風已逝，日照將殘，唯有將生命都拋棄，隻身隨了你去。

這汾（汾）水一帶本是漢武帝巡幸遊樂的地方。當年武帝出巡橫渡汾水，一路上弦歌曼舞，

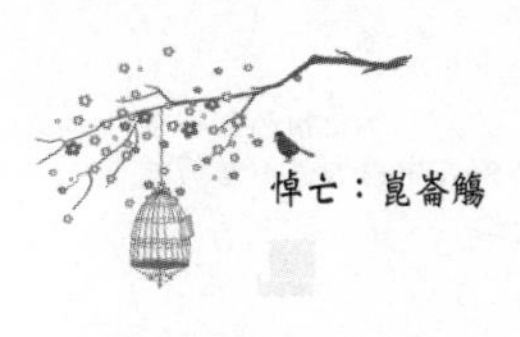

簫鼓喧天，棹歌四起，山鳴谷應，何等的熱鬧！而今只見平林漠漠，衰草冷煙，一派蕭索冷落。然而武帝已死，繁華落幕，縱使女山神枉自悲啼，耗盡全部的法力為其招魂也無濟於事。

在生死相許的深情面前，所謂「逝者已矣，生者當如斯」不過是無關緊要的人隔靴搔癢式的敷衍寬慰。而這對大雁的生死相許連上蒼也不免要嫉妒，牠們不會與那些尋常的鶯鶯燕燕一般，尋常地走完一生，尋常地化為黃土。牠們與牠們的深情將長存於世，而這雁丘處，則正好留與後世的文人騷客，讓他們在此狂歌痛飲，歌哭笑罵。

這般生死相許的深情震撼至三百年後，一位臨川男子在他的戲劇《牡丹亭》題詞中發出了一句至情至性的吶喊：「情不知所起，一往而深。生者可以死，死可以生。生而不可與死，死而不可復生者，皆非情之至也。」

《牡丹亭》中的杜麗娘在夢中遇見書生柳夢梅，因而生情，一往而深，然而一切不過是幻夢中的美景，夢醒後的現實無論如何都再難尋覓。若是他人，不過幽然一歎，旋即過自己的日子。杜麗娘卻為夢中的情郎一病不起。在彌留之際，她苦撐病體，對鏡細細描畫她生命最後的模樣，她相信，是她的，早早晚晚，高高低低，都會來找她。所以她要將生命中所有的美麗都綻放在這畫幅之上，待那有心人鄭重地將她拾起。

其實，杜麗娘不過是做了一件有情之人為愛情能做的所有事。不論在夢境、現實、冥府、金鑾殿，她都無畏無懼，不放棄一絲一毫的努力，她要自己來成全自己的深情。

《牡丹亭》正是帶著這份纏綿穠麗的至情弘貫蒼茫人世，跨越重重疊疊的歲月迤邐而來。讓今人讀來，仍然心旌神蕩，隨杜麗娘的死而哭，又因她的復生笑了又哭。這樣凜冽的女子，生命於她，如同一場激烈的巷戰，注定是精彩絕倫，好在最終結局圓滿。

我一直在想，古時候的天地山水到底與現在有何不同，為何能有那麼多人為情而生而死？這戲中有杜麗娘為情而死，又為情復生，而戲外則有商小玲情殤戲臺之上。

鮑倚雲《退餘叢話》中記載：崇禎時，杭有商小玲者，以色藝稱，演臨川《牡丹亭》院本，尤擅場。嘗有所屬意，而勢不得通，遂成疾。每演至《尋夢》、《鬧殤》諸出，真若身其事者，纏綿淒婉，橫波之目，常擱淚痕也。一日，復演《尋夢》，唱至「待打並香魂一片，陰雨梅天，守得個梅根相見」，淚眼盈盈，隨聲倚地。春香上視之，已殞絕矣。

每次聽《尋夢》一折，都會想起商小玲，想像著她應該有細瘦的腰肢，著青色的衣，守在梅樹下安靜地睡去。她也是為情所苦的女子，每每在別人的故事裡流著自己的淚，最終情殤戲臺之上，她那句「花花草草無人戀，生生死死隨人願，便酸酸楚楚無人怨」的唱詞彷彿還溫熱地飄蕩在看客耳畔，她卻「打並香魂一片」永遠地離去了。

有時，不禁自問，是不是深情注定是一齣悲劇，必須以死來句讀？然而，那些為愛而死的靈魂千年來還在飄蕩，只遲遲落不進現代人的心靈。

現代人熟諳忘卻的方法，受的教育是無論如何都要好好活下去。他們信奉的愛情守則是：

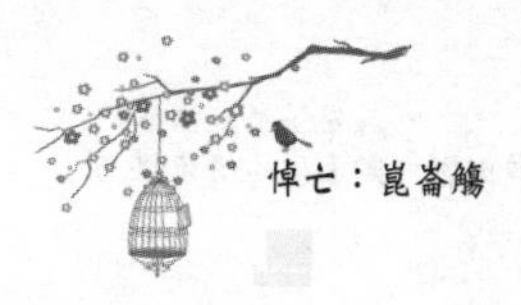

「不愛那麼多，只愛一點點，別人的愛情比海深，我的愛情淺。」他們認為，美好的愛情只會出現在電影和童話故事裡，而活在現實中的人縱使此一時在情愛中痛苦翻騰，彼一時也會忘得一乾二淨，「一個人，好好活」才是最真實不過的道理。

對於杜麗娘、商小玲這些古時的女子來說，為情而生而死不過是她們生存的方式，如同呼吸、飲水一般，自然無偽。對於現代人來說，「生生死死為情多」已成為遙不可及的傳說，而那些讓人淌了千年淚的故事，到頭來不過是一個個來自遠古的故事，只能存活於發黃的紙頁之間，再不能成為人們生存的教科書，心靈的勵志冊。

伊人已逝，鄉關在何處——納蘭性德《青衫濕遍・悼亡》

青衫濕遍，憑伊慰我，忍便相忘。
半月前頭扶病，剪刀聲、猶在銀釭（釭ㄍㄤ）。
憶生來、小膽怯空房。
到而今、獨伴梨花影，冷冥冥、盡意淒涼。
願指魂兮識路，教尋夢也回廊。
咫尺玉鉤斜路，一般消受，蔓草殘陽。
判把長眠滴醒，和清淚、攪入椒漿。
怕幽泉、還為我神傷。
道書生薄命宜將息，再休耽、怨分愁香。
料得重圓密誓，難禁寸裂柔腸。

如今，人類像個頑皮又自閉的孩子，害怕過多的負擔和承諾，所以拒絕過分的熱絡、無謂的

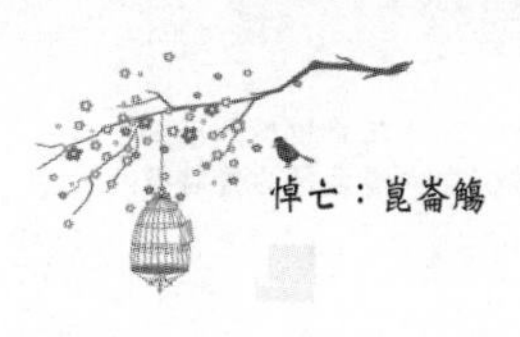

攀談；又盡可能地不去緬懷任何往事，也不去期盼遙遠的未來；當心地愛人，計較地付出，小心翼翼地不任感情氾濫。到了最後的最後，雲淡風輕地對自己露出貌似無懈可擊的笑容，說：看，生命本該如此簡單清暢。

如果這種「不求深刻，只求簡單」的生活是現代人的理想，人們為何又在面對納蘭容若以至情、以血淚寫就的《飲水詞》時動容不已？其實，我們都是渴愛的，也是懦弱的，所以寧願讓自己相信那些經世不朽的愛情都只存在傳說裡，讓自己安然地在現世繼續灰頭土臉地摸爬滾打下去。

只是在午後明朗的笑聲裡，或在夜半的寂靜中，我們的內心依然會閃過一絲悵惘，而當我們念起「到而今、獨伴梨花影，冷冥冥、盡意淒涼」，也會不禁潸然。

在納蘭容若的《飲水詞》中有一首悼亡詞，題為《青山濕遍・悼亡》，這是納蘭容若第一首悼亡詞，用來悼念他的髮妻盧氏。

二十歲時，納蘭容若迎娶兩廣總督盧興祖之女為妻。盧氏初嫁納蘭，年方十八，「生而婉孌，性本端莊」。成婚後，二人琴瑟相和，感情篤深，正是「繡榻閒時，並吹紅雨，雕欄曲處，同倚斜陽」。

納蘭曾寫過一首《浣溪沙》（誰念西風獨自涼），詞中那句「賭書消得潑茶香」，讓我們得以一窺他和盧氏琴瑟和鳴的生活點滴。「賭書潑茶」講的是李清照和趙明誠夫婦的生活逸事。李清照和趙明誠夫婦喜好讀書、藏書，兩人又都擅記憶，所以每次飯後一起烹茶對飲時，他們就會用比賽的方式決定誰先飲茶。一人問某典故是出自哪本書哪一卷的第幾頁第幾行，如果對方答中則可先喝。可是贏的人往往會因為太過開心，而將茶水潑灑，濺得一身茶香。於是，「賭書潑茶」就成為伉儷志同道合的千古佳話。納蘭與盧氏也有著同樣高雅的情趣，時常效仿李清照和趙明誠玩「賭書潑茶」的遊戲。

然而大都好物不堅牢，彩雲易散琉璃碎，上天總是不願輕易成全人間的美滿。他們的愛情終究沒能日深持久，不過才三年，盧氏便因難產而亡，永遠地離開了納蘭。盧氏的死給納蘭造成極大的痛苦，從此，在他的詩篇中只見「悼亡之吟不少，知己之恨尤深」。

妻子的死並沒有被時間沖淡，納蘭有很長一段時間都沉浸在失去盧氏的悲痛中。於是，他自度曲，自填詞，寫下這首《青山濕遍》，對在另一個時空裡的髮妻訴說著自己深深的愛、深深的痛。

他的青衫已被淚濕，而從前那個軟語相慰的人卻不在身旁，她怎能忍心將他相遺忘？半個月前，她猶在病中，而她平日裡慣用的剪刀還在銀缸中靜靜放著。家中的一切安然如常，卻唯獨少了她。

他記得，生前的她膽子小，從不敢獨自一人留在空空的房內。而如今，她隻身躺在淒暗幽深的棺內，陪伴她的只有墓前梨花落下的暗影，如此冰冷、淒涼，她該如何自處？

他莫可奈何，唯有希求她的魂魄能夠識得回家的路，「咫尺玉鉤斜路，一般消受，蔓草殘陽」。他將那些為她而落下的清淚，和入那些用椒浸製而成的酒中，天上地下的神仙飲下這椒漿，就能夠嘗到他酸楚的淚，為他而神傷，更希望神仙能夠替他將長眠的她叫醒。

然而，他也不過是一介柔弱書生，也注定是薄命之人，只怕他們發下的那些海誓山盟都難在今生實現了，想到此，恁地讓人柔腸寸斷。

有一次，盧氏問納蘭：「世上最悲的字為哪個？」納蘭答：「情。」而盧氏笑言：「是『若』。」是啊，若能不相逢，若能不相識，今生怕也不會獨嘗這思念的痛。

自盧氏歿去，納蘭終日愁緒滿懷，常常睹物思人，在落花時節，他眼望殘紅，思念著亡妻的好，口中念著：「一生一代一雙人，爭教兩處銷魂。相思相望不相親，天為誰春？」而他在另一首詞《採桑子》中曾寫道：「此情已自成追憶，零落鴛鴦，雨歇微涼，十一年前夢一場。」

讀容若的悼亡詞，當真能讀出他泣出的字字血淚，讓隔了幾百年的我，也不禁枉然：這世間，還會有這般深刻的愛和思念嗎？

誰也不曾想，《青山濕遍》中那句「書生薄命宜將息」正是一語成讖，納蘭容若只活了三十年，但他用自己餘下的生命不斷地對髮妻訴說著：你去往另一個世界，我也不會再怕了，因為我已將你深深地埋在心底，總有一天，我要在別的世界的晨光裡對你唱道：「我以前在地球的光裡，在人的愛裡，已經見過你。」

在有一年盧氏的忌日裡，納蘭還曾寫下這首《金縷曲．亡婦忌日有感》，足見他對盧氏深沉的愛從沒有輕易釋懷：

此恨何時已。滴空階、寒更雨歇，葬花天氣。
三載悠悠魂夢杳，是夢久應醒矣。
料也覺、人間無味。不及夜台塵土隔，冷清清、一片埋愁地。
釵鈿約，竟拋棄。
重泉若有雙魚寄。
好知他、年來苦樂，與誰相倚。
我自中宵成轉側，忍聽湘弦重理。
待結個、他生知己。
還怕兩人俱薄命，再緣慳（慳ㄑㄧㄢ）、剩月零風裡。
清淚盡，紙灰起。

人們只道是納蘭容若「雖履盛處豐，抑然不自多。於世無所芬華，若戚戚於富貴而以貧賤為可安者。身在高門廣廈，常有山澤魚鳥之思」，家家爭唱他的《飲水詞》，但他的內心曲折卻有幾人知呢？他不曾示人的情深、抱負、理想、歉疚，又有幾人懂得？而又有幾人能見，有那麼一個人，問鄉關何處，於塞外不住悲鳴。

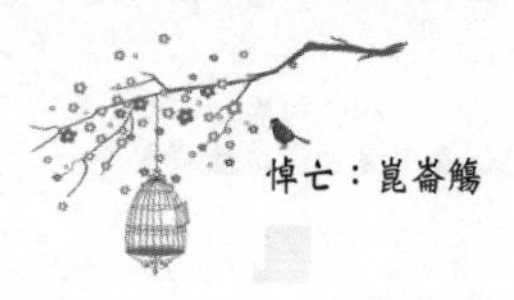

愛情，駐守歲月的信念——商景蘭《悼亡》

其一

公自成千古，吾猶戀一生。
君臣原大節，兒女亦人情。
折檻生前事，遺碑死後名。
存亡雖異路，貞白本相成。

其二

鳳凰何處散，琴斷楚江聲。
自古悲荀息，於今吊屈平。
皂囊百歲恨，青簡一朝名。
碧血終難化，長號擬墮城。

每個朝代滅亡之時，總會有一些士大夫以自絕的方式為自己生活且服務的朝代進行激烈決絕的殉葬。一百多年前，清朝初亡，民政部員外郎梁濟問兒子梁漱溟說：「這個世界會好嗎？」父子對談後幾天，梁濟投積水潭自盡。他留下萬言遺書，希望以其一人殉身而喚起國人之國性。

中國文人胸懷經世之志、頭頂燦爛星辰，以一生、全身心去履踐忠孝節義的思想和意義，春夏秋冬，周而復始，前仆後繼，僅此一點就令人動容。

時間向前推去，明朝滅亡時也有一個人，為留守氣節，不仕滿清，留下一首《絕命詞》——「圖功為其難，潔身為其易。吾為其易者，聊存潔身志。含笑入九泉，浩然留天地」，便自沉於寓山住所梅花閣前的水池中，他就是祁彪佳。

這些士子大夫的自絕是眷戀舊也好，喚起新也好，我都不甚在意。雖然每每想起梁濟那句「這個世界會好嗎」而欲淚，我仍更關心那些堅強活在滿目瘡痍中的人們，相較於那些以肉身之死來呼喚、剖白自己的人，他們是活生生的，不斷地創造著奇蹟的人，就像祁彪佳的遺孀商景蘭。

商景蘭能書善畫，德才兼備，十六歲時嫁入山陰祁家，與當時著名藏書家祁承㸁之子祁彪佳成婚。祁彪佳寢饋於書卷之中，仕途上少年早達，在學術上精文墨、通戲曲、擅文才，生活上頗具雅趣。二人伉儷相敬，琴瑟相和，無論在性情上、生活上還是學術上都十分契合，時人讚其為「金童玉女」。

他們相濡以沫二十五載，若說生活中有何憾恨，那就是他們生活在那個奄奄一息的明朝。彼

時，大明江山氣數將盡，清軍南下，眼看大明朝的半壁江山也難以保全。

不久，崇禎帝自縊於北京，清兵正式進駐中原。而弘光小朝廷偏安江南一隅，仍內鬥不休。商景蘭雖為女子，卻深曉大義，她知明朝的一切都難以挽回，於是，就日祝於佛前，只願丈夫能安然無恙。

國家已然破碎，小家更不能就此離散。出於女性的直覺，和對丈夫的瞭解，商景蘭心裡一直有隱隱的不安，所以她多次勸祁彪佳能向朝廷請辭歸家。與其讓丈夫為朝廷之事憂心，不如夫妻倆歸守田園，不問世事，繼續從前的美好生活。

世事急轉恰如燎原大火，壓根由不得人控制。一時間，種種情勢齊發，相逼之下，祁彪佳採取了最決絕的方式來表示無聲的抗議。而屬於商景蘭幸福的生活自此戛然而止。

祁彪佳剛死，大明朝緊接著也滅亡了，接踵而至的家國之難重重地給了商景蘭兩擊。故國淪喪、夫君死別所帶來的悲痛，讓商景蘭一時間無所適從。但她膝下有兒女，她不能輕言生死，只得將那些排解不去的悲痛訴諸筆端。

商景蘭也出生於仕宦之家，並不如那些小家碧玉，只貪戀兒女之情。她心中有著對國家、對生命的大悲切，從她的詩作中可見悠悠的故國之思，和蒼蒼的身世之感。她留世的詩作中，最有名就要屬那兩首《悼亡》詩，這兩首詩開創了女性「悼亡」詩之先：

公自成千古，吾猶戀一生。

君臣原大節，兒女亦人情。
折檻生前事，遺碑死後名。
存亡雖異路，貞白本相成。

你一殉身，從此便可垂名千古，我仍對這人世有所留戀。君臣之間有大義，兒女也要兼顧。生前事，死後名都是一個人安身立命的根本，如今你我雖陰陽兩隔，但你我於家於國的「貞節」都是一樣的。

這首詩八句四聯，句句鏗鏘，聯聯有力，在其中，我們讀不出悲愴、讀不出纏綿，沒有淒切的怨恨，也沒有細膩的追憶，只是靜靜述說著一個女子對君臣大義，兒女情面的體認和理解，以及對夫君祁彪佳的讚頌。

她看到他在暮色的沉默裡徘徊，她知道他的心中定有所缺，為國，為家，她猜測著最壞的情形。她知道，她會全身心地支持他的決定，她會如經冬猶綠的江南丹橘，體貼地為他遮擋風雨，讓他去後的一切簡淡無瑕。

但是在第二首《悼亡》詩中，她就沒有第一首表現得那麼灑脫，那麼清明：

鳳凰何處散，琴斷楚江聲。
自古悲荀息，於今吊屈平。
皂囊百歲恨，青簡一朝名。

碧血終難化，長號擬墮城。

她一上來就明白地表露出失去伴侶的悲淒，鳳凰本是相攜而飛，到底在什麼地方分散了呢？楚江水的拍岸聲中，琴聲也斷斷續續，難以為繼。自古至今，人們依著這楚江水，紀念荀息，憑弔屈平，為朝廷之事而累終歲，方可在青史上留得姓名。我們不過凡夫俗子，難以效仿萇（萇ㄔㄤˊ）弘化碧，唯有長聲呼號，以紓胸臆。

她畢竟只是塵世一凡俗女子，經歷此變故，她也總不免要有種種抹不去的宛轉曲折。「公無渡河，公竟渡河！墮河而死，將奈公何！」想必商景蘭也和《公無渡河》中的女子一樣，有過如此無奈的悲愴。只是，她沒有如那位女子一般隨丈夫投河而死。她沒有忘記自己是一位母親，也沒有忘記初嫁時祁公對她的囑託：「區處家事，訓誨子孫，不墮祁氏一門。」

不管現實多麼不堪，商景蘭依然努力讓自己活得豐盛。她以一己之力，成就一門的傳奇。兒子為反清復明拋頭灑血，女兒媳婦以詩歌吟詠人生，祁氏門中出現了盛極一時的女性家庭創作團體，開創了清朝閨閣聚會聯吟聯句的風氣。

生命經歷大悲難，自會迎來大蛻變。只是蛻變之後，沒有人能預測更好還是更壞。但是成長總有其必經的過程，生命自有其一定的軌跡。她唯有靜然，按部就班地遵循這些軌跡，經歷這些過程，不墮一門，不庸碌一生。

國家圖書館出版品預行編目資料

入骨相思知不知：醉倒在中國古代情詩裡 / 維小詞 作 --
一版. -- 臺北市 :廣達文化, 2013.6
面 ; 公分. -- （典藏中國：39）（文經閣）
ISBN 978-957-713-522-3(平裝)

831.92　　　　102006019

書山有路勤為經
學海無涯苦作舟

入骨相思知不知
一醉倒在中國古代情詩裡

作者：維小詞
叢書別：典藏中國 **39**
文經閣 編輯室 企畫出版
出版者：廣達文化事業有限公司
Quanta Association Cultural Enterprises Co. Ltd
編輯執行總監：秦漢唐

發行所：臺北市信義區中坡南路 287 號 4 樓
電話：27283588　傳真：27264126
E-mail：siraviko@seed.net.tw
本公司經臺北市政府核准登記.登記證爲
局版北市業字第九三二號

印　刷：卡樂印刷排版公司
裝　訂：秉成裝訂有限公司
上　光：全代上光有限公司

代理行銷：創智文化有限公司
23674 新北市土城區忠承路 89 號 6 樓
電話：02-2268-3489　傳真：02-2269-6560

CVS 代理：美璟文化有限公司
電話：02-27239968　傳真：27239668

一版一刷：2013 年 6 月
定　價：300 元

書山有路勤為徑

學海無崖苦作舟

文經閣

書山有路勤為徑

學海無崖苦作舟

文經閣